스위트 솔티

황모과 소설집

스위트 솔티

펴낸날   2024년 11월 22일

지은이   황모과
펴낸이   이광호
주간   이근혜
편집   윤소진 유하은 김필균 이주이 허단
마케팅   이가은 최지애 허황 남미리 맹정현
제작   강병석
펴낸곳   ㈜문학과지성사
등록번호   제1993-000098호
주소   04034 서울 마포구 잔다리로7길 18(서교동 377-20)
전화   02) 338-7224
팩스   02) 323-4180(편집) / 02) 338-7221(영업)
대표메일   moonji@moonji.com
저작권 문의 copyright@moonji.com
홈페이지   www.moonji.com

ⓒ 황모과, 2024. Printed in Seoul, Korea
ISBN 978-89-320-4338-8 03810

이 책은 서울특별시, 서울문화재단 '2022년 창작집 발간 지원사업'의
지원을 받아 발간되었습니다.

문학과지성사

황모과 소설집

스위트 솔티

차례

오메라시로 돌아가는 사람들

스물여덟, 만화가가 되겠다는 막연하고도 무모한 결심을 안고 도쿄에 도착했다. 해외에서 빈곤하게 사는 것이 어떤 절벽에 서는 일인지 그때는 몰랐다. 아무것도 몰랐기에 감행할 수 있었고 내 딴엔 멋있게 각오했다. 똑같이 추락하더라도 아현동 골방에서 마주하는 절벽보다 이국의 절벽이 나을 거라고 말이다.

 내가 살게 된 도심 서쪽 에이후쿠초永福町라는 동네는 가이드북 속 화려하고 현대적인 도쿄의 이미지와는 전혀 달랐다. 집들이 다닥다닥 비좁게 늘어선 탓에 일조량 적은 주택이 대부분이었다. 어릴 때 살던 달동네가 떠올라 이국적이긴커녕 추억이 새록새록 되살아났다. 유서 깊어 보이는 그늘이 동네 트레이드마크인 듯했다. 재래식 변기 위에 양변기를 붙인 이상한 퓨전 설비도 이 동네 집들의 특색이었다. 그중에서도 가장 작고 어두운 이층집 한구석에 짐을 풀었다. 월세는 서울보다 비싸졌고 삶의 질은 서울보다 한층 더 낮아졌다. 직전까지 살았던 아현동 철거 예정지에서의 삶의 질이 에이후쿠초보다 좋았다고 할 순 없지만. 맘만 먹으면 훌쩍 뛰어넘을 수 있는 낮은 담벼락 탓에 출국 직전 좀도둑이 들었던 아현동 셋방. 가난한 이가 가난한 이의 얄팍한 지갑을 털다 한숨을 쉬던 동네. 그 형편을 삶의 질이라는 차원에서 논할 수도 없겠지만 그렇다고 지금이 그때보다 나아 보이지도 않았다.

이 동네를 걷다 보면 전쟁 전부터 건재했을 오래된 집들이 눈에 띄었다. 그런 집들을 보면 용케 남아 있다는 생각부터 들었다. 1945년 도쿄 대공습 때 대규모 궤멸이 끔찍했다던데 어째 35년간 수탈로 초토화됐던 조선 땅보다 잔존물이 많아 보였다. 평소에 스스로를 딱히 애국심이 투철한 인간이라고 생각한 적은 없었다. 하지만 도쿄 풍경을 보는 내 시선이 지극히 한국인의 관점이라는 사실만은 분명했다. 해외에서 살게 됐다고 곧장 애국자가 되는 건 아닐 테고, 단지 살아오면서 체득한 관점이 꽤 속지주의적이라는 자각이 들기 시작했다.

첫해 봄은 순식간에 지나갔다. 거리를 걸을 때면 이국

의 풍경을 감상할 새도 없이 아르바이트 공고를 보느라
마음이 다급했다. 한국에서 상상했던 이국의 허상을 확
인하는 일도 잦았다. 예컨대 벚꽃 시즌에 들른 우에노 공
원 같은 곳에서 그랬다. 벚꽃은 예뻤고 서울에서보다 한
층 일찍 체감하는 따뜻한 날씨도 좋았다. 하지만 벚꽃이
만개하던 날, 4차선 도로 폭만큼 넓은 공원 길이 사람으로
가득 찬 풍경 속에서 오도 가도 못했다. 벚꽃 봉오리 수만
큼 많은 검은 머리통이 시야를 가득 채웠을 때 헉, 소리가
터졌고, 크게 실망했다. 벚나무 아래 여기저기 커다란 시
트를 펼치고 하릴없이 스마트폰 게임을 하는 젊은 사람들
이 보였다. 대부분 갓 입사한 신입 사원들이고 이게 이들
의 중요한 사회생활 첫 업무라고 했다. 이 풍경이 상징하
는 노동환경도 암담해 보였다. 어딜 가나 거리마다 가득
하구나. 시절에 맞춰 시의적절한 정례 행사를 하면서 옛
습관을 이어가는 지극히 평균적인 일상이. 애써 벗어나고
싶었던 한국 풍경과 비슷하게 느껴졌다. 도망친 곳에서
이전과 같은 평균값을 마주하니 허탈하기까지 했다. 그동
안 봐온 일본 문화, 일본 창작물에는 다양성이 있었다. 그
런데 문화적 미덕과 일본인의 일상 사이에 상호작용이 잘
일어나지 않는 모양이었다. 그래도 소소한 차이도, 중대한
차이도 포용하지 못하는 한국보다는 낫겠지? 나은 점을

꾸역꾸역 찾아내리라 마음을 다잡았다. 오해로 시작했을지언정 나의 새 출발을 응원해야 했다.

첫 달은 초저가 투어 관광객처럼 돌아다녔다. 하지만 '도쿄에 가면 반드시 들러야 한다'는 곳을 소개하는 여행책자나 블로그의 추천 알고리즘은 서울 사람에게 큰 감흥을 일으키지 못했다. 오다이바의 인공 해안은 너무 번잡했고 유명하다는 모 온천은 코스프레가 가능한 유료 포토존이라는 생각밖에 들지 않았다. 사방에서 한국어밖에 들리지 않아 블로거나 인플루언서의 파워만큼은 절감했다.

첫 여름은 어학원 기숙사에서 맞았다. 기후가 다른 나라 출신 룸메이트와 지내느라 냉방병에 걸리고 말았다. 문화와 역사 그리고 살던 곳에서 숨 쉬던 공기와 습도가 다른 사람들과 함께 살려면 어떤 식으로든 협의가 필요했다. 밤새 에어컨을 틀면 아침에 특히 저체온인 나는 난방을 틀어야 할 지경이 됐고 불필요한 냉방으로 인한 전기세에도 손이 떨렸다. 냉방 문제로 룸메이트와의 사이가 냉랭해진 나는 기숙사를 떠나기로 했다. 기숙사 비용도 만만치 않았기 때문에 딱히 손해란 생각은 들지 않았다. 하지만 에어컨 온도 때문에 룸메이트와 친구가 되지 못한 건 아쉬웠다.

에이후쿠초에 살기 시작하자 비로소 해외에서 생활하

고 있다는 사실이 체감됐다. 블로그는 픽업하지 않을 풍경이 눈에 들어왔다. 어린이 공원이라고 불리는 손바닥만한 동네 쉼터, 공원에 딱 한 그루 있는 나무 아래서 수다를 떠는 두 여성이 보였다. 각자 가져온 도시락을 천천히 먹으며 쌓아두었던 이야기를 풀어내고 있는 두 사람을 보자 적절한 시기에 딱 좋은 풍경 속에 있는 건 정말 중요한일이라고 비로소 긍정했다. 동네에 흐르는 간다강神田川을따라 걸으며 자전거 앞뒤에 매단 좌석에 아이 둘을 싣고출근길을 재촉하는 젊은 엄마를 보는 일도 좋았다. 인공낚시터에서 아빠의 낚시 실력에 감탄하는 어린이를 보는것도 좋았다. 주말이면 동네 사람들이 집에서 먹던 음식을 들고 나와 바비큐와 곁들여 먹는 동네 주민용 캠핑장풍경도 보기 좋았다. 단기 관광객에게는 별다른 매력이없는 곳일 테지만, 이런 풍경을 볼 때면 내가 심리적 거리를 두고 관찰하는 입장인 것이 좋았다. 유치원에 아이를맡기려 전속력으로 페달을 밟으며 하루를 시작할 일이 없는 나, 실내에서든 실외에서든 평생 낚시는 할 것 같지 않은 나, 그리고 바비큐 파티를 함께할 친구가 없는 나……나는 이곳 사람들에 비해 자유롭다. 하지만 풍경 밖에서하는 관찰과 부감은 그저 부유하는 일이다. 낙엽이나 먼지 같다.

에이후쿠초에 살기 시작하자 윗집, 아랫집, 옆집의 노인들과 더 연로한 그 부모들에 둘러싸였다. 한국도 단기간에 엄청난 초고령화를 겪고 있지만 서울 아현동에서 체감한 것과는 완전히 다른 풍경이었다. 사투리를 하나도 모르는 채로 갑자기 어느 시골 마을 청년회장에 임명된 기분이었다.

청년회장으로서 유일하게 친해진 상대는 검은 고양이 한 마리였다. 고양이와 몇 번 마주친 길목에 간식을 놓아두었다. 만날 때마다 나는 한국식으로 나비라고 불렀는데 고양이는 여기저기서 간식을 얻어먹고 다니며 다양한 이름으로 불리는 듯했다. 앞 골목에선 쿠로, 뒷동네에선 초코, 그리고 우리 집 뒤편에선 미오라고 불렸다. 어느 날 미오라고 부르는 목소리를 향해 검은 고양이가 달려갔다. 아랫집 할머니였다. 할머니와 오래 알고 지낸 사이인 듯했다. 검은 고양이는 나비로 불릴 때보다 미오로 불릴 때 훨씬 더 편안해 보였다. 덕분에 할머니와 처음으로 눈인사를 했다. 할머니는 고양이에겐 친절했지만 나한텐 별로 친절하지 않았다. 내겐 간식을 나눠 주지 않을 것 같았다.

적응력이 좋은 나는 빠르게 풍경에 녹아들었다. 어학원을 다니면서 두 달 만에 레스토랑 아르바이트도 구했다.

무일푼이었기 때문에 첫 달은 말 그대로 배를 곯았다. 그래도 아르바이트를 시작하자 어학원의 다른 학생들에게 대단하단 말을 들었다. 석 달째엔 만화가 작업실에도 채용됐다. 어시스턴트 구인 구직 사이트에 올렸던 일러스트를 좋게 봐준 일본인 선생님 덕분이었다.

만화가 사무실에서 원고에 먹을 칠하고 톤을 붙이면서 일본이 실력도 급격히 향상했다. 작업실에서 라디오를 24시간 틀어놓는 덕에 세대를 아우르는 콘텐츠도 두루두루 섭렵했다. 얼마 후엔 간다가와라는 이름의 강을 산책하면서 '아나타와 모오오~~ 와스레타가시라' 하며 시작하는 1970년대 포크송 「간다가와」를 흥얼거릴 정도가 됐다. 일본어를 무조건 암기하던 때 아이돌 그룹이 커버한 노래를 기억했던 것뿐인데 내가 노래를 흥얼거리자 일본인 동료가 놀라워했다. 학생운동이 저물어가던 시절의 정서를 대변하는 곡이라는 거였다. 한국에 유학을 온 외국 학생이 한국어 공부 중에 「아침 이슬」을 흥얼거리는 걸 보는 것과 비슷했을지 모르겠다.

그 와중에도 매일 한국 포털 사이트에 들어가 뉴스 헤드라인을 훑었다. 각종 뉴스에 달린 분노의 댓글과 싸늘한 반응까지 전부 살폈다. 댓글을 보며 헷갈렸다. 나는 앞으로도 어느 나라, 어느 도시에 살든지 이걸 계속 지켜볼 수밖에 없는 걸까? 언젠가 이 나라 풍경에 완전히 녹아들어 노래 「간다가와」를 흥얼거리는 걸로 사람들을 놀라게하지 않을 정도가 되면 한국에서 펼쳐지는 실시간 키워드와 무관한 삶을 살 수 있을까? 여기서 10년 20년을 더 살더라도 언제까지고 일본인들은 「간다가와」를 흥얼거리는 외국인에게 놀랄 것 같은데?

습하고 눅눅한 여름, 가만히 놓아둔 컵 안에서 곰팡이가 피어올랐다. 컵 안에 곰팡이가 피는 줄은 꿈에도 모르고 검은색 텀블러를 대충 씻어 물을 마시다 한동안 항생제를 달고 살았다. 한 시절 시원하거나 따끈한 물에 온갖 곰팡이를 잘 저어 마시고 있었다니. 늦게라도 알아채 천만다행이라고 항생제를 먹으며 생각했다. 대충 살아도 된다는 기준은 언제 어디서나 균일하게 적용되진 않는다.

늘 이도 저도 아닌 상황에 놓였다고 생각했는데 본격적으로 이도 저도 아닌 인간이 되었다. 한국에도 친구가 많지는 않았지만 일본에 오니 정말 한 명도 없었다. 한국도 싫었는데 생활할수록 일본도 좋아하긴 어려울 것 같았다. 외로운 마음에 이런 고민을 유학생 커뮤니티 익명 게시판에 올렸더니 '당신은 어딜 가나 세상을 푸념하며 다닐 인간'이라는 악담이 달렸다. 안분지족을 권고하며 위로를 가장했지만 그냥 악플이었다. 저런 애들은 왜 굳이 커뮤니티에 상주하며 고고한 현자를 자청하는 것일까? 굳이 커뮤니티에 어딜 가나 세상이 싫다고 한탄하는 나만큼이나 이해가 안 가는 사람이었다.

8월 초가 되자 히로시마와 나가사키에서 원폭 피해자를 추도하는 평화 기념 위령제가 열렸다. 텔레비전에 흐르는 경건한 풍경은 기묘하고 낯설었다. 만약 NHK가 방영하는 추도식에 원폭 희생자 중 강제 동원되었다가 참변을 당한 식민지 사람들을 언급했다면 나도 함께 추도할 마음이 생겼을까? 언급되지 않은 이름 때문에 추도식은 반쪽으로 보였다. 당시 전범들과는 완전히 무관한 무고한 사람만 골라서 추도하고 싶다는 삐딱한 마음이 들었다. 아픈 현실을 아프게 느끼면서도 선별된 추도에 마음을 온전히 줄 수 없었다.

며칠 후 아랫집에서 비명 소리가 들려 뛰어갔더니 미오의 친구이자 나비의 친구인 그 할머니가 있었다. 할머니와 제대로 대화하는 건 처음이었다. 할머니는 어학원에서 배운 표준 일본어와는 사뭇 다른 말을 외치고 있었다. 말투가 고풍스러워 시대극 속 한 장면 같았고 자막이나 통역이 필요할 정도였다. 거의 알아들을 수 없었다. 할머니는 무선전화기를 들고 있었고 뛰어나온 나를 보더니 '보

오메라시로 돌아가는 사람들　　　　17

쿠고! 보쿠고!'라고 외쳤다. 그게 무슨 뜻인지 모르는 내가 허둥대자 할머니가 전화기를 건넸다. 엉겁결에 받아 들고 더듬더듬 말했다.

"저는 2층에 사는 학생입니다. 할머니가 뭔가 곤란해하십니다."

그러자 먼 곳에 사는 것으로 추정되는 할머니의 가족이 사람을 보내겠다고 답했다. 어학원에서 연습했던 실전 지문에는 없는 대화였다. 전화를 끊고 일어로 문제를 해결했다는 사실에 나는 몹시 기뻤다. 하지만 할머니의 문제가 해결된 듯한 기색은 없었다.

곧 방문 케어 센터 차량이 1층 현관문을 두드렸다. 알고 보니 치매를 앓는 할머니는 센터의 주기적 생존 확인만을 이웃 삼아 홀로 일상을 이어가고 있었다. 상태가 더 심해지면 시설로 보내질 거라는 걸 짐작할 수 있었다.

방에 돌아와 사전을 펼쳤다. 보쿠고ぼうくうごう, 방공호防空壕라는 의미였다. 할머니의 나이를 대략 가늠해보았다. 1945년에 할머니는 십대 소녀였을까? 가까운 일을 잊고 먼 시절의 일을 또렷이 기억한다는 알츠하이머병의 시계는 어떤 방식으로 돌아가고 있는 걸까? 그 시계는 환자의 일생 중 가장 힘들었던 시기를 제일 선명하게 가리키는 걸까?

방공호를 찾는 할머니의 얼굴을 보며 외할머니가 떠올랐다. 그해 전국에서 수확한 쌀이 모두 군산항에서 일본으로 실려가는 걸 보면서 배를 곯았을 우리 외할머니. 히로시마로 강제 동원된 외할아버지는 원폭 투하를 목격한 순간 바로 근처 강에 뛰어들었다고 했다. 그게 위험을 피한 행동이었는지 피폭량을 늘린 잘못된 선택이었는지 나는 모른다. 우리 가족과 직결된 문제는 그다음 날부터 일어났다. 원폭 투하 다음 날부터 외할아버지는 히로시마 복구 작업에 동원되었다. 이전 상태로 되돌린다는 '복구'라는 말이 끔찍했다. 식민지 사람들이 피폭을 당하며 전범국의 도시를 '복구'했다니. 전쟁에 동원되어 착취당하던 시절로 되돌아가기 위해 힘썼다니. 우리 외할아버지가 성실하지 않은 사람이었다면 어떻게 됐을까? 죽지 않고 '무사히' 고향으로 돌아온 뒤 외할아버지는 딸을 얻었고 그가 바로 우리 엄마였다. 그러니까 나는 피폭 3세. 엄마 형제들의 암 발병률이 높다는 사실이 히로시마와 우리 가족을 지금까지 끈질기게 묶어두고 있었다. 정작 히로시마와 일본은 보상은커녕 단 한 번도 우리 가족과 관련이 있다는 내색을 보인 적 없지만. 나는 도쿄에서 내가 조금 삐딱하게 굴어도 될 충분한 이유라도 찾은 듯 피폭 3세라는 단어를 떠올렸다.

아랫집 할머니가 전범과 직접적 이해관계가 있는 사람인지 아닌지 모를 일이지만 외조부모를 생각하면 일본의 전쟁 피해자들을 눈앞에서 본대도, 나는 그들을 '우선적으로' 연민할 수 없었다. 내게는 에이후쿠초 그늘에 자리 잡은 누군가의 고독한 일상을 연민하는 마음에도 조건이 분명하게 존재했다.

이곳의 유서 깊은 그늘 속에 들어가려면 어깨를 앞뒤로 비스듬히 해야 했다. 그렇게 몸을 작게 만들어야만 통과할 수 있는 비좁은 골목에는 이끼가 가득했다. 현관 앞에는 사람 발자국을 전혀 신경 쓰지 않는 작은 도마뱀들이 활보해 마치 작은 밀림 같았다. 치매 노인과 외국인과 도마뱀, 아무도 신경 쓰지 않으며 서로 연민하지 못하는 존재들의 밀림이었다.

할머니는 어디 출신일까? 막연하게 히로시마나 나가사키가 먼저 떠올랐다. 전쟁 때 대공습 피해를 입은 나고야, 고베, 도쿄일 수도 있고 오키나와일 수도 있었다. 할머니의 고향은 얼마 후 알았다. 잠들기 위해 옆으로 돌아누우면 귀가 바닥에 맞닿았고 그럴 때면 아랫집에서 나는 소리가 귀에 쏙쏙 박혔다.

"어머니, 오메라시青梅等市로 돌아갑시다."

자식 내외인 듯한 이들이 할머니를 고향으로 모시고 가

기 위해 설득하고 있었다. 엿들으려던 게 아니고, 할머니 고향과 앞으로 여생을 보낼 장소까지 알게 된 것은 방음이 불가한 얇은 주택 자재 때문이었다. 고급 맨션이 아닌 이상 일본식 목조 건물은 외부 환경을 거의 차단하지 못했다. 아랫집 할머니가 방귀 뀌는 횟수를 세며 요즘 식사가 불규칙하신가, 의도치 않게 짐작해볼 정도였다. 일본의 건축 환경 및 내진 설계 방식을 몽땅 바꿀 수 없으니 자는 자세라도 고쳐야 했다.

"안 가! 싫어! 싫다고."

할머니는 어린아이처럼 싫다고 외쳤다. 어학원에서 배운 거절 표현이 생각났다. 완곡하고 예의 바르게 거절하는 것이 비즈니스 매너의 기본이다. 단호한 표현 대신 '어려울 듯합니다' 혹은 '가능하기 힘듭니다' 같은, 쏙 외우기 힘들 정도로 몹시 긴 표현을 배웠다. 데키카네나이できかねない. 이 표현은 유독 헷갈렸는데 데키루(できる, 가능하다)와 가네루(かねる, 어렵다)가 조합된 말에 부정을 뜻하는 말 '나이(~ない)' 또는 '마센(~ません)'이 붙어 곧장 해석이 안 됐다. '가능하기 어렵지 않다'라고 직역하면 너끈히 가능하단 얘기 같은데. 신기하게도 데키카네루처럼 뒤에 부정이 붙지 않는 말도 그냥 안 된다는 뜻이었다. 외국어 완곡 화법을 머릿속에 욱여넣고 있으면 그냥 예스나

노로 말하면 안 되나, 하는 의문이 일었다. 영어권에서도 비즈니스 어법으로 거절을 표할 때는 완곡하게 돌려 말한다고 하니, 상대에게 상처 주지 않으려는 인류애 어법이리라 여겼다. 하지만 아무리 정중한 표현을 들어도 상처를 받지 않는 건 아니었다. 나 같은 외국인에게 지나치게 정중한 화법을 쓰는 일본인을 만나면 '네가 이 말을 알아들으려나' 같은 의도가 숨어 있는 것만 같아 더 기분 나빠졌다. 아무튼 할머니는 데키카네루, 데키카네나이 같은 완곡어법을 쓰지 않고 아주 분명하게 말했다.

"싫어! 싫다고! 절대로 싫어! いやだ! いやだってば! 絶対いやだ!"

어학원 선생님 기준으로는 절대로 쓰지 말아야 할 나쁜 표현 중 하나였다. 중년 여성인 그는 외국인인 우리에게 애니메이션이나 드라마에서 본 표현을 그대로 쓰지 말라고 여러 번 조언했다. 어린아이가 말하는 것처럼 들려 상대의 존중을 끌어내지 못한다고 했다. '아무리 세련된 언어를 구사해도 존중받지 못하는 경우엔 어떡하느냐'라고 묻고 싶었지만 나는 선생님의 시간을 존중했다. 수업 중에 의문을 표하는 것은 일본 교실의 미덕이 아니었다. 무엇보다 일어 초급 단계에서 긴 질문을 포기하는 일은 어렵지 않았다.

바닥에 붙인 귀를 통해 확성기처럼 들려오는 할머니의 절규와 함께 오메라시라는 이름이 또렷이 남았다. 오메라시라고 검색해보니 오키나와의 남쪽 끄트머리 지역이 지도에 보였다. 그곳에서 가장 유명하다는 선연하고 아름다운 절경도 보였다.

겨울에도 따듯하다는 오키나와에 한 번쯤 가보고 싶었다. 할머니는 왜 고향으로 돌아가길 거부할까? 나 역시 한국을 떠난 뒤 언제 돌아갈지 기약하지 않고 있는 사람으로서 할머니의 마음을 상상해봤다. 어학원 1년 코스를 수료한 학생들 대부분은 일본을 떠났다. 더 머물고 싶어도 비자를 연장하기가 매우 어려웠다. 비자 발급이 수월한 안정적인 기업에 취직하는 것이 최선이었지만 어학원에서 있었던 경험만으로 이 관문에 통과한 사람은 적어도 내가 다닌 어학원에는 단 한 명도 없었다. 가족의 지원이 충분해 아르바이트를 하지 않고도 비싸고 배울 것 없는 어학원 비용을 계속 지출할 수 있는 사람, 눈 돌아갈 정도로 비싼 사립대학 학비를 지불할 만큼 부모의 재산이 월등한 사람만이 남았다. 그중 어디에도 속하지 않는 나는 만화가 작업실에서 계속 일할 수 있었기 때문에 도쿄에 남을 수 있었다. 내가 생각해도 희귀한 케이스였다. 2년 차에는 워킹홀리데이 비자를 발급받았다. 워홀은 아무나 가는 줄 알았는데 사증 심사를 거치며 아슬아슬하게 합격했다는 걸 체감했다. 일본어능력시험JLPT에서 한 문제만 더 틀렸어도 떨어질 뻔했을 정도로 까다로웠다. 비자를 발급받은 것은 감격스러웠지만 결국 에이후쿠초의 그늘진 방에서 다시 하루가 이어진다고 생각하니, 비싼 월세를 계속 납입할 자격을 얻었을 뿐 같았다.

실속 없는 생활이었지만 한국의 지인들은 내가 대단하다며 부럽다고 했다. 살기만 해도 느는 어학 실력, 무사히 취득하고 갱신한 비자, 원했던 만화가 어시스턴트 업무, 해외에서 생활을 이어가고 있다는 사실만으로 추켜세워졌다. 내용은 초라할지언정 남들의 오해에 기반한 찬사가 있으니 조금 보상받는 듯한 착각마저 들었다. 현실은 변변찮지만 당장에 귀국을 할 수도 없었다. 목표했던 성과를 낼 때까지 귀향을 거부할 참이었다. 그런데 워홀 기간 안에 과연 해낼 수 있을까? 이곳에 살아도 좋다는 허가와 함께 나의 가치를 증명할 수 있을까?

두번째 계절을 보내며 고양이 미오가 아랫집 현관 앞에서 할머니를 기다리는 모습을 몇 번 보았다. 할머니는 얼마 후 결국 집을 떠났다. 제대로 된 대화를 한 적 없는, 심지어 나를 기억하거나 인지하는지도 확신할 수 없는 이웃이었다. 그런 이웃과 헤어질 때 전할 적절한 인사를 몰랐다. 그래서 할머니가 집을 떠나는 날 마침 골목에서 딱 마주쳤을 때 나는 평소처럼 '곤니치와'라고 인사했다. '도모'나 '웃스' 같은 격 없는 인사를 건네지 않았으니 예의는 발랐지만 지극히 교과서적이라 애매한 인사였다. 그날 할머니는 나와도 그리고 다른 이웃과도 눈을 마주치지 않았다. 흐트러진 모습으로 방공호로 가야 한다고 외치던 순간이 기억났다. 할머니는 지금도 전쟁의 한복판에 서 있는 것처럼 보였다. 오메라시로 돌아가길 그토록 거부했는데, 포기한 걸까? 이제 모두가 귀찮아하는 존재가 되어 자포자기하는 마음이 된 걸까? 가지 않겠다던 결심까지 잊어버린 건 아닐까? 할머니의 눈은 매서웠다. 자신의 처지를 그저 바라만 보고 있는 나 같은 이웃을 원망하는 듯했다. 할머니는 단출한 짐 옆에 놓인 짐처럼 한참 서 있었다. 나는 작은 창문으로 할머니가 떠나는 모습을 지켜봤다.

잠시 후 내 방 현관문을 두드리는 소리가 들렸다. 다급한 노크 소리가 조심성도 없이 쾅쾅 울렸다. 현관문 외시경으로 살짝 내다보니 아랫집 할머니였다. 덜컥 무서운 마음이 들었다. 할머니는 나를 원망하거나 미워할지도 몰랐다. 누군가가 할머니를 한 번도 연민하지 않은 내 마음을 알아보고 비난이라도 하는 듯 마음까지 쿵쿵 울렸다. 대답하지 않고 숨을 죽였다. 잠시 후 낯선 사람이 다가와 할머니의 짐을 택시에 실었고 할머니는 그 길로 에이후쿠초 골목을 떠났다.

짠한 마음이 들었지만 내게 할머니에게 따듯한 작별 인사나 기약 없이 다시 보자는 발림을 전할 의무는 없었다. 솔직히 나는 이 사회의 일원도 아니고 할머니 역시 딱히 나를 이웃으로 반겨주지 않았다. 물론 장유유서를 체화한 유교문화권 출신이긴 하지만, 내겐 일본의 경제 번영을 위해 애쓴 윗세대를 부양해야 한다는 부채감도 없었다. 이 사회는 내게 줄곧 비즈니스 매너를 체득하고 일본인에게 존중받을 자격만을 요구했다. 나는 그 조건을 충족하고 세금과 월세를 내며 살아갈 뿐이다. 타인을 연민하려 해도 필요한 조건과 맥락이란 게 있다. 히로시마 위령제처럼 당당하게 피해자를 선별하고 배제해버리는 장면을 보며 피폭 3세로서 냉랭해도 된다고 허가받은 기분이었다. 피해자만 인류애를 보여야 할 이유는 없다. 일본의 전쟁범죄를 물흐리는 논리로 쓰일 걸 안다면 내가 굳이 한국군의 베트남전 학살 참여 같은 일을 일본에서 언급할 필요는 없다고 생각했다.

그즈음 일본어 검색에도 조금 익숙해져 일본어로 된 사이트나 트위터에 접속하기 시작했다. 일본어로 오메라시를 검색해봤다. 그러다 괴담 같은 이야기를 하나 접했다.

오키나와가 아닌 다른 지역, 어떤 도시 이름도 오메라시라고 했다. 발음만 같고 표기는 다른 곳이었다.

그 도시를 개발할 때 지하에 커다란 터널이 있었다. 더는 쓰지 않는 오래된 배수 터널이나 방공호일지도 몰랐다. 그 터널을 메운 뒤 눈부시게 우뚝한 도시를 세웠는데 공사 중에 사람이 터널 안에 남아 있다는 사실이 드러났다. 사람의 절규가 들렸지만 공사는 중단되지 않았다. 매립용 시멘트를 부은 지 이미 수십 일이 지났고 굳어버린 시멘트를 모두 깨뜨린 후까지 그 사람이 살아남아 있으리란 보장이 없었다. 그가 곧 죽을 것을 확신했던 현장 책임자들의 마음은 아예 그가 조속히 죽길 바라는 마음으로 바뀌어갔다. 고상하게 지은 건축물로 도시는 아름답게 재건되었으나 매립 터널이 있던 곳에서 밤마다 사람의 절규가 계속 울려 퍼졌다고 한다. 일본식 괴담다운 결말이었다.

그곳에 대한 이야기는 계속 이어졌다. 사람들은 아름답게 개발된 오메라시로 이사했고 날이 좋으면 오메라 신사에 들러 복을 빌었다. 터널 속 절규 이야기도 퍼졌다. 옛 터널 주변에서 사람 우는 소리를 들었다는 괴담도 많았다. 근처에 사는 너구리가 우는 소리라며 동물원 라군 울음소리와 비교한 영상을 유튜브에 올린 사람도 있었다.

새로운 정보가 추가될수록 원래 사건은 아무것도 아닌 일이 되어가고 있었다.

나는 할머니의 고향인 오메라시도 검색해보았다. 따듯한 풍경을 배경으로 절경에서 사진을 찍어 올리는 관광객이 많았다. 바다가 잘 보이는 채광 좋은 카페도 근처에 많은 듯했다. 백합(白合, '유리'라고 읽음)을 하와이안 스타일로 디자인한 배지나 전차를 운전하는 소녀 캐릭터들로 유명한 애니메이션 굿즈도 연관 검색어처럼 따라왔다. 오키나와와 백합을 일본어로 찾아보다 한 사건이 검색창에 떠올랐다. 오키나와 절경에서 벌어진 히메유리 학도대 사건. 종군 간호사라는 이름으로 평범한 여학생 2백여 명이 전쟁에 동원되었고 1945년 일본이 투항하기 사흘 전 격전지 한복판에서 해산 명령을 받았다. 미군의 포로가 되지 말라는 명령과 함께 전방에 버려진 평범한 여학생들은 폭격과 집단 자살 종용으로 사망했다.

창밖에서 고양이가 우는 날카로운 소리가 들렸다. 마음이 검게 굳어가는 기분이 들었다.

두번째로 맞는 여름, NHK의 추도 방송은 작년과 다름없었다. 나는 올해도 무심하게 추도 방송을 보았다. 그리고 잠시 아랫집 할머니를 떠올렸다가 곧 잊었다.

8월 말이 되었고 도쿄의 밤하늘을 수놓는 거대한 불꽃놀이가 스미다강隅田川 위에서 펼쳐졌다. 그날 나는 패밀리 레스토랑에서 바쁘게 일했나. 가장 싼 메뉴인 프렌치프라이와 맥주를 미친 듯이 나르며 멀리서 울려 퍼지는 폭죽 소리만 들었다. 숨 막힐 정도로 덥고 습했던 여름 열기도 9월 중순쯤 되자 순식간에 사그라들었다. 풍경이 가을로 향하는 어느 날 동네 공원에서 센코 하나비線香花火에 불을 붙였다. 거대한 폭죽은 아니고 한 뼘 정도 되는 실타래를 따라 작은 불씨가 잠깐 타오르다 이내 꺼지는 내성적인 폭죽이었다. 타고 있는 것인지 꺼지려는 것인지 알 수 없는 불을 들여다보았다. 꺼져가는 걸 보면서도 타오르는 중이라고 여기는 건 일본식 허무 같았다. 그럼 타오르는 걸 보면서 어차피 꺼질 거라고 확신하는 건 한국식 냉소일까? 어두운 공원에 앉아 작은 불빛이 사라지는 순간을 끝까지 지켜봤다. 일본식 정서든 한국식 정서든 상관없었다. 무의미한 순간임을 알고도 꾸역꾸역 의미를 찾아내야 했다. 진즉 사라진 빛의 잔상을 나는 한참이나 노려봤다.

2년간 만화를 그려 출판사를 찾아다녔다. 나는 영업 일도 살하는 모험가였시만 출판사가 찾는 인재는 아니었다. 열 작품쯤 그려서 열 군데쯤 출판사를 찾아갔는데 편집자들은 내 원고를 보며 하나같이 비슷한 말을 했다.

"일본 사람은 이런 식으로 말하지 않아요."

대사나 연출을 조금 더 자연스럽게 조율할 필요가 있다는 뜻으로 이해했지만 동시에 의아했다. 생활하면서 직접 들었던 일본인의 말을 대사에 활용했기 때문이다.

차라리 내 작품에 상업적 가치가 없다고 직설적으로 말해줬다면 좋았을 텐데. 외국인이 일본어로 쓴 대사는 너무 부자연스러워 손이 두 배로 갈 텐데 그 정도의 공을 들여야 할 작품인 것 같지는 않다고 말이다. 위와 같은 정황을 포함하는 뜻이었겠지만 만화 편집자들은 내 작품을 그저 '부자연스럽다'고 표현했다. 일본인이 보기에 부자연스럽게만 보이는 사람이 물 흐르듯 '자연스럽게' 읽히는 상업 만화를 그려낼 수 없을 거라고 말이다. 나는 이질성이 개성이라고 자부했지만 솔직히 이를 열등함으로 여기는 상대 앞에서 당당하기란 쉽지 않았다.

체류 만료일이 다가오면서 나는 어디서나 잔뜩 짜증을 내고 신경질을 부렸다. 혀를 차거나 투덜거리며 미간을 좁혔다. 길에서, 도서관에서, 편의점에서, 가게에서······ 매 순간 무시당했고 차별받았다는 모멸감을 마주했다. 짜증을 잘 내서 무시당한 건지, 차별당했다고 느낀 순간 유효하게 맞받아치지 못해 짜증이 난 건지 선후 관계는 조금 애매했다. 그렇지만 애써 이 모든 게 그리 특별한 일은 아니라고 여겼다. 어느 나라에 살았건 나란 인간은 이렇게 살고 있을 거였다. 그리고 모든 인간은 어쩔 수 없는 자기 현실 속에서 애매하게 산다. 특수한 상황을 보편적인 말로 치환하며 안위했다. 그렇게 갑갑한 현실을 회피하고 있었다. 감옥 같은 현실에 갇혔다는 사실을, 심지어 그것이 내가 선택한 것이라는 사실을 말이다.

빈손으로 귀국할 날짜만 다가오고 있었다. 가끔 새벽에 밖으로 나가 철로를 걸었다. 적지 않은 나이를 떠올릴수록 비참했다. 일부러 음량을 높여 이어폰으로 귀를 틀어막았다. 여기서 죽는대도 아무도 날 상관하지 않겠지? 아무리 모험가의 심장을 가졌대도, 앞으로 더 발버둥을 친대도, 어디에서도 누구에게도 환영받을 일은 없으리라는 강렬한 예감이 밤을 감쌌다.

반드시 돌아가야 할 곳도 없는 처지였지만 계속 주춤대기만 할 이유도 없다고 누군가에게 항의하고 싶었다. 좁고 굽이진 골목을 서성이다 길을 잃었다.

밤의 공기를 가르며 어딘가에서 정적 속에 짧은 비명이 들렸다. 취객이 깽판을 부리는 소리인지, 텔레비전 속 공포영화의 한 장면인지, 아기가 우는 소리인지, 고양이가 우는 소리인지, 아니면 누가 정말 울부짖고 있는 건지 알 수 없었다. 어쩌면 젊은 여성이, 아니면 늙은 여성이 우는 것 같기도 했다. 곧 잦아든 소리에 아무런 감흥을 느낄 수 없었다. 내 안에서 폭발하는 절규와 오열에 비하면 연극 무대에서 들려오는 것만 같아 가짜 비명으로 느껴졌다. 그 순간 한 가지 생각이 스쳤다. 지하에 갇힌 건 나다. 여기가 바로 오메라시로구나.

스스로 갇힌 순간에도 그와 동시에 누군가가 나를 가뒀다. 결국 벗어나지 못할 것이다. 자신을 둘러싼 풍경에 녹아들어 자연스럽게 살아갈 조건 따위 앞으로도 갖추지 못할 테니까. 담벼락이 공중에서 아무렇게나 쏟아부어 쌓인 시멘트처럼 보였고 산소가 부족한 듯 숨이 막혔다.

호흡곤란을 느끼고 주저앉은 그 순간 작고 검은 그림자가 담벼락 위에서 흔들렸다. 나무 그늘에 반쯤 가려진 그림자였다. 올려다본 시야 안에서 살짝 움직이지 않았다면 못 볼 뻔했다. 검은 고양이였다. 녀석은 내 시선을 알아차린 듯 그때부터 천천히 움직이기 시작했다.

나는 숨을 가다듬으며 앞장서는 고양이를 천천히 따라갔다. 한참을 걸었다. 집에서 상당히 떨어진 거리였다. 녀석, 관할구역이 이렇게 넓었구나? 녀석은 길이 아닌 곳을 성큼성큼 자기 길로 만들고 있었다. 어둠 속에서 잠깐 나타나는 검은 꼬리, 흔들리다 그림자 사이로 사라지는 움직임을 쫓으며 나는 큰길로 이어질 발걸음에만 집중했다. 통과할 수 있는 길을 골라 걸었다. 막힌 길을 만나면 다시 돌아 나왔다. 갈 수 있는 곳까지, 내가 걸을 수 있는 길로, 내 걸음으로…… 호흡이 천천히 균일해졌다.

무선 이어폰 배터리가 소진된 탓에 배경음악은 진즉에 끊겼다. 오늘 밤 도시 아래에 가라앉은 각종 소리가 똑똑히 들려왔다.

줄곧 타자의 시선으로 도쿄를 관찰하고 있었다. 서울 한복판에서, 혹은 지방 어느 골목에서 살았다고 해도 내 태도는 마찬가지였을 거다. 여기선 오히려 핑계를 대기 좋았다. 이곳은 내게 아무런 권리도 허락하지 않았기에 영원한 타자로 살겠다는 마음을 먹기란 오히려 쉬웠다. 오메라시의 터널이 에이후쿠초 지하에 존재한대도, 그 안에서 당장 오늘 밤 괴담인지 동물인지 진짜 사람인지 모를 목소리가 울려 퍼진대도 어쩔 수 없다고 여길 거였다. 내겐 아무런 의무가 없으니까.

오메라시는 할머니의 트라우마 속에도, 내 현실 속에도, 결국 어디에나 존재하는 곳 같았다. 어디든 오메라시가 될 수 있다. 누군가가 괴담 정도로 소비하는 일에 혀를 차곤 했지만 대부분의 사람은 오메라시의 존재를 알지도 못하며 설령 안다고 해도 그저 자신들의 무력함을 인정할 뿐이라는 사실까지 포함해, 터널의 이름은 평범했다.

　문득 이런 생각이 들었다. 외국인이 아니어도 누구나 타자일 수 있다는 생각. 모두가 서로의 타자가 되어버리면 아무도 오메라시의 터널을 이야기하지 않을 거란 생각.

　천천히 내가 모르던 곳에서 빠져나와 아는 풍경 속으로 들어갔고 곧 집 앞에 도착했다. 아무도 없는 아랫집 현관 앞에 미오가 앉아 있었다. 혹시나 하는 마음에 할머니가 언제나 미오에게 사료를 주던 현관 반대편 자리에 가보았다. 작은 툇마루 아래 고양이용 사료가 두 자루쯤 놓여 있었다. 할머니는 혹시 사료 얘기를 하려고 마지막 순간에 내 방문을 두드렸을까? 할머니가 준비해둔 두 가지 사료를 섞어 미오에게 건넸다. 툇마루 옆 수도를 틀어 할머니가 언제나 깨끗이 씻어 두던 그릇에 담았다. 언제까지 할머니의 일을 이어갈지 알 수 없지만 적어도 이곳을 떠나기 전까지는 할 수 있다. 할머니의 일이자 내 친구의 일을.

　"미오야, 나 간다. 잘 자."

　어느샌가 나도 녀석을 나비가 아니라 미오라고 부르고 있었다.

　길을 잃은 날조차 언제고 다시 이곳으로 돌아올 거다.

애초에 나의 도시가 아니었던 곳, 이 도시의 오메라시로. 돌아갈 도시, 도착하게 될 도시에서도 언제고 만나게 될 우리 모두의 오메라시로.

오늘 밤에도 차마 이곳을 떠나지 못하는 이들의 옛 비명이 발밑 콘크리트 아래에서 울려 퍼지고 있었다.

시대 지체자와 시대 공백

1

장형철 씨는 내가 스마트보디® 갱신 센터에서 업무를
시작한 초창기에 만난 시술 대상자였다. 그의 첫인상은
특이했다. 특별하고 매력적이란 뜻은 아니고 솔직히 말하
자면 그 반대였다. 옛날 잡지에서나 본 듯한 레트로한 옷
차림과 머리 스타일, 구식 안경에 먼저 눈길이 갔다. 무엇
보다 심히 불안해 보였다. 원만한 대화가 이뤄지기 힘들
거란 예감을 주는 뿌연 안경 속 눈빛을 보며 나까지 긴장
했다. 그는 심각한 약시라고 했다. 약시인 사람은 처음 봤
다. 사실 센터 일을 하면서 약시라는 용어를 처음 들었다.
그는 제3의 눈도 착용하지 않았다. 나는 그에게 우리 회사

에서 제공 가능한 제품군 특성과 시술 방식을 설명했다. 내 업무는 매뉴얼 화면을 넘기며 시술자에게 하나씩 내용을 읽어주는 것이었다. 시간대를 헷갈릴 정도로 시대 리터러시가 낮은 '시대 지체자'들을 상대하려면 상세하고 친절한 안내가 필요했기에 회사는 AI가 아니라 사람을 채용했다.

"제3의 눈이란 후방 카메라에 비친 정보를 본인의 유효 시야 안에 포함하도록 보조하는 시술입니다. 백미러 방식과 시야 연장 방식이 있습니다. 물론 메뉴 설정에서 추후 변경하는 것도 가능합니다."

스마트보디®가 상용화되지 않았던 수십 년 전만 해도 생체 그대로인 플랫보디를 지닌 사람이 다수였다. 지극히 비좁은 시야를 통해 세상을 보았기에 고작 내가 현재 보고 있는 정보의 반밖에 인지하지 못하며 산 것이다. 특히 사각지대에서 다가오는 위험에 속수무책이었다. 시야 확보를 위해 항시 번잡하게 움직여야 했다. 두리번거리다,라는 표현을 옛날 책에서 읽은 적이 있는데 오늘 그를 보니 사어가 된 바로 그 단어가 떠올랐다. 그는 한쪽 렌즈에 금이 간 구식 안경을 붙잡고 다른 한 손으로 벽을 짚으며 상담실 안을 서성거렸다. 나는 설명을 잠시 멈추고 그가 안정을 찾을 때까지 기다렸다. 음료와 함께 건넨 물수건이 책상 위에서 점점 말라갔다.

그가 이 시대에 사는 사람이었다면, 하고 상상하니 그의 처지가 안쓰러웠다. 시력 교정 같은 저렴한 시술을 받지 못한 건 가족의 무관심이나 학대를 암시하는 거니까. 그가 거쳐왔을 전근대적 구시대를 상상하며 그의 행색을 바라보고 있자니 더욱 가여웠다. 오는 길에 넘어지기라도 한 걸까? 옷은 더러웠고 여기저기 찢겨 있었다. 무릎과 뒤통수에는 검고 더러운 얼룩이 눌어붙어 있었는데 핏자국처럼 보이기도 했다. 일찍 제3의 눈을 시술받았다면 지금보다는 조금 일찍, 조금 더 안전하게 살아왔을 텐데……

시대 지체자들은 알츠하이머 환자의 경우와 유사한 치료와 돌봄을 받았다. 이들은 단순한 가전제품도 사용할 줄 몰랐다. 생체 열감 스캐닝 위치를 몰라 문밖을 나서지 못했고 심지어 밥솥 뚜껑을 열 줄 몰라 밥을 먹지도 못했다. 상당히 직관적인 UI인데도 그랬다. 물품 자체를 처음 보는 걸 테니까. 이들은 몸의 시간이 정지한 상태로 미래로 건너온 사람들, 시간 감각이 정체되어 이 시대의 모든 존재와 불화하는 사람들이었다. 우리 회사는 이들에게 사회 복귀에 필요한 제반 서비스를 지원했다.

회사는 이들을 '일종의' 냉동 인간이라고 불렀다. 그런데 냉동 인간 기술은 요즘에도 상용되지 않았다. 입사 당시 설명을 들었을 때도 느꼈지만 '일종의'라는 수식어가 줄곧 미심쩍었다. 비싼 시술 없이 안티에이징신체를 보유한 사람들이라는 생각에 부럽기도 했으나 이들이 겪어야 하는 복귀와 재활은 미용과는 비교할 수 없을 정도로 차원이 다른 이야기였다. 새로운 시대를 맞이하려면 개인의 의지 이상의 것을 사회가 지원해야 한다. 미래복지부 협력 기관인 우리 회사가 이를 돕고 있다.

점점 상담을 종료할 시간이 다가왔고 나는 빠르게 매뉴얼을 읽기 시작했다. 정해진 업무를 정해진 방식대로 수행하지 않으면 또 매니저에게 한 소리를 듣고 말 거였다. 매니저는 최악의 상사였다. 나이는 나와 엇비슷한데 세상에 이런 꼰대가 없었다. 그는 자신을 자주 베테랑이라고 자칭했는데 원래 뜻인 '퇴역 군인'을 함의한 거라면 달리 더 어울리는 말이 없을 정도였다. 첨단 장비를 갖춘 군사 전문가가 다 매니저 같진 않을 테고 1, 2차 세계대전 때나 쓰던 구식 장비에 익숙한 사람이랄까? 회사는 도대체 어디서 이런 사람을 불러왔을까? 듣도 보도 못한 스타일의 매니저를 상사로 모셔야 하는 게 가장 버거운 업무였다.

나는 장형철 씨에게 곧장 동의서 작성을 독촉했다.

"시술 비용은 미래복지부 긴급구호사업, 시대 지체자 지원 보조금으로 전액 충당됩니다. 본인 부담은 일절 없어요. 아시겠죠? 이 시대의 일원이 되겠다는 이 확약서에 서명하시면 바로 시술을 집행합니다. 시술 후 통증은 거의 없고요. 3일 이내에 완료됩니다. 농의하시겠습니까?"

'시대의 일원'이 되겠느냐는 거창한 구호가 멋쩍었다. 공문 속 얄팍한 문장이 주는 거북함을 애써 외면하며 그를 안내했다. 우리 시대가 과거보다 진보했는지 나는 모른다. 하지만 적어도 장형철 씨가 지닌 장애는 지금 이 시대의 기술로 완치할 수 있다. 그러니 약시에만 한정한다면 극복이나 진보란 말을 써도 좋지 않을까? 당신의 해당 문제점은 극복 가능할 만큼 세상이 진보했습니다.

그는 자리에 앉지도 않고 계속 목소리를 높였다.

"딸을 만나러 가려던 길이었다고요! 그런데 여기선 내 딸이 날 알아보지도 못하잖아요."

장형철 씨는 시술 따위에 아예 관심이 없었다. 생존에 필요한 긴급하고도 유용한 시술에 이렇게 무관심하다니. 그는 동의서를 앞에 두고도 이전 시간만 떠올리는 듯 멍한 표정을 지었다. 나는 그의 심경을 이해해보려 노력했다. 시간을 훌쩍 뛰어넘어 이곳에 왔다. 인생에 얼마나 커다란 공백을 안고 있는 걸까?

"살아남은 나를, 내 딸이 아버지라고 여기지 않는단 말입니다."

그는 소식을 듣고 센터로 찾아온 딸을 차마 대면하지 못하고 먼발치서 바라보았다고 했다. 딸은 현재 쉰둘. 그는 자신이 현재 서른 살이라고 말했다. 1952년생이라면 실제 나이는 여든. 서른 살 얼굴을 한 노인이 내 앞에 있었다. 자신보다 나이가 훌쩍 많은 중년 여성을 딸이라고 부르면서 가까이 가지 못하는 처지. 혼란스럽고 분열적인 상황일 것이다.

사흘이 지나면 희망해도 시술을 할 수 없다. 빨리 동의서를 작성해야 했다. 연민이 들어 나는 그를 달래기 시작했다.

"저는 장형철 님이 이 시대에 잘 적응해 정착하도록 돕고 싶어요. 당신이 재활할 의지가 있다면요."

줄곧 불안해 보이는 그에게 이번엔 강하게 말했다.

"여기서는 아무도 당신을 지켜주지 못해요. 각자 생존해야 하는 시대죠."

나중에 베테랑 매니저가 상담 로그를 본다면 또 잔소리하겠군. 나는 시술 대상자에게 진짜 마음을 말할 정도로 초짜였다. 쓸데없는 소리를 했나 싶었는데 그가 나를 처음으로 지그시 바라보았다. 더 말해보라는 뜻으로 알고 나는 속마음을 다 털어놓았다.

"장형철 님이 어쩌다 시대에 뒤처진 건지, 어떻게 여기에 도착한 건지는 자세히 모르지만 강해지셔야 해요. 이곳에선 아무도 우릴 지켜주지 않아요. 112를 눌러도 경찰은 오지 않고요. 동화책이 아닌 현실에서 구급차나 소방차 사이렌을 들어본 적도 없어요. 플랫보디를 가진 사람은 그냥 계속 집에 머물러야 해요. 주 120시간씩 과로를 해도 최저임금도 못 받고요. 오염 물질 때문에 스마트보디®가 없으면 한 발자국도 밖으로 나갈 수 없어요. 연약한 사람은 그냥 부서져 가루가 됩니다. 약한 사람일수록 아무렇게나 내버려두는 잔혹한 세상이에요. 그러니 최소한의 생존 방식은 스스로 갖춰야 해요. 이대로 시설을 나가면 살아남을 수 없습니다. 살아야 딸을 만나 이야기라도 할 것 아닙니까? 다행히 지원금도 받을 수 있고 시술을 통해 약시도 치료가 가능합니다. 이곳도 천국은 아니지만 장형철 님이 머물렀던 시절보다는 훨씬 진보한 세상이에요. 아, 기술적으로요."

결국 매뉴얼에 씌어진 것 이상의 말을 하고 말았다. 매니저는 이 상황을 상담사의 유연한 대처로 볼 것인가, 돌발 행동이라 볼 것인가. 그날그날 매니저의 기분에 따라 달라지겠지.

그는 고개를 푹 숙인 채 자신이 살던 시대는 더했다고 대꾸했다. 나는 속으로 약간 코웃음을 쳤다. 이것 보세요.

2027년 공법 체계 대붕괴 사건 이후로 대한민국에선 법과 치안이 작동하지 않아요. 부서진 도로는 정비되지 않고 강물은 정화되지 않아요. 공교육과 공공 의료는 무너진 지 오래고요. 자신의 시대가 더했다니, 당신은 정말 한 치 앞도 모르는 사람이군요.

그는 잠시 고민하더니 선언하듯 말했다.

"아내와 딸이 저를 기다리고 있어요. 눈 시술 좀 받겠다고 여기서 혼자 살 순 없어요. 눈이 잘 보이면 뭐 합니까? 볼 사람이 없는데."

"여기 따님이 계시잖아요."

장형철 씨는 단호하게 고개를 저었고 돌아가겠다고 했다. 그는 사흘 후 모습을 감췄다. 그가 어디로 간 건지, 원래 살던 곳으로 잘 돌아간 건지 알 수 없었다. 그가 떠난 뒤 나 역시 그를 잊었다. 사실 업무로 만난 수많은 시대 지체자 중 단 한 사람도 기억에 남지 않았다. 모든 이를 기억하기란 어려웠다. 한 사람 한 사람 사연이 다양하고 복잡해서 너무 버거웠다. 나로선 잘 이해되지도 않았다. 게다가 다들 고집이 세서 간단한 동의서에 날인하는 일도 어려웠고 날인 실적이 낮은 나는 매번 업무 평가에서 사내 최저점을 기록했다. 종일 매니저의 폭언에 시달리다 귀가하면 모든 걸 잊고 싶었다. 타인의 어마어마한 사연을 차곡차곡 마음에 담아두기엔 나란 인간의 그릇은 너무 작았다.

베테랑 매니저는 사사건건 나를 핀잔했고 의도적으로 모욕을 줬다. 어떤 순간엔 과단성이 없다며 우유부단하다고 비난했고, 또 어떤 순간엔 유연성을 언급하며 고지식하다고 경멸했다. 명확한 기준이 없다는 건 나도 알고 있었다. 같은 사안이어도 매니저의 기분이 좋으면 묵인됐고 기분이 나쁘면 도무지 묵과할 수 없는 일이 됐다. 시시때때로 변하는 불확정적인 말들이 사방을 떠돌았다. 권력을 가진 사람의 즉흥적인 기분이 그럴듯한 이름을 얻었다. 그런 말 속에서 세상은 허술해 보이기만 했다. 퇴역 군인의 아전인수적 태도에 휘청휘청 휘둘릴 정도였다.

2

한편 스마트보디® 갱신 센터에서 만난 사람 중 가장 재활 의지가 뚜렷했던 사람은 신해동 씨였다. 형식적인 설명회가 끝나자마자 그는 지원받을 수 있는 모든 혜택을 다 달라고 요구했다. 스마트보디® 업그레이드는 물론이고 생활비 지원, 주거지 지원, 장애 등록 제도인 슬로보디

신청 등 행정 절차까지 확인했고 모든 사안에 대해 꼼꼼하게 질문했다. 1인 가구 생활비 지원 안내문을 훑으며 혼잣말도 했다.

"흠, 이혼해야겠군."

육십대로 보이는 여성이 시술실 앞 복도에서 신해동 씨를 기다렸다. 혼자 세월의 풍파를 맞은 그의 늙은 아내였다. 신해동 씨는 그의 아들, 아니 손자 정도로 보였다.

그는 빠르게 재활 과정을 밟았다. 시각, 청력, 피부 및 근력 강화 시술을 받았다. 최신 스마트보디® 업그레이드 임상 시험에 피험자로 참여하기를 희망했다. 늦춰진 자신의 시간을 단번에 복구하려는 듯, 이 시대의 기준치까지 훌쩍 뛰어넘겠다는 듯. 사리에 밝은 눈을 가진 그는 한숨을 쉬며 혼잣말을 했다.

"괜히 거기서 쓸데없이 고민하며 살았잖아."

이곳에 살기로 결심하고 자신의 시대를 마음속에서 포기해버리는 말 같았다.

재활 훈련까지 성공적으로 마친 뒤 신해동 씨는 미디어에 자주 얼굴을 비췄다. 내가 알기로 시대 지체자 중 미디어에 노출된 사람은 그가 처음이었다. 그는 화술이 아주 좋았다. 시대 지체자들이 겪는 특별한 경험에 대해, 갑자기 인생에 커다란 공백이 생긴 일과 젊은 나이에 일찍 받아 안게 된 미래에 대해 말했다. 그는 자기 삶의 고통을 이야기한 뒤 벅찬 목소리로 언제나 세상을 긍정했다. 자신에게 훌쩍 다가온 진보한 세상에 찬사를 보냈다. 그는 작가가 되어 『성큼 다가온 미래』라는 책을 출간하기도 했다. 그 책은 베스트셀러가 되었고 그는 이를 원작으로 한 드라마에도 직접 출연했다. '긍정 에너지 시간 여행자'라는 별칭도 얻었다. 그의 말을 듣다 보면 조금 헷갈렸다. 더러운 강물이 썩어가는 이런 시대도 누군가의 관점에서 보면 천국이려나. 경찰차도 구급차도 소방차도 볼 수 없는 이 시대를 긍정하지 못하는 사람들에게 신해동 씨는 아름다운 말을 건넸다. 나 같은 사람도 사는데, 정작 이 시대에 태어난 너는 왜 누리지 못하느냐고. 그의 말이 힐난으로 들린 건 나처럼 마음이 꼬인 사람들뿐일까?

재활 훈련이 끝나 퇴소할 즈음 신해동 씨의 늙은 아내는 혼자 복도에서 중얼거리고 있었다.

"남편이 그때 갑자기 사라지지만 않았더라면 세상이 달라졌을 텐데."

40여 년의 공백을 통과해 나타난 그는 예전이었다면 하지 않았을 말을 했다.

"주변을 한번 봐. 세상은 한 치도 바뀌지 않았잖아? 그때라고 내가 무슨 힘이 있었겠어. 이렇게 건너온 게 차라리 잘된 일이야."

이곳에서 신해동 씨는 전보다 안락하고 성공적인 미래를 획득했다. 그는 자신의 시대를 잠시 놓쳤지만 여러 한계와 제약을 극복해 새로운 시대에서 인생의 두번째 기회를 얻었다. 시대와 불화하지 않음으로써 행복을 거머쥐었다. 젊은 몸으로 스마트보디®를 얻어 일찍 미래를 누리게 됐으니까. 인생은 행운이라고 했으니까.

신해동 씨가 유명인이 되자 그의 가족들은 인터뷰를 통해 변해버린 그를 힐난했다. 인터뷰에서 그의 아내는 '저들'의 존재에 대해 언급했다.

"저들은 치밀합니다. 젊고 정의로웠던 내 남편을 억지로 이곳에 끌고 왔어요. 남편에게 미래를 보여주곤 낙담하게 만든 겁니다. 네가 아무리 발버둥 쳐봐야 세상은 꿈쩍도 안 한다고 아주 강렬하게 회유한 겁니다. 그동안 남편이 죽은 줄로만 알고 살았어요. 젊은 플랫보디로 돌아왔다고만 생각했는데 남편의 마음에 그토록 커다란 공백이 새겨진 줄은 몰랐어요."

어딘지 기이하게 느껴지는 인터뷰였다. 나는 그 사연도 그냥 잊고 말았다. 신해동 씨처럼 성공한 사람의 사연까지 알고 싶지 않았다. 내 일상은 한층 더 복잡하고 구차해졌다. 월급을 이유로 폭언을 쏟으면서 이게 다 날 위한 다정함이라고 말하는 베테랑 상사의 가스라이팅을 언제까지 참아줄 수 있을지 확신이 들지 않았다.

어느 날 아주 사소한 일에 피로를 느껴 퇴사를 결심했다. 작은 물 한 방울로 댐이 무너지는 순간이었다. 매니저와 상사, 동료 들이 하나같이 옛날 영화 속 인물 같았다. 철 지난 영화 같은 사건들에 무심한 척하는 것도 버거웠다. 시대와 불화하는 사람은 시대 지체자뿐만이 아니었다. 사실 나 역시 이 시대와 맞지 않았다. 세상의 진보나 발전, 작은 개선 따위를 생각할 여유조차 없었다. 하루하루 천정부지로 솟구치는 물가와 이에 반비례하는 월급으로 일상을 버티는 일이 더 시급했다. 어찌 된 것인지 매년 조정위원회를 거칠 때마다 자꾸만 깎이는 최저시급은 올해 결국 5천 원대로 떨어지고 말았다.

회사 밖에서도 언제나 분노할 일, 자극적인 문제가 있었다. 이렇게 타올라도 되나 싶을 정도로 타오르고 또 타올랐다. 항시 뜨거우면서도 얼음처럼 차갑고 냉랭한 상태였다. 뜨겁든지 차갑든지 내 상태를 제대로 정의하고 싶다는 마음이 든 어느 날 베테랑 앞에서 퇴진을 선언했다. 완벽한 투항이었다. 더는 이런 식의 생존 투쟁은 할 수 없습니다, 사령관님! 이런다고 당신이 나를 전쟁터에서 지켜준다는 보장도 없지 않습니까? 나야말로 냉동되어 백

년쯤 뒤에나 깨어나 재활을 지원받고 싶었다. 그런데 시간 여행 시설은 도대체 어디에 있는 거지? 어떤 사람이 선택되어 시간 여행을 하는 걸까?

사직서를 제출한 날, 상담실이 늘어선 소속 부서 앞 복도를 천천히 걸었다. 떠날 생각을 하니, 이젠 내가 이 조직의 일원이 아니라 생각하니 그제야 보이는 것들이 있었다. 사실 그동안 똑똑히 보고 있으면서도 애써 보지 않으려 했던 것들이었다.

무슨 기술인지 도통 원리는 모르겠지만 회사는 계속 사람들을 과거에서 데려왔다. 그들의 미래인 현재의 세상을 보여주고 안락한 삶을 약속했다. 그리고 역시 무슨 원리인지 모르겠지만 사흘 이내에 시술을 완료하지 않으면 그들은 원래 있던 시대로 돌아갔다. 많은 사람이 시술을 받은 뒤 미래에 남았고 또 많은 사람이 시술을 거부하고 원래 살았던 자신의 시대로 돌아갔다.

미래복지부와 우리 회사가 제공한 시술과 지원이 그들의 결심을 좌우한 핵심은 아닐 것이다. 매니저는 말했다. 그냥 우리 시대를 설명해주기만 하면 된다고. 있는 그대로 보여주기만 하면 체념하기 쉬울 거라고. 상품만 좋으면 상품을 파는 일, 소비자의 마음을 '굴복'시키는 일은 쉽다고도 말했다. 과거에서 온 이들은 자신들이 꼭 마주하고 싶었던 미래가 이곳에 없다는 사실을 보았을 것이다.

많은 사람이 신해동 씨처럼 이곳에 남았다. 시대 지체자들이 이 시대에 남기로 결심하면 원래 살았던 곳에선 그의 존재가 사라지겠지. 그렇다면 그 시대는 어떻게 될까? 한 사람이 사라진 곳엔 공백이 생길 것이다. 문득 상상했다. 우리의 과거는 그런 식으로 계속 헐거워진 게 아닐까?

우리 회사에 엄청난 지원금을 주고 있는 미래복지부는 자신들이 원하는 대로 꾸준히 과거의 사람들을 미래로 소환하고 있었다. 베테랑이 전에 말한 바에 따르면 과거에서 한 사람을 소환해 데려오는 데에는 상당한 비용이 든다고 한다. 그렇게 공을 들일 정도라면 과거에 꽤 중요한 사람들이 아니었을까? 미래복지부는 그들의 마음을 움직여 과거를 바꿔내고 있었다.

그런 상상 끝에 떠올렸다. 듬성듬성 이가 빠진 퍼즐처럼 중요한 요소가 사라져버린 어떤 그림. 어쩌면 우리의 과거는 원래 조금 더 밀도가 높았을지도 모를 일이다. 신해동 씨가 자신의 시대에 남아 활약했던 세상은 지금과는 달랐을지도 모른다. 보장된 안락함을 보고 간단히 자기 인생을 바꾸는 그가 과거에 남았다면 어떤 역할을 했을지, 그 누구도 알 수 없지만. 그런데 반드시 돌아간다고 말했던 장형철 씨는 어디로 갔을까?

장형철 씨를 생각하며 옛날 기사를 살펴보았다. 1952년 생인 사람이 서른, 만 스물여덟쯤에 경험했을 사건. 1980년, 지금은 이름이 바뀐 빛고을에서 대규모 폭동이 있었다. 북괴의 지령을 받은 세력이 난동을 부려 무고하고 선량한 시민들까지 피해를 입었다. 공영방송 건물에까지 불을 지른 악질 테러리스트를 저지하기 위해 신군부와 진압군이 현장에 투입되어 순국했다. 빛고을 대테러 참사 추모회 특별 사이트를 둘러보다 나는 당시 자료 사진 속에서 그를 발견했다. 사진 한 귀퉁이에 잔뜩 어깨를 움츠리고 무릎을 꿇은 채 앉아 있는 한 사람이 보였다. 더러운 옷차림과 핏자국, 불안한 표정이 낯익었다. 장형철 씨였다.

진압 용사 추모회가 작성한 설명문을 읽으며 위화감을 느꼈다.

시각장애인 장형철은 평화진압군의 평화 유지 활동에 협조하지 않았다. 지시를 거부하고 다른 방향으로 이동했고 질서에 반하는 행태를 보여 첫 테러리스트로 체포되어 그 자리에서 사살되었다. 신군부에 대항한 첫 테러리스트였다. 그는 딸을 만나러 가는 길이라고 주장했으나 추모회는 그의 사후, 외조부가 북한에서 월남했다는 사실을 판명했다.

상담실에서 만났던 그의 흐트러진 옷차림과 얼룩이 떠올랐다. 그는 이 현장에서 미래로 불려 온 서였나? 그렇나면 자신이 돌아가면 죽으리라는 것까지 예감했던 걸까?

3

퇴사 결재를 올리자 대놓고 나를 욕하는 매니저의 목소리가 종일 플로어에 울려 퍼졌다.

"저런 연놈들이 어딜 가나 꼭 민폐를 끼쳐요. 내가 지를 어떻게 키웠는데 다 차려진 밥상에 앉아서 밥도 못 먹냐고. 요즘 2백만 줘도 일하겠다는 사람이 넘치는 마당에 콧대 높여봤자지. 폐지 주우며 사는 데에도 머리가 좀 있어야 하거든."

매니저도 그 말에 웃으며 맞장구치는 동료들도 말 그대로 구시대 사람들이었다. 전체주의적 사고에 익숙한 과거에서 소환되어 채용된 사람들이었다. 그 사실은 퇴사한 이후에 알았다.

매니저가 미래복지부의 서대한 역사 전복 사업을 기획한 자도 아니며 프로젝트를 리드할 정도의 권한이 없다는 것도 잘 안다. 그는 그저 충직하고 고분고분한 회사의 노예일 뿐이다. 어쩌면 나와 입장이 다르지 않다. 하지만 미래복지부 사람들에게도 그에게도 똑같은 의문이 들었다. 저들은 자신들의 말과 행동이 부끄럽지 않은 걸까?

사실 답은 알고 있었다. 매니저도 회사도 마찬가지이다. 부끄러울 필요가 없는 거다. 부끄러움은 자신의 실수나 과오를 돌이킬 수 없는 평범한 사람이 느끼는 감정이니까. 돌이킬 수 없다는 좌절, 다 망쳐버렸다는 절망, 도저히 회복할 수 없다는 공포는 모든 이에게 똑같이 작동하지 않는 거다.

미래복지부는 끊임없이 과거를 만회했다. 자신들의 입장과 관점을 사후 팩트로 만들기 위해 다른 이들의 삶을 간편하게 바꿔버릴 정도로 기꺼이. 저들은 부끄럽다는 감정을 느낄 이유가 없다. 언제든지 바꿔치울 수 있으니까. 매니저가 당당한 태도를 보일 때면 정말 무서웠다. 이미 마음이 굴복해서가 아니라, 저들만이 가진 도구가 너무 압도적이라는 사실 때문이었다.

저들이 지정하기만 하면 누구나 시대 지체자가 되고 만다. 단순한 사실이 간편하게 타락하고 마는 시대의 역행. 깨끗한 강물을 보고 싶다는 희망, 소박하게 꿈꾸는 조금 더 나은 미래는 끝끝내 만날 수 없을지도 몰랐다. 기술의 진보라는 우아한 말 속에 숨은 강렬한 무력감. 수질 정화 시설이 작동하지 않는 첨단의 시대에 우리가 매일 몸에 들이는 냉독의 맛이었다.

시대 지체자들이 이 시대와 불화하지 않도록 도왔던 지원 업무가, 내가 복무해온 일의 의미가, 내가 애써 외면해온 사실이 몽땅 부끄러웠다. 나는 사내 시스템에 접속할 수 있는 마지막 순간까지 그동안 내가 응대해온 시대 지체자들의 기록을 따로 적어두기 시작했다. 사례를 모아 보니 시기와 사건에 일정한 패턴이 보였다. 1923년 간토대지진 불순 조선인 우물 독 살포 사건, 1947년 제주 남조선 로동당원 선동 폭동 사태, 1980년 5월 빛고을 남파 간첩 대규모 테러 사건, 1987년 6월 반사회적 개헌 추진 세력 서울역 점거 사건, 2016년 무차별 촛불 테러까지…… 다이내믹함으로는 내로라하는 대한민국에선 왜 이토록 유난히 반사회적 활동이 반복되어온 걸까?

장형철 씨의 심경이 궁금했다. 직업인으로선 그가 약시를 치료하기 바랐지만 개인인 나로선 그의 삶을 함부로 비난할 수 없었다. 북괴의 지령을 받아 평화 유지 활동을 의도적으로 방해했다는 기록은 믿을 수 없었다. 다만 인생에 큰 공백을 가졌다고 생각했던 그가 달리 보였다. 음울하게 연출된 추모회 사이트 화면을 통해서도 그가 자기 시대에 공백을 만들지 않았다는 사실만큼은 똑똑히 확인할 수 있었다. 그런 사람들이 있었다. 평범하기에 무력함을 느끼는 사람들, 평범한 절망을 아는 사람들이 만들어낸 시대가 있었다.

회사 시스템에 기록된 데이터를 모두 외워 집에서 기록 노트를 만든 직후 나는 퇴사했다. 내가 만난 시대 지체자 리스트를 클라우드에 저장해두었고 혹시 몰라 종이로도 출력해두었다. 그날이었다. 완성한 노트를 집어 든 순간, 이상한 경험을 했다. 주변 풍경이 바뀌었고 극심한 어지럼증을 느껴 바닥에 주저앉았다. 잠시 후 눈을 뜨니 회사 상담실이었다. 상냥한 목소리의 누군가가 내게 괜찮냐고 물었다. 괴상한 옷을 입은 안내자가 내게 말했다. 여기는 2130년, 시대 지체자 케어 센터라고, 이곳의 설비와 장치로 새로운 삶의 방식을 즐기라고, 준비된 모든 것을 자신의 현재로 여기라고. 이 시대에 머물 것을 결심하면 시대와 불화하지 않을 거라고. 구식 스마트보디®를 업그레이드해주겠다고. 그가 확약서에 사인을 종용했다.

"이 시대의 일원이 되겠다고 확약서만 쓴다면 바로 시술을 집행합니다. 동의하시겠습니까."

이상했다. 나는 허약할 정도로 평범한 사람인데, 최저임금도 받지 못하는 무력한 사람인데, 구세대 관리인들에게 가스라이팅을 당하고도 찍소리도 못 내던 사람인데 왜 미래로 소환되었을까? 나처럼 힘없는 사람에게 새로운 시대를 허락하겠다고 제안하는 저들은 누굴까? 기괴한 일이었다. 손에는 달랑 노트 한 권이 들려 있었다.

나는 잠시 생각할 시간을 달라고 말하고 방 안을 둘러보았다. 강물이 정화된 것인지 깨끗하게만 보이는 2130년의 풍경이 창밖에 보였다. 불안해 보이는 나를 다독이듯 안내자가 부드러운 표정을 보이며 음료수와 물수건을 건넸다.

이곳 갱신 센터에서 일하면서 나는 내가 늘 세상의 파편 같다고 생각했다. 퍼즐의 한 조각도 채 되지 못한 일부. 조각 중에서도 깨진 쪼가리. 조각난 파편도 그림의 일부라 불릴 수 있을까? 나라는 개인은 절대로 알 수 없는 법칙 속에 머물며 살아갈 뿐이었다. 이리저리 배치되어 살다 지쳐갔고 그러다 영원히 고정적이고 확정적인 것이 없다는 거짓 아래, 진짜와 가짜라는 구분 따위 세상에 아예 존재하지 않는다는 허무한 사실 아래 놓이곤 했다.

바깥 풍경이 보이는 커다란 창문 한구석, 작은 픽셀 모양으로 색깔이 달라 튀어 보이는 데가 있었다. 그제야 창문이 아니라 스크린이라는 걸 알았다.

여기 머문다면 나는 지금보다 더 부끄러울 것이다. 돌이킬 수 없는 사람들만이 아는 감정이 내 안에 남아 있다는 사실이 조금 기뻤다. 나는 내 시대에 공백을 만들지 않기로 마음을 정했다. 평생 단 한 번도 본 적 없는 깨끗한 스크린 속 강물이 내게 말해주는 듯했다. 이곳의 모든 것과 불화할 때 제대로 살고 있는 거라고.

창문 귀퉁이에 붉은 픽셀이 이가 빠진 듯 깜빡이고 있었다. 그 공백은 작았지만 가장 선명했다.

◊ 5·18 광주민주화항쟁 첫 희생자인 김경철 씨는 청각장애인이었습니다. 김경철 씨를 비롯한 국가 폭력 희생자들의 명복과 안식을 기원합니다.

■

스위트 솔티

부산에 도착한 후 줄곧 이곳은 내 고향이었다. 그리고 보트 위에서 떠돌다 지친 사람들이 지금 막 부산 해안에 상륙했다. 우리는 손을 뻗어 사람들을 부축했다. 머릿속에서 목소리가 들려왔다.

"도주하고 배회하는 자여. 방황하고 망명하는 자여. 푸른 바다를 떠나 새로운 고향을 맞이합시다. 이전 땅은 곧 사라지리니 새로운 땅으로 갑시다. 그들이 고향이라 부르는 곳, 우리에게도 고향이 될 곳으로."

우리는 모두의 고향이 된 곳에 서서 굳게 손을 맞잡고 별을 올려다보았다. 새로운 고향을 그리며.

스위트 솔티

63

1

달의 인력이 바닷물을 유난히 높게 차오르게 한 날 나
는 배 위에서 태어났다.

태어나는 순간부터 크게 흔들렸기에 흔들리는 순간을
모두 더하면 내 삶 자체가 되었다. 떠다니는 삶, 흩어지는
삶, 휘청이는 삶, 한곳에 머물지 않는 삶. 엄마가 임신한
몸으로 홀로 갑판 위에 올라서는 순간을 떠올려본다. 자
궁 속에서 나는 엄마의 발걸음에 맞춰 흔들렸다. 양수 속
에서 둥둥 떠다녔다. 엄마가 배에 오르자 진동은 두 배가
되었다. 나는 흔들리는 게 좋았다. 태어나기 전부터 배에
서 사는 삶을 원해 내가 먼저 엄마에게 제안한 것만 같았
다. 배에 오르며 엄마가 내게 물었다.

"정말 괜찮겠어?"

나는 엄마 배 속에서 느긋하게 헤엄치는 것으로 화답
했다.

한 번도 가보지 못한 엄마의 나라는 '바다 거품'이라 불
렸다. 엄마가 떠나기 직전 그 나라에서 글을 쓸 줄 아는
사람은 불온하다 여겨졌고 안경을 쓴 사람은 사형당했다.
엄마의 아버지, 내 할아버지는 어느 날 길을 가다 글을 쓸
줄 아느냐는 질문을 받았고 유일하게 외우고 있던 자신의

이름 네 자를 길바닥에 자랑스럽게 적었다. 그러고선 뿌듯하게 바닥을 내려다본 그 자세 그대로 총에 맞아 자신의 이름 위로 쓰러졌다. 국외에 친척이나 지인이 있는 사람들도 어디론가 끌려갔다. 남겨진 사람은 조용하게 살았다. 아무도 책을 읽지 않았고 눈이 나빠도 안경을 쓰지 않았다. 자신의 이름을 쓰는 법도 잊기 시작했다. 바다 밖 세상, 자유로운 문물에 구태여 눈을 돌리지 않았다. 바다 거품은 학살의 대명사가 되었다. 어떤 나라에서 자국민을 잔혹하게 학살하는 사건이 일어나면 그것은 그 나라의 바다 거품이라 불렸다. 국민 대부분이 빈곤했지만 통계상 국민 행복 지수는 전 세계 상위권이었다. 도저히 행복할 수 없다고 대답할 사람은 통계 집계 전 세상을 등지고 말았다.

　바다 위에서 태어난 내게 사람들은 늘 출신을 물었고 대답하기 귀찮을 때마다 나는 엄마의 나라인 바다 거품을 말했다. 사람들은 과연, 하며 고개를 끄덕였다. 차근차근 들어줄 것 같은 사람에겐 정확하게 말했다. 나는 배 위에서 태어났고 엄마와도 세 살 때 헤어졌으므로 출신은 바다 거품도 어디도 아니고 바로 이 배라고. 그 대답을 하는 순간에도 미친 듯이 상하좌우로 파도 위에서 널뛰던 갑판 바닥을 향해 단호히 손가락을 내리꽂으며 나는 답했다.

이해한다는 눈빛을 품은 사람들은 안타까운 표정을 보였다. 동정받으려던 건 아니었는데, 배가 고향이라 말하면 사람들은 슬퍼했다. 이렇게 흔들리는 곳을 나라라고 부를 순 없다고 말하는 듯했다.

엄마가 배 위에서 몸을 풀었고 나는 진주라는 뜻의 '무티아라'라는 이름을 얻었다. 엄마의 몸이 약한 바람에 나는 수많은 엄마의 젖을 얻어먹으며 자랐다. 출신 관계없이 엄마들의 젖은 언제나 달콤했다.

세 살 때 엄마를 잃은 뒤, 나는 뱃사람 무리를 전전하며 살았다. 기억에 남지 않아 누군가의 증언을 통해서만 회상할 수 있는 시절이다. 배에 탄 사람들이 돌아가며 나를 돌봤다. 사람들의 국적과 문화는 다양했다. 나는 여러 나라 사람들의 품앗이로 자랐다. 배고픈 사람들의 손에서 손으로 건네어지며 먹은 것 이상으로 쑥쑥 자랐다. 나는 배고픈 자들이 빚어낸 선의의 총합이었다.

여러 나라 엄마들의 손을 타며 각국의 옛 노래와 옛이야기를 들었다. 알록달록한 햇빛이 스며드는 기도실에서 하루 세 번 평화를 기원했다는 알리두스티 할머니에게서 그 나라의 천일 야화를 들었다. 하늘의 신이 지상에 내려와 악한 무리를 멸했다는 유목민 출신 아주머니에게서 밤

하늘의 별자리 이야기를 들었다.

평온한 날보다 거친 날이 더 많았다. 달의 인력에 바다
가 유난히 커다랗게 부풀면 우리는 기둥을 붙잡고 단단히
버텼다. 누군가 밤하늘 너머에서 우리 배를 끌어 올리려
는 것만 같았다. 그런 날이면 유독 머릿속에서 노랫소리
가 들려왔다.

"사랑하는 나의 고향 한번 떠나온 후에
날이 가고 달이 갈수록 내 맘속에 사무쳐
자나 깨나 너의 생각 잊을 수가 없구나."

사람들에게 물어보니 고향을 떠난 사람들은 머릿속에
서 늘 노랫소리가 들린다고 했다. 처음 듣는 노래였지만
그건 내게도 고향의 노래가 되었다.

엄마가 분만할 때 나를 받았다는 시트러스 출신의 나이
지긋한 여자 올리브가 나의 두번째 엄마가 되었다. 피부
와 눈동자 색은 서로 전혀 달랐지만 내가 그녀를 엄마라
고 부르자 우리는 모녀 사이가 되었다. 말을 하고 싶어 입
이 간지럽던 시절이었다. 나의 성은 그녀를 따라 술레이
만이 되었다. 그녀도 어머니의 성을 따랐는데 두 사람도

국적이 달랐다고 한다. 나는 태어나자마자 세 여자의 고향을 고스란히 품게 되었다. 엄마들의 나라 바다 거품과 시트러스, 할머니의 나라 주정뱅이 술탄의 풍경은 푸른 바다 너머 내 상상 속에서 다채롭게 빛났다. 언젠가 세 나라를 다 여행해야지. 육지가 한 조각도 보이지 않는 망망대해 위에서 나는 근사한 꿈을 품었다. 그녀들이 내게 안겨 준 꿈이었다.

두번째 엄마 올리브는 나와 만난 순간을 이렇게 회상하곤 했다.

"그날 바닷물을 길어 빨래를 하고 있는데 커다란 조개를 건져 올리게 된 거야. 그 속에 네가 있었지 뭐니."

성교육에 서툰 옛날 부모들이 아기의 탄생을 꾸며대는 식이었다. 올리브의 이야기 속에서 양수는 바닷물, 분만은 빨래, 태반은 조개가 되었다.

"뭐야, 내 진짜 엄마는 조개였어."

"조개가 나한테 얘기하더라고. 자기는 오늘 뱃사람들 저녁 식사로 구워 삶아질 운명이니 널 잘 부탁한다고 말이야."

나는 깔깔대며 웃었다. 그리하여 엄마의 이야기 속에서 나는 조개라는 세번째 엄마를 갖게 되었다. 엄마가 하는 말이 은유라는 것을 알았지만 이야기가 아주 마음에 들었기 때문에 나의 탄생 설화로 삼기로 했다.

"엄마, 엄마! 이것 봐! 우리 엄마야."

갑판에 굴러다니는 조개껍데기를 보면 그 안으로 들어가는 척했다. 그때마다 엄마는 어처구니없다는 듯 웃었다.

"무티아라 술레이만, 이제 넌 너무 커버렸어. 널 진주 목걸이로 만들면 너무 무거워서 목에 매달 수가 없다고."

엄마가 진지하게 말했고 나는 엄마 목에 매달려 낄낄댔다.

배 위에서 다섯 개의 언어를 배웠다. 각각의 언어가 품은 다채로운 사고방식도 배웠다. 나는 다른 친구가 모두 떠나 홀로 자기 나라 대표가 된 타쿠미 할아버지의 유일한 말동무가 되었다. 어려서 고국을 떠나 모국어를 많이 잊은 바람에 모국어와 이민국의 언어를 조합해 제3의 언어를 만들어 쓰던 조니 아저씨의 농담을 이해하는 유일한 사람이 되기도 했다.

타쿠미 할아버지의 언어에는 무척 내성적인 사람들의 태도가 묻어 있었다. 쓸쓸해 보이는 얼굴이 걱정돼 안부를 물으면 할아버지는 대답했다.

"멀미가 벗지 않는구나. 하지만 괜찮다."

조니 아저씨의 언어에는 무척 다혈질인 사람들의 습관

이 배어 있었다. 아저씨는 악의 없이 솔직했는데 가끔 듣는 사람을 서운하게 만들기도 했다.

"바다 거품 사람들은 동북쪽 나라의 가난한 사람들과 정말 비슷하게 생겼구나. 동북의 나라들은 똑같이 생긴 사람들끼리 정말 사이가 나빴지."

배 위에도 사이가 좋지 않은 그룹이 있었다. 떠오르는 아침 해를 향해 기도해야 한다는 사람들과 지는 저녁 해를 향해 기도해야 한다는 사람들이 특히 서로를 죽일 듯이 싸웠다. 두 그룹은 언어와 문화가 같았고 심지어 기도를 올리는 신도 똑같았지만 상대의 언어를 모른다는 듯 서로의 말을 무시했다.

내가 여러 언어를 구사한다는 이유로 날 찾아오는 사람이 많았다. 배에는 다양한 언어가 공존했으니까. 나는 어떤 이가 품은 마음을 다른 이의 마음으로 연결하는 일에 불려 나갔다. 두 개의 마음을 이어 붙이는 일이었다. 한 언어가 품은 신비로운 말을 다른 언어에 담긴 무척 현실적인 말로 바꾸었다. 물론 반대로도 해야 했다. '10시에 만나자'라는 어떤 이의 건조한 약속을 '아침 식사를 잘 끝냈을지 안부가 궁금한 마음을 품고 문을 두드리자'라고 전달했다. 두 사람 모두 만족한 모습을 보면 나도 뿌듯했다.

결국 엄마의 말은 배우지 못했다. 엄마가 죽은 뒤 배에 남은 바다 거품 사람은 나밖에 없었다. 노환으로 타쿠미 할아버지가 돌아가신 뒤 내가 할아버지의 언어를 구사할 줄 아는 유일한 사람이 되었을 때와 비슷한 기분이었다. 누군가와 연결되지 못하면 아무리 많은 말을 알아도 허전했다. 마음이 허전할 때면 노랫소리가 더 크게 들려왔다.

"사랑하는 나의 고향 한번 떠나온 후에
날이 가고 달이 갈수록 내 맘속에 사무쳐
자나 깨나 너의 생각 잊을 수가 없구나."

머릿속에서 들려오던 노래는 내가 이해한 언어 수만큼, 다섯 개의 언어로 가사가 바뀌곤 했다. 노래와 함께 가본 적 없는 나라의 풍경이 떠올랐다. 바다가 가까운 마을이 눈에 선했다. 차가운 땅을 일구며 뜨겁게 살아남은 사람들이 사는 곳이었다. 민속 의상을 입은 그들이 배에 탄 우리를 향해 손짓했다. 고향은 뒤에 두고 온 곳이 아니라 앞으로 당도하게 될 곳이라고 이야기하는 것 같았다.

수년간 우리는 먹을 것이 풍부하고 기후가 온난한 무인도를 찾아 떠돌았다. 매일 빗물을 모으고 낚시를 했다. 고향에서 가져온 흙으로 배 위에 작은 텃밭을 일궜다. 적은 수였지만 소와 양을 길렀다. 우리는 따듯한 나라를 발견하지 못했다. 할 수 있는 모든 일을 다 해낸 순간에도 배는 망망대해 위에 둥둥 떠 있을 뿐이었다. 아사 직전에 큰 배를 만나 합류한 것은 우리의 마지막 행운이었다. 그 배에서 나는 처음으로 바다 거품 사람들을 만났다. 엄마의 언어였지만 이해할 수 없었다. 샐러맨더를 만나지 못했다면 나는 기껏 만난 고향 사람들과 인사도 나누지 못할 뻔했다.

"넌 어떻게 바다 거품 말이랑 시트러스 말을 알아?"

나는 샐러맨더의 눈동자 속에서 나와 똑같은 빛깔을 들여다보며 물었다.

"우리 아빠랑 고모가 바다 거품 사람이었어. 엄마는 시트러스 출신이고."

나는 샐러맨더 덕에 고향 말을 익혔다. 엄마 나라의 말로 미안해, 사랑해 같은 말을 배웠다. 그러자 일찍 나를 떠나 원망스러웠던 엄마를 조금 용서할 수 있게 됐다. 샐러맨더는 나를 바다 거품 말로 여동생이라고 불렀고 나는 샐러맨더를 시트러스 말로 남동생이라고 불렀다. 우리는 만나자마자 남매가 되었다.

"사랑하는 나의 고향 한번 떠나온 후에

72

날이 가고 달이 갈수록 내 맘속에 사무쳐

자나 깨나 너의 생각 잊을 수가 없구나."

샐러맨더가 두 개 언어로 고향 노래를 듣는다고 했을
때 나는 그의 앞에서 조금 뻐겼다. 나는 샐러맨더에게 배
운 바다 거품의 언어를 포함해 여섯 개 언어로 노래를 듣
고 있었기 때문이다.

샐러맨더는 철새처럼 언젠가 고향으로 날아갈 거라고
말했다. 가까이서 비행기를 직접 본 적도 없었으면서 녀
석은 파일럿처럼 폼을 잡았다. 나는 샐러맨더의 비행기가
달의 인력에 이끌려 밤하늘로 높이 솟아오르는 모습을 예
지몽처럼 머릿속에 떠올렸다.

내가 열네 살, 샐러맨더가 열세 살이 되던 해, 우리 배는
타스만이라는 섬나라 항구에 정박했다. 즉시 하선하진 못
했다. 허가가 떨어질 때까지 대기하는 데 반년이 넘게 걸
렸다. 우리는 반여 년 동안 하염없이 지상을 바라보았다.
뛰어내리면 바로 지면에 착지할 정도로 가까운 거리였다.
어느 밤 샐러맨더가 타스만 경비대가 교대할 때 아이 몇
녕과 함께 밖으로 뛰어내렸다가 돌아왔다. 배로 돌아온
샐러맨더가 의기양양하게 말했다.

"정말이라니까. 땅 위에 서면 진짜 어지러워. 지면은 꿈쩍도 안 하는데 엄청 핑핑 돈다고."

전력으로 뛰어가다 보면 날아가는 것처럼 순간적으로 공중에 머물게 된다고 허풍을 치던 샐러맨더였다. 나는 팔짱을 끼고 말했다.

"흥. 그렇게 핑핑 도는 곳이라면 저 나라 사람들은 어떻게 저렇게 태연하게 살 수 있는 거지?"

샐러맨더는 오빠처럼 뻐겼다.

"넌 배에서 태어나서 모르겠지만, 난 지상에서 태어났잖냐. 다섯 살 때 배에 올랐기 때문에 나는 선상과 지상 양쪽 다 익숙하거든. 나를 보고 수륙 양용이라 하지."

녀석이 먼 하늘을 올려다보며 말했다. 그 순간, 샐러맨더가 조금 어른스러워 보이긴 했다. 샐러맨더가 내 어깨를 두드렸다.

"지면에 발 딛고 살면 금방 또 적응돼. 걱정하지 마."

나는 조금 안심했다. 그날 밤 나도 지상에 내려갔다 오려고 계획했는데 실행은 중지되고 말았다. 어른들은 우리의 모험을 용인하지 않았다. 아이들이 지상에 발을 딛기만 하고 바로 돌아온다는 건 알았지만 추방될 우려가 있다고 했다. 창밖으로 보이는 지상은 코앞이었지만 우리에겐 꽤 먼 나라 이야기가 되고 말았다.

정박한 배가 흔들리면서 우리의 시간도 흔들렸다. 타쿠미 할아버지가 그즈음 배에서 삶을 마무리 지었다. 우리는 떠나는 자를 먼바다로 돌려보냈다. 썰물이 그들을 고향으로 데려다주길 기도했다. 떠난 사람들이 입던 옷을 물려 입었다. 그들의 유품은 고스란히 보급품이 되었다. 배 위의 수많은 삶은 이어지고 기워져 하나의 커다란 조각보가 되었다.

2

반년 후 밀물이 넘친 날, 갑판구가 갑자기 열렸다. 우리의 하선은 다른 나라에서 큰 뉴스로 보도되었다고 했다.

우리는 타스만에 입국했다. 그동안 신경 쓰지 않았는데 입국 절차를 위해서는 국적이 필요했다. 하지만 바다 거품 대사관이 없어 신분증을 발급받을 방법이 없었다. 나는 올리브를 따라 시트러스 출신이 되었다. 나는 시트러스 사람들과 피부색도 눈동자 색도 전혀 달랐지만 타스만 사람들은 관심이 없어 보였다.

처음으로 지상에 내려선 순간을 잊을 수 없다. 샐러맨더와 아이들이 말한 대로였다. 지상이 너무 핑핑 돌아 주저앉고 말았다. 덜컥 겁이 났다. 이런 데에서 넘어지지 않고 살 수 있을까? 멀미가 그치지 않았다. 어른들도 주저앉아 한참 헛구역질을 했다. 샐러맨더가 어지럼증을 이기며 말했다.

"금방 적응될 거야. 걱정하지 마."

나는 임시 여권과 1년짜리 체류 비자를 얻었다. 타스만 문화를 존중하라며 시트러스 언어로 주의 사항이 적힌 수첩도 받았다. 나는 올리브와 샐러맨더와 헤어져 혼자 타스만에서 살기로 했다. 샐러맨더 일행과 올리브에겐 나 말고도 돌봐야 할 사람들이 많아 더는 부담을 끼치고 싶지 않았다. 다행히 나는 모험이 두렵지 않았다. 올리브는 지니고 있던 자기 어머니의 목걸이를 내게 건넸다. 나는 끈이 낡은 목걸이를 발목에 찼다. 목걸이는 할머니의 나라와 어머니의 나라를 건너 선상에서 부유하던 연합국을 거친 뒤, 내 발걸음과 함께 이제 네번째 나라 위에 올라섰다.

어디로 가서 살아가야 할지 아무도 알려주지 않았다. 어머니와 1년 후 이 항구에서 재회하기로 약속하고 나는 도시를 향해 걷기 시작했다.

어지럼증은 도무지 잦아들지 않았다. 샐러맨더의 격려처럼 금방 적응될 거라 믿었지만 멀미는 지상에 발을 딛

는 동안 계속됐다. 타쿠미 할아버지의 혼잣말이 그제야
생각났다.

"어떤 선원은 아무리 오래 배를 타도 멀미에 계속 시달
린단다. 영원히 바다에 적응하지 못하는 사람도 많단다."

타쿠미 할아버지는 파도 증후군이 있었다. 타스만 보건
소에서 나는 지상 증후군이란 진단을 받았다. 어딜 가나
잘 적응할 거라 굳게 믿었는데 겨우 멀미라니. 흔들리지
않는 견고한 지상에서 내 몸은 계속 균형을 잡지 못했다.
가는 양팔로 허공에서 자주 허우적거렸다. 배 위에서 미
친 듯 흔들리던 삶이 그리웠다.

어지럼증은 새로운 일상이 되어갔다. 배 바깥의 삶은
모든 게 새로웠다. 타스만에서 나는 거처가 없었고 내게
거처가 없다는 것을 알면 사람들이 불편해했기에 최대한
눈에 띄지 않는 곳을 찾아 머물렀다. 난민 여행 수첩에 적
힌 기초 타스만어를 달달 외웠다. 실생활에선 주로 배고
프다, 일하고 싶다, 같은 말을 반복하며 살았다. 기왕이면
타스만 사람들을 웃길 표현을 알고 싶었지만 수첩에 그
런 표현은 없었다. 세상사엔 일절 관심 없는 린다의 창고
를 발견하지 못했다면 나는 길에서 굶어 죽고 말았을 것
이다.

갑자기 기온이 떨어진 밤, 나는 재봉사의 창고에 들어가 낡은 옷 사이에 파묻혀 잠들었다. 창고는 이미 회색 고양이 둘이 점령 중이었다. 선주민들에겐 조금 미안했지만 어쩔 수 없었다. 고양이들은 깜짝 놀랐지만 창고를 떠나진 않았다. 우리는 서로 거리를 유지한 채 밤을 보냈다.

재봉사 린다가 창고 앞에 고양이들 먹이로 놓아둔 잔반을 뺏어 먹었다. 고양이들의 날카로운 항의가 이어진 통에 린다가 나의 존재를 알게 되었다. 그녀는 고양이가 한 마리 더 늘어난 것처럼 나를 보았다.

"흠, 밥을 어떡한담."

경찰에 신고하지도 않았고 어디서 온 거냐고 추궁하지도 않았다. 상식적인 일 처리를 떠올리지 않는 것 같았다. 린다의 눈빛이 배에서 함께 살아온 사람과 크게 다르지 않아 보여 나는 친근감을 느꼈다. 심지어 그녀는 나보다 더 어지러워 보였다.

린다의 작업실엔 낡고 해진 옷들이 먼지를 두르고 있었다. 그녀는 가끔 내게 밥을 챙겨 줬는데 어딘지 표정에 그늘이 보인 다음 날이면 꼼짝하지 않아 밥을 건너뛰어야 하는 날도 잦았다. 린다가 띄엄띄엄 음식을 제공하면서 나는 고양이들과도 평화로운 관계를 유지했다. 고양이 둘이 세수를 하자 감춰두었던 말간 얼굴이 드러났다.

먹고 잘 공간이 생기자 나는 비로소 도서관에 나가 말을 배우고 일을 찾아 나섰다. 지상은 여전히 어지러웠다. 멀미가 날 땐 공원에서 수돗물을 마셨다. 소금기 없는 물은 부드러웠다.

린다는 작업실에 거의 오지 않았다. 그녀가 열심히 일하면 나로선 생활공간을 침해받으니 나는 무슨 이유로든 그녀가 일하지 않는 것이 마음 편했다. 나는 아무렇게나 굴러다니던 그녀의 낡은 옷가지 중 하나를 걸레로 삼았고 또 다른 옷은 고양이 목욕 타월로 삼았다. 걸레와 타월을 노려보는 그녀의 시선을 느꼈다. 의도하지 않았던 유용성을 보고 그녀도 만족하길 바랐다. 걸레는 두세 가지 천을 이어 만든 패치워크였다. 한때 그녀가 공들여 이어 붙인 작업을 걸레로 삼은 건 조금 미안했지만, 어차피 그녀의 창고 안에서 썩게 될 것이었다. 걸레로라도 쓰이는 게 낫지 않나? 나는 묵묵히 걸레질하며 그녀에게 속으로 물었다.

고양이들과 나와 린다는 천천히 적절한 거리감을 찾았다. 나는 그녀가 좋았다. 그녀가 나를 내버려두는 게 좋았다. 또 하나, 그녀가 음식을 많이 먹지 않아 말라비틀어진 게 좋았다. 그녀의 창고에서 우리가 굶고 있을 때 집 안에서 폭식하는 린다를 봐야 했다면 나는 그녀를 몹시 미워

했을 것이다. 나를 배려하려는 의도는 아니었겠지만 그녀
는 식사를 제대로 챙기지 않았고, 걱정하는 지인들이 남
기고 간 음식을 나와 고양이들에게 나눠 주었다. 그게 내
가 그녀를 좋아하는 가장 큰 이유였다.

타스만의 지상에서도 가끔 고향 노래가 들려왔다.

"사랑하는 나의 고향 한번 떠나온 후에
날이 가고 달이 갈수록 내 맘속에 사무쳐
자나 깨나 너의 생각 잊을 수가 없구나."

나는 공중을 가리키며 린다에게 물었다.
"이 노래 들려요?"
린다는 무심하게 말했다.
"저녁 6시면 울려. 시보일걸."
배에서도 줄곧 들었기 때문에 그게 시보가 아니란 걸
나는 알고 있었다.
"린다의 고향은 어디야?"
그러자 린다가 답했다.
"난 여기서 나고 자랐어."
그녀에게 노래가 들리지 않는 이유를 알 것 같았다. 그

녀는 새로운 곳에서 시작될 미래를 떠올리지 않았다. 나는 달랐다. 지금 머무는 곳이 영원한 내 터전이 될 거라고 확신하지 않았다. 북쪽 나라의 차가운 바다가 또 한 번 마음속에서 파도쳤다.

계절이 바뀌었다. 입고 왔던 옷이 너무 얇아 대책을 마련해야 했다. 나는 그녀의 재료 더미를 뒤졌다. 몸에 맞는 옷을 찾아 되는대로 겹쳐서 입고 다녔다. 기장을 잘라내고 품이 큰 옷을 줄이고 싶었다. 어느 날 그녀의 먼지 덮인 재봉틀을 돌려 엉성하게 옷을 수선했다. 그러자 소리를 들은 그녀가 문을 노크했다.

"아, 미안해요."

애초에 허락을 구할 생각은 없었지만 아는 타스만 말로 간단하게 사과했다. 어차피 버릴 거죠,라는 생각이 담겨 꽤 당돌한 어조가 되었다. 그녀가 찡그린 얼굴로 창고 안에 성큼 들어왔다.

"아니, 그렇게 하면 안 되지."

그녀는 화를 냈다. 자신의 물건에 손댄 것에 불쾌함을 표하는 게 아니었다. 그녀는 내가 양손에 들고 있던 옷을 낚아채더니 재봉틀 앞에 앉았다.

"그렇게 엉성하게 마감하면 금방 다 터지고 만다고."

그녀는 능숙한 솜씨로 깔끔하게 옷을 수선했다.

"더 있어?"

나는 모아두었던 옷들을 가져가 열심히 설명했다. 이건 장식도 괜찮고 무늬도 좋은데 너무 짧아요. 이 바짓단을 이어 붙이면 개성 있는 바지가 될 것 같아요. 타스만 말로는 무척 짧게 표현되었다.

"이거, 이거, 하나로."

다른 것도 가져가 설명했다. 이건 품이 너무 커서 등 부분을 잘라내어 줄이고 싶어요. 나는 셔츠를 슬림하게 만들어 보이며 말했다.

"이건 이렇게, 작게."

이건 겨울옷치고는 너무 얇아서 반팔로 만들고 싶어요.

"이건, 어……"

나는 반팔을 뜻하는 어휘를 몰라, 손가락 두 개로 가위 모양을 만들어 소매 부분을 자르고 싶다고 표현했다. 아는 단어만으로 짧게 말했다. 제대로 전달됐을까 싶었을 때 그녀가 재봉틀 앞에 앉아 나를 올려다보며 말했다.

"하나씩 하나씩 하자고, 솔티."

그녀가 나를 솔티라고 부르며 불평했다. 솔티라는 말속에 바다 냄새가 묻어 있는 것 같았다.

"하여간 옛날부터 한꺼번에 일을 가져와서 나를 부려먹

는 사람들이 꼭 있었다니까."

그녀는 열심히 일하던 시절 잔소리를 하던 보스와 동료들을 솔티라고 불렀다고 했다. 그렇게 많은 말을 하는 린다는 처음 보았다.

그 후 한동안 그녀의 재봉틀이 책상 끄트머리에서 먼지를 폴폴 날리며 덜덜 떨렸다. 덜컹거리는 끄트머리엔 고양이 둘이 누워 흔들리며 낮잠을 잤다. 매일 창고에 드나들면서 린다는 솔티라는 호칭 앞에 스위트를 붙이기 시작했다. 스위트 솔티. 나의 새로운 이름이었다. 작업하러 올 때마다 그녀는 과일이며 과자, 고양이들에게 줄 삶은 돼지 간이나 허파 같은 음식을 들고 왔다. 그녀가 일하는 동안 우리는 음식을 먹어치웠다. 낡은 재봉틀이 덜컹거리는 바람에 창고 벽과 바닥이 요란하게 흔들리자 나는 오랜만에 편안함을 느꼈다. 지상 부적응 증후군이 잠시 낫는 것 같았다. 그녀도 그 순간, 현실 부적응 증후군을 조금은 잊는 듯했다.

나는 이 나라의 일원이 될 방법을 찾고 싶었다. 정식 학교는 아니지만 린다가 알아봐준 야간학교에 나가 수업을 들었다. 나이와 취업 자격에 제한이 있어 쉽지 않았지만 가리지 않고 일했다. 하지만 교육과 노동에 한계가 있고 법적인 가족이 없어 이곳은 내게 새로운 고향이 될 수 없었다.

1년이 지났고 나는 항구로 돌아가기로 했다. 린다와 고양이들에게 작별 인사를 했다. 그녀는 이별 선물로 패치워크로 만든 스카프를 주었다. 보자기로도 겉옷으로도 무릎 담요로도 쓸 수 있었다. 창고에 쌓여 있던 천들을 조금씩 잘라 만든 것이었다. 각각의 조각이 독자적인 기억과 이야기를 품고 있는 것 같았다. 모아놓으니 더욱 멋진 작품이었다. 내가 창고를 떠나기 직전까지 스카프 만들기에 열중하던 린다의 옆얼굴은 무척 아름다웠다.

1년 동안 배웠지만 타스만의 언어는 어려웠다. 내가 구사하는 여섯 가지 언어로는 도무지 번역되지 않았다. 다시 만나자는 기약 없는 약속을 타스만어로 어떻게 전해야 할지 몰라 말 대신 고양이들과 린다와 차례로 포옹했다. 고양이들은 인간의 마지막 인사 따위 어색하다는 듯 평소처럼 나를 할퀴었다. 한참이나 말없이 나를 안아준 린다의 품은 따뜻했다. 우리는 가족이 되지는 못했지만 함께 사는 동안만큼은 서로를 잘 헤아리는 좋은 친구였다.

항구로 돌아와보니 정박했던 배는 보이지 않았다. 타스만은 형무소로 쓰던 옛 공간을 보수도 하지 않고 제공하

며 선심 쓰는 듯한 표정을 지었다. 1년 만에 재회한 우리
는 줄지어 안으로 들어갔다. 철문이 잠겨 있진 않았지만
달리 갈 곳이 없던 우리는 높은 담 안에서 남은 유년 시절
을 보냈다. 올리브는 여전히 가족과 친척 들을 돌보며 바
빴다. 샐러맨더는 늘 답답해했고 담 안에서 자주 아팠다.
열아홉 살이 되던 해, 우리는 작은 배에 나눠 실려 뿔뿔이
흩어졌다. 타스만의 법이 바뀌었다는 소문만 들려왔다. 나
는 올리브와 헤어져 샐러맨더와 함께 배에 올랐다.

3

그날 작은 배에 타자마자 밀물이 항구로 밀려들었다.
작심한 듯 바다가 부풀어 올랐다. 우리 배를 세상 끝까지
떠밀려는 듯 사정없이 파도가 휘몰아쳤다.

또다시 시작된 배 위에서의 삶. 흔들리고 부유하는 것
은 내 삶 자체였으므로 두렵지 않았다. 배에서 내리면 지
면이 너무 단단해 다시 어지러울 테지만 이미 한번 경험
한 일이었다. 지상에 산다는 건 멀미를 견디는 것임을 타
스만에서 배웠다.

작은 배에는 따로 선실이 없었다. 일렁이는 파도가 고

스란히 배 안을 침범해 뺨을 때렸다. 배가 뒤집힐 듯 격렬하게 휘청였다. 쇠약해진 몸으로 배에 타겠다고 고집을 부리는 샐러맨더를 말렸어야 했다. 매서운 파도가 우리를 할퀴던 밤, 열이 펄펄 끓는 샐러맨더를 꽉 끌어안았다. 린다의 패치워크로 그의 몸을 감쌌다. 하지만 샐러맨더를 따듯하게 지키기에는 역부족이었다. 나는 배에서 배웠던 여섯 나라 말과 타스만 말로 하늘을 향해 외쳤다.

"살려주세요! 살려주세요, 제발!"

다시 노랫소리가 들렸다.

"사랑하는 나의 고향 한번 떠나온 후에
날이 가고 달이 갈수록 내 맘속에 사무쳐
자나 깨나 너의 생각 잊을 수가 없구나."

나는 노래를 일곱 나라 말로 크게 따라 불렀다. 그러자 매번 들려오던 노래의 다음 소절이 들렸다.

"나 언제나 사랑하는 내 고향에 다시 갈까.
아, 내 고향 그리워라."

격랑이 옆구리를 때리는 바다 위에서 나는 밤하늘을 향

해 외쳤다.

"고향 따위 없어! 없다고! 고향이 무슨 소용이야."

그러자 노래 속에서 목소리가 늘렸다.

"도주하고 배회하는 자여. 방황하고 망명하는 자여. 푸른 바다를 떠나 새로운 고향을 맞이합시다. 이전 땅은 곧 사라지리니 새로운 땅으로 갑시다. 그들이 고향이라 부르는 곳, 우리에게도 고향이 될 곳으로."

나는 악을 썼다.

"그 어디도 내 고향이 아니라고!"

그러자 목소리가 내 이름을 불렀다.

"무티아라 술레이만, 스위트 솔티. 우리는 새로운 땅으로 나아갈 거예요. 모두의 시간을 이어주세요."

목소리 속에 나를 호명하는 자가 있었다. 똑똑히 들었다. 나는 의식을 잃은 샐러맨더를 부둥켜안고 말했다.

"어디든 가겠어요! 고향이든 아니든 상관없어요! 내 동생을 살려줘요! 제발."

대답처럼 천천히 아침 해가 떠올랐고 파도가 조금 잔잔

해지기 시작했다.

"사랑하는 나의 고향 한번 떠나온 후에, 날이 가고 달이 갈수록 내 맘속에 사무쳐."

어디선가 노랫소리가 들려왔다.

"자나 깨나 너의 생각 잊을 수가 없구나. 나 언제나 사랑하는 내 고향에 다시 갈까. 아, 내 고향 그리워라."

머릿속에서 들리는 노래가 아니었다. 밀물에 떠밀려 온 어느 바닷가 해변. 갯벌에서 조개를 캐던 사람들이 낯선 언어로, 친숙한 노래를 부르고 있었다. 유년 시절부터 머릿속에서 일렁이던 북쪽 나라의 차가운 파도가 눈앞에 보였다.

짧고 하얀 상의에 검은 하의. 낯선 민족의상을 입고 검고 긴 머리를 땋아 올린 사람들이 다가와 하선하는 우리를 부축했다. 자신들이 먹으려 했던 물과 음식을 마치 우리를 위해 준비했다는 듯 나눠 주었다.

그들은 낯선 언어로 말했다. 내가 아는 일곱 언어보다

훨씬 거친 소리가 섞여 있어 꽤 강렬하게 들렸다. 사람들이 단호해 보여 좋았다. 우리는 해변에서 만난 사람들의 도움을 받아 봄을 추슬렀다. 각별한 간호를 받은 샐러맨더도 조금씩 기력을 회복해갔다.

바다와 멀지 않은 언덕에 바람을 막을 판잣집을 짓고 살게 되었다. 땅에서 올라오는 찬 기운을 이기는 게 고역이었다. 따듯한 남쪽을 찾아다녔는데 한참 북쪽으로 올라온 것 같았다.

부산이라고 불리는 새로운 땅에서 흔들리는 삶은 계속됐다. 부산에서도 나는 지상 증후군을 겪었다. 꽁꽁 얼어붙어 단단해 보이는 북쪽 땅에도 삶의 각종 어지럼증을 끌어안고 사는 사람이 많았다. 나는 바느질과 재봉 일을 시작했고 종종 린다가 떠올랐다.

매 순간을 이어 붙이듯 살았다. 근근이 꾸려간 하루가 쌓여 인생이 되었다. 우리가 상륙한 후 부산에도 많은 일이 있었다. 똑같은 얼굴을 한 사람들끼리 전쟁을 벌였다. 폭격을 맞고 재난을 겪었으며 수많은 사람이 죽고 다쳤다. 크고 작은 사고가 끊이지 않았다.

그 와중에도 우리는 바닷바람을 막을 판자를 조금씩 덧대어가며 살아갔다. 미끄러운 언덕을 다져 계단을 만들었다. 차가운 바닥이 조금씩 온기를 머금었다. 맵고 짠 발효 음식은 나의 주식이 되었고 물자를 아끼며 살았다. 먹는 일을 소중히 했고 상대를 만나면 끼니를 잘 챙겼느냐고 인사했다. 나는 여덟번째 언어를 배워 김진주라는 새 이름을 얻은 뒤 남편을 만나 결혼했다. 처음 만난 날 그는 내게 말했다.

"우리도 피난민이에요. 우린 LST란 배를 타고 여기보다 한참 북쪽 땅에서 내려왔지요."

내가 타스만의 옛 형무소 자리에서 유년 시절을 보냈다고 말하자 남편이 웃었다.

"우리 가족도 포로수용소랑 피난민 수용소에서 한참 살았어요. 어휴, 얼마나 북적거렸는지."

이윽고 아이들이 태어났다. 아이들은 이 나라의 억센 억양으로 말했다. 샐러맨더는 김수용이란 이름을 얻었고 파일럿이 되어 전쟁에 참전했다. 무사히 돌아와 한국 여성과 결혼했고 국가유공자 훈장을 받았다. 무용담 늘어놓기를 어찌나 좋아하는지 명절에 만나면 시끄러웠다. 수용과 나는 한국 사람 다 됐다며 웃었다.

린다의 스카프는 바람막이로 벽에 걸려 그녀의 이국이자 내 고향인 이곳에서 천천히 삭아갔다. 주정뱅이 술탄국에서 온 올리브의 목걸이는 전등을 끄고 켜는 줄이 되었다. 우리가 작은 배에 담아 왔던 이국의 풍경이 부산의 역사 속에 녹아들었다. 뒤엉켜 함께 삭아가는 것을 구태여 분리해 원성분과 출신을 구분할 필요가 없어졌다. 전쟁의 상흔이 오래 남았던 이 작은 항구 도시도 조금씩 번성해 다양한 나라의 풍경이 생겨났다. 알록달록한 햇빛이 스며드는 기도실을 이 도시에서 발견한 건 수십 년이 지나서였다. 천일 야화를 들려주던 알리두스티 할머니가 말했던 풍경과 똑같았다. 타쿠미 할아버지가 만들던 농기구와 그릇 같은 물건도, 조니 아저씨가 만들던 퓨전 요리도 시간을 두고 천천히 이 땅에서 모습을 드러냈다. 모두의 역사가 이 땅에 스며들었다. 차갑게 얼었던 북쪽 땅에 다채로운 봄이 싹텄다. 다음 봄을 기다리며 계절이 익어 갔다.

70년이 지났고 나는 아흔을 앞두고 있었다.

"나 언제나 사랑하는 내 고향에 다시 갈까. 아, 내 고향 그리워라."

사는 동안 고향 노래는 줄곧 머릿속에 울려 퍼졌지만 이전만큼 신경 쓰이진 않았다. 이 나라가, 부산이 진즉 내 고향이 되었기 때문이다.

지난 칠순 여행으로 엄마들의 나라인 바다 거품국과 시트러스국, 할머니의 나라 주정뱅이 술탄국에 다녀왔다. 육지가 한 조각도 보이지 않는 망망대해 위에서 꿈꿨던 일이었다. 세 나라의 풍경은 참 이국적이었다.

"할머니! 배가 들어오고 있어요."

손녀들이 나를 불렀다. 나는 배를 맞이하러 갔다. 오래 준비한 일이었다.

지금 막 부산에 상륙하는 배 한 척을 바라보고 있다. 오래 사용하지 않아 말은 잊고 말았지만, 두번째 엄마 올리브와 꼭 닮은 얼굴들이 보였다. 커다란 진주 목걸이처럼 엄마들의 목에 매달려 있는 아이들의 얼굴도 보였다. 낯선 땅을 바라보는 눈빛에는 두려움이 어려 있었지만 세상을 궁금해하는 표정은 우리 손녀들과 똑같았다.

보트 위에서 검푸른 바다를 떠돌던 사람들이 이윽고 상륙했다. 지상의 단단함에 모두 휘청였다. 나는 센 소리로 형제들을 부르며 달려 나갔다. 아가! 휘청이는 소년을 부축했다. 어릴 적 호기심 많던 샐러맨더의 눈과 꼭 닮은 아이였다. 나는 이웃들과 함께 준비해 온 물과 음식을 쉼 없이 날랐다.

샐러맨더와 함께 부산항에 도착했던 그날을 떠올렸다. 유난히 거대하게 부풀어 올랐던 파도, 우리를 이 땅으로 떠밀어 보낸 밀물은 예사가 아니었다. 목소리의 주인들은

달의 인력을 일으켜 파장을 만들었다. 그들은 파장을 빛
보다 빠른 속도로 우주에 경유시킨 뒤 과거로 송신했다.
우리가 탔던 작은 배가 부산에 상륙하도록 밀물을 만들었
다. 새로운 고향으로 우리 배를 보내 준 사람들이 노래 속
에서 말했다.

"스위트 솔티, 먼저 가서 준비하세요. 당신의 형제
들이 검푸른 바다를 떠돌다 돌아올 순간을 위해."

목소리는 말했다. 부산에서 새로 가족이 된 고향 사람
들에게 전하라고. 우리는 모두 먼바다에서 외롭게 떠돌다
결국 만나게 된 형제들이라고. 바다 위에 살든 육지 위에
살든, 우리 모두는 그저 망망대해 위를 떠도는 존재일 뿐
이라고. 목소리는 우리를 부산으로 이끌었다. 그들은 전
세계 곳곳 항구마다 난민이 들어와 선주민과 섞여 살며
함께 미래를 준비하는 세상을 꿈꿨다.

예지몽처럼 가까운 미래가 눈앞에 보였다.

인류가 새로운 별로 떠나야 할 시간이 다가오고 있었
다. 빙하가 모두 녹은 뒤 풍랑은 더욱 거세어져갔다. 부산
항은 절반 이상 수몰했다. 바다에 잠겨 얼마 남지 않은 지
상은 지진이 계속되어 사람이 도저히 살 수 없는 어지럼

증을 안겼다. 인류 전체가 곧 난민이 될 예정이었다.

피난선이 된 우주선에 탑승한 미래의 인류는 일찍이 대비하지 못했던 과거를 통탄했고 과거 사람들에게 예비하라는 신호를 보내기로 했다. 각 나라의 노래와 함께, 고향을 떠올리게 하는 가사와 함께. 고향을 그리는 이들은 그것을 자신의 노래로 들었고, 자신의 삶이 단단하다 믿는 이들은 그것을 자신과 무관한 노래라고 여겼다.

고향이 어디든 우리는 떠나온 존재였다. 언제든, 결국엔 떠나야 했다. 그리하여 또 다른 삶을 이어 붙여야 했다.

인류는 곧 우주라는 중천에서 새로운 고향을 찾아 떠나는 항해를 준비한다. 새로운 삶의 터전이 될 행성을 찾아낼 것이다. 선주민들도 떠밀려 온 이주민들도 고향이라 부르게 된 북쪽 나라의 항구 도시처럼, 우리 후손들이 우주에서 그런 공간을 만날 수 있기를 나는 기도했다. 난민이었던 인류의 역사를 고스란히 품은 인류 대표가 새로운 중천으로 날아오를 것이다. 준비해야 할 일이 많았다.

"스위트 솔티, 하나씩 하나씩 하자고."

흔들리는 지상 어딘가에서 린다의 목소리가 들려오는 것 같았다.

■

순애보 준코, 산업위안부 김순자

대화는 언제나 이런 식이었다.

"할머님, 유바리夕張 시절 얘기해주실 수 있어요?"

"이년아, 내가 왜 너한테 그걸 얘기하니?"

한국어와 일본어 바이링구얼이라는 이유로 김순자 씨 증언 인터뷰를 담당하긴 했지만 순자 씨와 줌인 플러그로 통화하는 일에는 언어 외에도 수많은 문제가 있었다. 순자 씨는 지독하게 고생만 하며 살아온 사람이었다. 평생 자기 이야기를 해본 적이 없다고 했다. 온 세상에 대한 배신감과 증오 때문에 아무도 믿지 않았다. 그가 겪은 혹독한 시절을 온전히 상상하진 못할지라도 그의 고약한 성품이 그 경험에서 연유한다는 건 충분히 이해할 수 있었다. 아무리 그래도 당신의 이야기를 듣겠다는 사람에게 욕을 하고 모욕을 주며 공격적인 태도를 보이는 건 견디기 힘들었다. 참을 수 없는 장면을 여러 번 마주한 나는 베스티지(뇌적腦迹기록물) 관리 위원회에 사직서를 내밀었다. 사직서가 받아들여지기는커녕 위원장님까지 연락을 해서는 대놓고 나를 꾸짖었다. 우리가 우연히 순자 씨를 발굴해 줌인 접속한 지도 수년이 흘렀는데 순자 씨는 최근 들어 처음으로 자기 이야기를 시작한 참이었다. 순자 씨에게 적용한 시대 한정-바이어스를 바꾼 지도 얼마 되지 않았다. 이렇게 중요한 때이니 조금 더 지속해보자고 위원장님은 덧붙였다. 김순자 씨는 희귀하고 귀중한 인물이다. 그는 강제징용 조선인 노동자를 상대한 산업위안부였으며 이와 관련한 첫 증언자이기 때문이다.

줌인 플러그 뒤에서 사직서 쓰기를 반복하면서도 그와의 통화는 이어졌고 이야기는 계속 제자리걸음이었다. 그는 통화를 할 때마다 자신이 지금도 지옥 속에 있다며 한탄했다. 괴롭고 외로운 심경은 충분히 이해했다. 하지만 지금이라도 자신을 지켜줄 남자가 필요하다는 말을 들었을 때는 헛웃음이 나왔다. 아니, 그렇게 당하고도 지켜줄 남자를 기대한다는 말이 나옵니까? 줌인으로 대화할 때 나는 우리 시대의 바이어스를 억제하기 위해 신경 써야 했다. 그가 자기 현실을 인식하는 시대감각은 우리의 것과 완전히 다르다. 그와 다른 곳에 사는 연구자들은 어디까지나 갑옷처럼 그를 감싸고 있는 그 시대의 프레임을 전제하고 바라봐야 했다. 시대성의 변칙, 즉 아나크로니즘anachronism은 우리 위원회의 연구 기준이었다. 아나크로니즘은 시대착오라는 표현으로 자주 번역되지만 예술에서는 역사나 시대적 요소가 혼재하는 표현 방식을 지칭하기도 한다. 내가 속한 베스티지 위원회도 중립적인 의미로이 개념을 사용하고 있다. 우리는 과거와 현재의 적극적인 상호작용을 통해 역사를 재구성한다는 기조하에 시대적 관점을 바꾸어가며 사건 관련자를 인터뷰한다.

순자 씨는 본인 얘기를 회피하려 내게 질문을 돌려주곤했다. 그러는 네 삶은 어땠느냐는 식이었다. 별로 궁금하진 않지만 시간이나 때우려는 의도인 듯했다. 엄마랑 단둘이 살았다는 나의 평범한 유년 시절 이야기를 들은 그는 무지막지하게 질투했다. 줄곧 홀어머니랑 살아왔고 심지어 홀어머니가 이른 나이에 세상을 떴다는 얘길 듣고도행복했겠다며 못마땅해했다. 가족사를 두고 남이 동정하는 말을 대수롭지 않게 넘기는 건 습관이 됐지만 이런 반응은 어떻게 넘겨야 할지 어이가 없었다. 나 같은 애를 보면 동정하는 척이라도 해야 하지 않겠느냐고 순자 씨에게충고하고 싶었다. 하긴 내가 어떤 삶을 살았든 그에겐 상관없을 거였다. 순자 씨 표현에 따르면 당신을 제외한 세상 모든 사람은 행복에 겨운 삶을 살았다. 자신의 지옥에 비하면 남들은 다 천국에 산다고 여겼으니까.

　점점 순자 씨 말을 견디기가 힘들었다. 열댓 번 정도 나가떨어지고는 연구든 뭐든 될 대로 되라지 하는 심정으로 소리를 꽥 지른 어느 날이었다.

　"아, 진짜 못 해먹겠네! 순자 씨가 왜 외로운지 알아요? 일제 탓도 아니고 조선 탓도 아니고 순자 씨 성격이 더러워서라고요! 이러니 가까웠던 사람들도 다 떠났지! 이이카겐니 시테, 준코(그만 좀 해, 순자)!"

　이걸로 위원회 소속 리서처 경력은 끝났다, 생각한 순간 순자 씨가 자기 이야기를 시작했다.

　"내 성격이 아주 더럽다는 건 내가 제일 잘 알지."

　내가 공격적인 모습을 보이자 순자 씨는 그제야 나를 동등한 이야기 상대로 취급하는 듯했다. 그게 정말이라면 내가 성질이 급하고 분노 조절을 못 하는 미숙한 인간이라는 사실이 이번만큼은 참 다행이었다. 사실 나는 연구자 성향은 아니었다. 자격 미달이란 생각에 침울해진 순간, 순자 씨 목소리가 차분해졌다.

　"근데 준코보단 순자 씨가 듣기 좋네. 할머니보단 순자 씨라고 불러줘. 나한텐 손녀가 없으니까."

순자 씨 이름을 부른 게 합격증을 내준 모양이었다.

"유바리 얘기 들으려고 찾아온 거잖아? 그거 다 들으면 갈 거잖아?"

시무룩한 목소리로 말하는 순자 씨에게 약속했다. 업무에 필요한 얘기 다 들어도 가끔 찾아오겠다고. 가족, 친지만큼 찾아오겠다고. 순자 씨는 작게 기쁜 내색을 보였다. 돌아가신 홀어머니 수목장도 교류 없는 친지들도 1년에 한 번 찾을까 말까 한다는 말은 굳이 꺼내진 않았다.

김순자 증언 1

아바이 어무이가 나를 보내기로 하곤 돈을 좀 받았나 봐. 그 길로 홋카이도에 건너왔지. 누구긴 누구야, 주선해 준 놈들이 줬겠지. 그 돈을 애초에 누가 지불했느냐고? 그거야 나도 모르지. 근데 도착하자마자 보니까 나한테 빚이 엄청 많았어. 그러니까 그 돈은 내 빚에서 미리 떼어 준 거지. 아바이 어무이가 그걸로 밥 한 끼 먹었으면 됐지, 뭐.

처음엔 돈을 많이 벌 수 있다고 들었어. 홋카이도 유바리라는 곳이었는데, 마을에 생긴 지 얼마 안 된 조선 요릿집에서 일을 시작했지. 가게 바로 앞 탄광에서 일하는 조선 사내가 백 명쯤 있었어. 요릿집에서 청소도 하고 밥도 짓고 일꾼들 심부름도 하고 나중엔 사내들 빨래도 도맡아 했지. 열나게 일해도 엄청 추웠어. 나 말고 언니가 두 명 더 있었는데 중간에 도망가고 마지막엔 나만 남았지. 도 망갈 수 있을 때 도망간 게 현명했지. 의리가 뭐 밥 먹여 줘? 그래도 언니들이 한 명씩 사라진 걸 알았을 땐 얼마나 서럽던지. 맨날 울었어.

나도 도망가려고 했는데 그때 사랑에 빠졌잖아. 필남이 오라버니는 탄광에서 일하는 게 믿기지 않을 정도로 피부 가 맑고 하얀 청년이었어. 뽀얗고 긴 손가락으로 차가운 내 볼을 만지면 봄날 햇살처럼 미지근해졌지. 필남 오라 버니한테 순결도 바쳤어. 그땐 순결을 바친 사람이면 남 편이던 시절이니까. 오라버니가 돈 벌어서 둘이 조선으로 돌아가자고 하더라고. 자기 고향 제주는 사시사철 따듯하 다고 말이야. 따듯한 겨울을 보내는 게 내 꿈이 됐지. 근데 제주도는 겨울에도 따듯해? 나는 못 가봐서 몰라.

아휴, 내가 인기가 많았지. 나 만나려고 밤마다 요릿집 앞에 줄이 길었어. 내가 절세미인은 아니지만 꽃다운 나 이엔 다들 곱잖아? 나한테 수작 걸어보려던 사내들 사이 에 막 칼부림 나고 그랬어요. 호호홋. 근데 말이야. 다 늙 어 꼬부라진 할망구들 보고 꽃답다고 부르던데, 그게 말 이 돼? 난 아주 싫더라고! 나 말고 남을 그렇게 부르는 걸

듣기만 해도 아주 짜증 나던데. 그 할멈들도 꽃답단 얘기 듣고 기분 좋았을 리 없어! 아니 그럼, 꽃답지 않은 여자늘은 막 나쁜 짓 당해도 불쌍하지 않은 거야? 그런 얘기잖아? 안 그래?

양유희 증언 1

순자 씨랑 처음 만난 건, 1939년 직후 제국이 시행한 조선인 작부 사업 시행 계획을 연구하던 때였어. 산업위안부라는 명칭은 연구자들이 처음으로 붙인 거야. 응, 당시에는 없던 용어야. 기업을 중심으로, 전국적인 규모로, 조직적으로 만든 곳이니까. 기업이라고는 해도 탄광이나 댐 건설, 토목공사를 하는 곳이 대부분이었지. 주로 강제 동원으로 끌려온 조선인들이 찾는 조선식 요릿집이 있었는데 일본인 손님들도 드나들었다고 하더라고. 거기서 일하는 여성들을 오샤쿠ぉ酌, 마카나이후賄い婦라고 불렀는데 둘 다 작부란 뜻이야. 밤에는 성노예가 된 거지. 맞아, 조선인 남성들을 상대로. 금권을 줬으니 그때도 요즘도 매춘이라 하겠지만.

처음에 순자 씨를 만났을 땐 그때 얘긴 한마디도 안 해주셨어. 돌아가실 즈음에 조금 해주신 게 전부였다니까.

왜 안 했겠어? 아무도 안 들어줄 거고 말해봐야 욕먹을 거니까, 그걸 뻔히 아니까. 일본 정부는 물론이고 한국 정부도 자발적으로 돈 받으면서 일한 직업 매춘 여성이라고만 봤잖아. 그 시절엔 그렇게만 대했어.

그러니까 아무리 미친 짓을 당한 후에도 계속 성녀 같은 삶을 살아야 한다는 말 아니야? 그래야 증언에 신빙성이 있을까 말까 하고, 그래야 죽어서도 추도를 받을까 말까 한다고. 생각해봐. 강간당하고 몸과 정신이 구속당해 그곳에서 벗어나지 못한 자들인데 애초의 결정까지 자기가 선택한 게 되는 거, 좀 이상하지 않아? 화냥년이라고 불릴 터라 고향에도 못 간 사람들한테 무슨 자기 결정권을 얘기해? 하여튼 먼 미래 관념을 아무 데나 들이댄다니까. 그런 얘길 하면 피해자들을 주체적으로 봐줘서 고맙다고 말할 줄 알았나? 그럼 전시에 강제로 동원되어 끌려와 악질적인 환경에서 일하던 사람들도 도망만 안 갔으면 다 주체적인 선택이었던 거게? 일본 노동자들에 비하면 쥐꼬리만큼이었지만 그래도 돈을 받았으니 해외 근무라고 할 거야? 아니잖아!

아이고, 아주 옛날애기도 아니야. 21세기 사람들이 그랬어. 기록을 한번 찾아서 대조해보라니까. 순자 씨가 그나마 형태를 갖춰 발언을 시작한 것도 최근이야. 2039년

이후지. 순자 씨가 몇 년생이냐고? 1924년인가 25년생으로 알고 있어.

근데, 너 밥은 잘 먹고 다니니? 목소리에 힘이 하나도 없네. 내가 연구할 땐 관심도 없더니 뒤늦게 고생한다. 그러게 일찍 좀 찾아왔으면 얼마나 좋아?

김순자 증언 2

어느 날 일본 손님이 웃돈을 주겠다면서 자기랑 자자고 하더라고. 그때 필남 오라버니가 막아줬지. 그때부터 필남 오라버니가 날 지켜준다면서 내 방에서 자고 갔어. 그게 내 신혼 생활이잖아. 오라버니는 몸이 너무 약했어. 매일 너무 힘들어 죽을 것 같다고 울었어요. 탄광에서 일본 관리자들도 조선 형님들도 자기를 욕한다고 하더라고. 나는 매일 밤 그를 꼭 껴안았어. 그러다 퍼뜩 그런 생각이 들더라고. 그가 탄광을 탈출할지도 모르겠다고. 같이 따듯한 조선으로 돌아가자는 약속이 거짓말이 될지도 모르겠다고 말이야. 불안할 때마다 그가 도망가지 못하도록 꼭 안았지. 그이가 나를 바라볼 때까지만 해도 날 두고 가버리신 않으리라 생각했어. 그런데 어느 날부터 날 안고 있어도 나를 안 보고 멍하니 허공을 보더라고. 그때 짐작했지.

오늘 새벽에라도 도망가겠구먼. 날 두고 가겠어. 이걸 어떡하나.

나한테 관심을 보였던 일본 손님이 탄광 노무관리과에서 일한다고 했단 말이야. 그래서 그에게 찾아갈 마음을 먹었지. 근데 그날 새벽에 그이가 진짜로 사라졌어. 내 마음을 들여다본 건지, 배신감을 느꼈나 봐. 그러니 누굴 탓해. 다 내 죄야. 그이한테 지금도 미안해. 아니, 아니, 마음만 먹고 진짜로 찾아가서 고자질하진 않았지. 그래도 미안해. 다 미안해. 밤마다 내가 그이 다리를 자르는 꿈을 꿨어. 꿈에서 깨면 매번 울었어. 오라버니, 내가 정말 미안해……

그러고 나서는 사람들이 들이닥쳤어. 돈을 내놓으라고 하더라고. 필남 오라버니가 조선인 형님들 돈을 훔쳐서 도망갔다잖아. 그래서 내가 갚겠다고 했지. 내가 그이마누라니까. 요릿집에서 하던 일이 하나 더 늘었어. 오샤쿠, 술 따르는 여자. 조선말로 하면 작부야, 작부. 그때쯤부터 가게를 유곽이라고 부르더라고. 얼음물로 빨래하는 것보다야 따뜻한 방에서 술 따르는 게 훨씬 편할 것 같지? 그렇게 말하는 사람 많이 봤다. 매일 밤 내 방 앞에 조선 사내들이 줄을 섰어. 탄광 회사에서 식대나 포상금으로 주는 금권을 하나씩 놓고 갔어. 한 놈, 두 놈, 열 놈, 열

한 놈…… 매일 밤 내 구멍 통과한 놈들 머릿수를 세다가 기절했어. 어느 밤엔 금권이 마흔 장쯤 쌓였더라.

필남 오라버니가 없어서 괄시를 당한 거겠지? 내가 필남이 마누라인 줄 알면서도 개 같은 짓을 한 놈들이잖아. 나를 갈보라고 걸레라고 그렇게 욕을 하더니 나 졸도한 밤에 금권 서랍을 털어 간 놈도 있었다고. 그러곤 허구한 날 나보고 못생겼다고 하고, 처녀가 아니라고 욕하고, 일본 놈하고도 붙어먹었다고 맨날 멸시해댔어. 더러운 벌레 보듯 침을 뱉고선 밤엔 또 방 앞에 줄을 서요. 내 품에서 엄니 부르면서 울기도 하고 조선에 마누라가 있긴 하지만 나보고 첩 하라고 하기도 하고. 필남 오라버니가 돈을 훔쳐 갔다길래 나는 그 형님들한테도 미안했어. 힘든 탄광 일 하느라 다들 몸도 성치 않았거든. 어깨도 허리도 다 찌그러지고 부러지고 치료도 제대로 못 받았어요. 다들 자기 고향에서도 이국에서도 그러잡을 지푸라기 하나 없이 똥물에 빠진 불쌍한 이들이잖아? 나한테 욕만 안 했다면 나도 그렇게까지 미워하진 않았을 텐데…… 차마 두번째 서방 찾을 생각은 안 들더라고. 그래서 꿈속에서 내가 다리 자르는 사람은 더는 안 나타났어.

금권? 그거 전부는 못 바꿨어. 중간에 한번 탄광 회사 찾아가서 돈으로 바꾼 적은 있었는데 그거야 거기서 방

세랑 생활비로 다 썼고. 금권 통이 없어지는 일도 부지기수였고 다다미 밑에 넣어뒀다가 털리기도 했어. 나중에는 나만 아는 산속 바위 아래 숨겨뒀거든. 나중에 바꾸러 갔더니 그 탄광 회사, 이름이 뭐였더라…… 미쓰마루인가…… 그 회사가 망했다고 해서 안 됐어. 그걸 일찍 환전했어야 했는데, 돈으로 가지고 있으면 도둑 꼬일 줄 알고…… 내가 이렇게 바보 같아. 근데 그거 돈으로 다 바꿨다고 지금 부자 됐을까? 흥, 그게 얼마나 됐겠어? 그래서 원통하지도 않아. 근데 내가 끙끙 앓던 날에도 나한테 붙어먹은 새끼들이 나한테 그거 줬다고 갈보 취급하는 건 참아줄 수가 없는데. 야, 그거 젠장, 똥값도 안 됐어!

양유희 증언 2

자칭 지식인들과도 줌인해봤어? 그분들이랑 21세기 바이어스 말고 20세기 초반 바이어스로 설정해서 한번 대화해봐. 나는 그분들이 그 시절 탄광에서 일하던 조선인 사내들과 별로 다른 선택을 할 것 같지 않거든. 생산량 달성해서 거기 가라고 금권 쥐여 줬는데 반윤리적이라는 이유로 안 갈 남자가 몇이나 되겠어? 남자의 성욕이 인류를 발전시켜왔다고 말하는 사람들한테 무슨 답을 기대해? 피해

자들한테 21세기 바이어스 들이미는 사람들한테 20세기 초반 바이어스 투영해서 한번 대화해봐. 무슨 답을 할지 아주 궁금하네.

그때도 조선인 노동자들 사이에서 여자들을 미워하다가 싸움 나고 그러다 여자가 살해당하는 일이 수두룩했어. 신문에서 조선인 노동자 성폭력 사건 관리해야 한다고 보도했다고. 그게 비록 제국의 의도를 숨긴 과장된 보도일지 몰라도 아예 없는 사실은 아니었단 말이야.

할머니? 우리 엄마? 그랬지, 우리 엄마가 무속인이었지. 나는 아니야. 나는 그냥 역사 연구자. 근데 동료 연구자들이 나보고 무당 같다는 말을 자주 하긴 했지. 너 하는 게 도대체 인터뷰냐 살풀이냐 하면서. (웃음) 행여 동료 연구자들이 비과학이니 뭐니 한 소리 할까 봐 우리 엄마가 무속인이었다는 말은 절대로 안 했어. 너는 할머니 만난 기억 없지? 아기 때 한 번 본 게 처음이자 마지막이었으니까.

김순자 증언 3

고향에 돌아간 사람들도 있다던데 나는 그냥 홋카이도에 남았어. 몸도 망가졌고 돈도 없는데 돌아가서 뭐 해. 내 신세를 보면 어무이는 앓아누울 테고, 아바이는 날 때려 죽이려고 할 텐데 무슨 면목으로 가? 남편도 도망가서 없다고 하면 누가 날 보호해주겠어? 지옥이 내 팔자인 거야.

가게 이름만 바꿔서 일본 손님들 상대하는 일을 했지. 오샤쿠나 마카나이후라고 불렸을 땐 밤에 하는 일을 공연히 드러내지 않았는데 매춘부라고 불리니까 다른 잡일이 드러나지 않더군. 낮에 뭐 잠만 자고 놀았겠어?

그때부터 나를 조센삐라고 부르며 찾아온 일본 사내들은 금권이 아니고 돈을 냈어. 마르고 구겨지고 다친 몸이 아닌 사내들은 불쌍하지도 않더라. 내가 술에 취해서 조선말로 구시렁거리면 무섭다고 하더라고. 약해빠진 놈들, 조선 여자들이 신세 한탄하는 말이 무섭긴 뭐가 무서워? 조선 사내들이면 시끄럽다고 했겠지?

어떤 일본 사내가 밤에 그런 얘길 하더라고. 말레이시안가 어딘가 전쟁터 한복판에서 조선 여자들을 끌고 다니다 적들한테 쫓겨서 다 죽이곤 벼랑에 던져버렸대. 그러면서 나보고 다행 아니냐고, 여기서 이렇게 편하게 일하고 돈도 벌었으니 운이 좋았다고 하더라. 폭격을 맞아서 오른쪽 어깨 아래 팔 하나, 왼쪽 다리 반절이 날아간 사내였는데 자기 신세를 두고도 천운이었다고 말하더라고.

그 얘길 듣고 정말 가슴이 철렁했어. 만약 내가 추운 곳은 싫다고, 일이 더 고되고 힘들어도 괜찮으니까 따뜻한 곳으로 가겠다고 말했다면 어땠을까? 그 사내가 말한 말레이시안가 어딘가에서 밤새 군인들 받다가 그들 총칼에 죽었겠지? 홋카이도가 얼마나 추운 곳이고 말레이시아가 얼마나 더운 곳인지 몰랐으니 망정이지. 근데 말이야. 나는 얼마나 큰 성은을 입었기에 일본 군인들이 아니라 조선 사내들을 받은 거야? 얘길 듣고 덜덜 떨다가 그 사내한테 막 화를 냈어. 탄광에서 일하는 조선 사내들 못 도망가게 하려고 나 같은 애들 데리고 와서 밤 시중들게 만든 거나, 너희 군인들 못 도망가게 하려고 조선 여자애들 강간하게 만든 거나 똑같지 않느냐고. 조선 여자들 짐승보다 못하게 취급하다 죽이는 건 똑같은 거 아니냐고 말이야. 나도 여기서 천천히 죽어가고 있다고 버럭 소릴 질렀어! 그랬더니 무섭다고 코와이 코와이, 하더니 다신 안 와. 못 죽으면 다 천운인가? 살아남았으면 거기가 다 천국이야?

그때부턴 꿈속에서 누가 와서 내 다리를 막 잘라. 필남 오라버니도 와서 자르고 필남 오라버니가 형님들이라고 부르던 조선 사내들도 와서 자르고 미쓰마루 탄광 노무과 관리자, 거기 환전소 사람도 찾아와 자르고 조선 요릿집 사장님도 자르고 일본 사내들도 와서 자르고…… 어무이 아바이도…… 근데 나 같은 여자를 갈보 만들어서 조선 사내들 도망가지 못하게 한 놈들, 그 교활하고 상스러운 계획을 짠 놈들은 안 나오더라고. 누군지 알아야 꿈에 나오지.

근데 나중에 들어보니까 군인들 상대하던 조선 여자들은 어휴, 진짜 처참하긴 했더라고. 아이고, 그런 생지옥에서 애들이 얼마나 아프고 무서웠을까. 열셋짜리 애들도 막 끌고 갔다잖아. 나는 그래도 여기 열다섯에 왔어요. 우리는 그래도 말이라도 통했잖아. 근데 말이야, 진짜 말이 통했을까?

양유희 증언 3

작년에 치매 진단받고 브레인 서포터 이식했지. 이식하는 날에도 너 안 왔어. 그렇지, 올해가 2040년이니까 2039년 맞아. 순자 씨가 돌아가신 건 2001년인가 그래. 마지막 순간에 21세기를 만나셨지만 21세기의 관점으로 자기 이야기를 다 풀어내진 못하셨지. 근데 이거 진짜 너랑 대화하는 거야? 줌인 통화라고? 엄마 수술한 날에도 안 찾아오던 애가 말이야. 미래에서 말을 걸어주다니 늦게라도 철이 든 거야? 아니야, 괜히 투정 부리는 거야. 엊그제 너 가는 거 보고는 또 1년 더 기다려야 얼굴 보겠구나 싶었는데 이렇게 통화하니까 너무 좋지.

김순자 증언 4

맞아. 그 아소후토 연구소라는 데에서 연락이 왔어. 필남 오라버니를 만날 수 있다고 하잖아? 거기 가서 설명 잘하면 그때 휴지 조각 된 금권도 보상해주고 그 당시 회사에 등록됐던 명단도 보여준다고 하잖아? 혹시 아직 일본에 남아 있다면 필남 오라버니 현재 주소도 알 수 있다고 하더라고. 나는 남편과 재회하러 가는 것처럼 한껏 단장하고 분 바르고 거기 센터에 갔어요. 응, 2001년 맞아. 밀레니엄인가 뭔가 새로운 세상이 온다더니 뭔 일이 나한테도 찾아오나 보다 했지.

근데 거기 가던 길이 이상하게도 가물가물해. 무슨 마음인지 너무너무 슬퍼져서 가다 서다 그랬거든. 다리가 천근만근 안 떨어져.

가만히 생각해보니까 남편을 만날 수 있다니, 지나간 인생을 보상해주겠다니, 그런 꿈같은 일이 나한테 찾아올 리가 없잖아? 남의 말을 이해했다고 생각하면 끝장이거든. 중요한 순간엔 매번 그랬어. 말이 통한다고 생각하면 절대 안 돼. 평생 그렇게 살아와서 아무도 안 믿는 게 습관이 됐어. 그러니까 분단장하고 가면서 가슴이 막 부풀기에 아이고, 이게 뭐가 단단히 잘못됐구나 싶었지. 원래 우리 같은 년들이 좀 이래요. 상황 판단이 잘 안 돼. 머릿속 어딘가가 고장이 났어. 아니지, 완전히 박살이 났어. 헛소리하는 거야 예사고. 좋은 말을 해도 안 믿고 나쁜 짓 당해도 그러려니 하니까. 옳고 그른 것도 구분을 못 해. 그냥 다 아는 척하는 거지, 뭐. 누가 나보고 그러데? 악령인지 뭔지에 씌었다고? 조선말로 헛소리하는 게 미친 것처럼 보였나 봐. 근데 내가 뭐에 안 씌었겠어?

억지로 억지로 걷다가 다치마치 미사키立待岬에서 그만 발을 헛디뎌 떨어졌다잖아? 미끄러진 건지 미끄러진 척 추락한 건지 사실 잘 기억이 안 나.

눈을 떴는데 거기 아소후토 연구소라고 하더라고. 그제야 한숨을 돌리고 치료도 받고 필남 오라버니 소식도 알게 됐지. 건강하게 아들 둘, 딸 셋, 손주들 많이 보고 얼마 전에 세상 떴다고 하더라고. 홋카이도 차가운 바다에 빠져 고기밥이 됐을까 싶었는데 살았구나, 다행이다, 하게 되더라고. 나 거기 계속 남아 있었는데 왜 안 찾아왔느냐고 섭섭한 마음도 들긴 했는데 누구한테 가서 따지겠어? 오라버니한테도 움직일 수 없는 사정이 있었겠지.

거기 연구소 사람들이 참 다정하게 대해줬어. 내 얘기

도 잘 들어줬거든. 날 보고 순애보 준코 상이라고 부르잖아? 준코順子는 알고 보니 준아이純愛라고. 호호홋. 내가 말은 좀 모질게 해도 심성은 여린 데가 있는데 딱 알아보더라고. 그러더니 내가 작부 일 하고 밤 시중 든 일, 그게 뭐가 부끄럽냐면서 나 대신 막 화를 내주더라고. '유곽이라고 부르지 말라'고. '조선 요릿집이었다'고. '작부니 갈보니 그런 말도 하지 말라'고. '서비스업이라고 말하라'고 하데. 뭐, 서비스업이라고? 아이고, 배야. 그 말 듣고 얼마나 웃었는지! 밤새 강간을 당했어도 서비스였다니! 근데 매춘업이라고 말하면 불법이라며? 그럼 나도 불법을 저지른 거니까 처벌받는다며? 그래서 그 사람들이 시키는 대로 표현했어, 그때부터.

고마웠지. 어렸을 때부터 속곳 빨래도 한밤에 숨어서 몰래몰래 했는데, 그렇게 당하면서 산 일도 다 부끄러웠는데, 돈도 못 벌었는데, 그렇게라도 말해주니 얼마나 고마워?

거기서 일하는 일본 사람들이 나 대신 조선 사내들도 욕해줬어. 사내들 다 똑같다고. '여자랑 한 번 자게 해주면 군대든 탄광이든 어디든 기어가서 복종한다'고. 에이, 아무리 그래도 다들 나 때문에 탄광에 남았겠어? 그건 좀 억지지? 근데 여자랑 한 번 자게 해주면 그게 보상이 되는 사람들이 있으니까 일제가 계획을 아주 잘 짠 거지. 하여튼 지독한 놈들이야.

거기 연구소 사람들이 '사랑하는 여자 구하겠다고 탄광에서 도망친 필남 오라버니가 그래도 조선 사내 중에선 사내답다'고도 말해줬어. 그래서 내가 막 웃으면서 그랬지. '아니, 구하러 오진 않았다니까, 호호홋!'

여기 죽을 때까지 머물러도 된다고 해서 그러고 있어. 고맙지 뭐야. 나 아는 다른 언니들은 진즉에 사람들이랑 연락 끊었다던데. 그에 비하면 지금 살갑게 대해주는 사람들이 다들 내 애들 같고 손주들 같고 그래.

미진 씨도 고마워. 내 얘길 이렇게 들어주니까 손녀 같지. 이런 얘기는 정말 처음 하는 거야. 죽을 때까지 절대로 말하지 않으려고 했어. 무덤에 가져가지도 않으려고 했다니까. 유희 씨한테도 고맙고 미안하지. 그이가 그래도 나한테 말을 걸어줘서 처음으로 한풀이 비슷한 걸 했으니까.

근데 내가 말을 너무 많이 하면 무당 넋두리하는 것처럼 들리지 않을까?

*

나는 김순자 씨와 오랜 시간 대화를 나눴다. 비슷한 대화를 반복하기도 했고 질문을 달리하며 관점을 확인하기도 했다. 순자 씨도 여러 번 자기 삶을 곱씹는 듯했다. 처음에는 자기 이야기를 한 마디도 하지 않았다. 양유희 씨의 지적대로 그 시절의 바이어스를 갑옷처럼 두르고 있었기 때문이다. 꽃답지 않은 여성은 동정받지 못하고 사료의 가치조차 되지 못하던 시절, 시대착오적 관점 속에 놓인 여성들은 목소리 자체가 없다고 여겨졌다.

나는 순자 씨에게 몇 가지 필터를 제거하도록 요청했다. 대화를 이어가려면 새로운 관점이 필요했다.

"순자 씨, 필남 오라버니는 몇 년생이었어요? 기억해요?"

"내가 오라버니라고 불렀고 탄광에선 제일 어린 축에 속했으니까 아마 열여섯 정도였을걸? 1923년이나 24년생이겠지?"

"근데 고향이 제주도라고 했지요? 제주도 겨울도 따뜻하진 않단 거 알아요?"

"그래? 홋카이도보단 따뜻하단 말이겠지."

"혹시 요릿집 가게 주인 얼굴을 기억해요?"

"요릿집 사장님?"

"조선 사람이었나요? 일본 사람이었나요?"

"아, 나를 안고 있어도 날 안 보고 허공만 보던 인간. 그 인간은 조선 사람이었지."

순자 씨의 필터가 한 겹 제거되는 듯했다. 나는 요릿집 사장에 대해 조금 더 추궁했다.

"요릿집이 유곽으로 변하면서 사장도 한 번 바뀐 것 같아요. 조선인 사장에서 일본 관리자로."

그러자 순자 씨가 목소리를 높였다. 줌인 통화 볼륨을 조금 낮춰야 했다.

"그 사장 새끼가 탄광에서 일하는 조선인들 돈을 훔쳐서 도망갔다잖아! 다들 나보고 갚으라고 했지! 마누라 아니냐고 하면서. 처음 순결을 바치면 서방 아니냐고."

순자 씨는 열다섯 살에 요릿집 사장에게 강간당했고 그가 자신을 아내로 삼아주지 않아 낙담했고 그 후로 작부 일을 시작했다. 순자 씨는 이 일의 이유와 원인, 자신의 선택과 강압에 의한 행동을 제대로 분간하지 못했다. 순서도, 정황도, 상대의 얼굴도, 모두 엉망진창이었다. 그의 뇌적 데이터는 오염된 상태였다.

순자 씨 목소리가 점점 처량해졌다.

"거기 언니들이 도망가다가 다 죽었어. 한 명은 도망가다 강에 빠져 죽었고 또 한 명은 붙잡혀서 맞아 죽었거든. 그러니까 내가 두 사람, 세 사람 몫을 해야 했다고. 쯧쯧, 그이도 참 불쌍해. 애써 만든 요릿집이 망해갔잖아. 망하기 직전에 일본 사람이 사줘서 그 돈 들고 기뻐했거든. 근데 멀리 떠나지도 못하고 유바리 근처에서 폐인이 되었다는 걸 본 사람이 있어. 다들 내 신세랑 다를 바 없어. 지옥동지지, 동지……"

그 순간, 유희 씨의 목소리가 들려왔다.

"순자 씨를 그렇게 이용해먹었는데 뭐가 동지예요? 동지라고 말하면 사람들이 어떻게 해석하는 줄 알아요? 순자 씨 같은 미성년자를 인신매매해 납치해 간 제국이나 매춘 업소 운영한 포주들이나 순자 씨나 다 한편이라고 말한다고요."

순자 씨가 유희 씨를 다독이는 소리도 섞여 들었다.

"아이고, 이 추접하고 불쌍한 새끼야, 너도 어디 멀리 못 가고 여기서 너절하게 죽어가는구나, 그런 마음이 들면 다 동지야."

유희 씨의 목소리는 안정되지 않았다.

"요릿집 사장이 아무리 불쌍하다 한들 순자 씨가 뭐 하러 연민해요? 그놈이 순자 씨 빚도 만들어 감금했고 유곽으로 넘기면서 몸값도 다 챙겼다고요."

"다 불쌍하다니까. 나도 그이들도, 필남 오라버니도
…… 아니, 그럼 필남 오라버니는 어떻게 됐어? 혹시 우리
오라버니, 지금 살아 있는 거야?"

유희 씨의 한숨 소리가 들렸다. 나는 들뜬 순자 씨에게
냉정하게 말했다. 말해야 할 타이밍이었다.

"순자 씨, 필남 씨는 없어요. 존재하지 않는 사람이
에요."

"도망가서 안 돌아오긴 했지만 내 남편이었다고!"

순자 씨에게 상황을 설명하는 일은 쉽지 않았다. 아소
후토 센터는 없는 이야기를 만들어 순자 씨의 기억에 넣
었다. 순애보, 가슴 아린 사랑 이야기. 그 순간을 온전히
자신의 의지로 선택했고 끝내 버티며 살아남았다고 믿게
끔 만들었다. 브레인 서포터를 해킹해 순자 씨의 뇌적 데
이터를 오염시켰다.

"다 가짜라고? 누가 그런 짓을……?"

"아소후토 센터가요."

"아니, 아니, 이렇게 생생한데? 사랑한 기억도, 다리를
자르고 싶도록 미워했던 기억도, 날 다시 보러 오지 않아
서 용서하지 못했던 마음도, 그래도 어딘가에서 죽지 않
고 살다가 아들딸 손자 보고 죽었다기에 다행이라고 마음
쓸어내린 것도 어제 일처럼 또렷한데?"

모든 게 흐릿한 그 시절 기억 중에 또렷한 것이 있다는 게 가장 큰 문제였다.

"순자 씨도 처음엔 지어낸 이야기라고 생각했어요. 하지만 여러 번 반복해 듣다가 정말로 순애보 때문에 거기 남아 있었다고 믿기 시작했어요."

순자 씨의 데이터에서 아소후토 센터가 설정한 필터를 완전히 제거하기까진 그 후로도 상당한 시간이 걸렸다. 연구소를 찾아가던 정황을 반복해 설명하던 어느 날 순자 씨가 체념한 듯 말했다.

"하긴 누가 그러데? 나보고 악령인지 뭔지에 씌었다고? 근데 뭐에 안 씌었겠어? 단단히 씌었구먼. 제대로 씌었어. 안 그래, 유희 씨?"

가장 아름다운 사랑 이야기는 가장 잔인한 시대에 씌어진다고 들었다. 필남 오라버니는 없다. 순자 씨가 그 시절 순정을 다해 사랑한 사내는 없었다. 그는 신세를 한탄하고 운명을 저주하며 살았다. 누군가는 자기 선택으로 받아들였다고 생각했겠지만, 타인이 함부로 단정해서는 안 될 현실을 꾸역꾸역 소화하고 게워내며 살았다. 미수에 그쳤지만 여러 번 자살을 시도했고 멸시와 굴욕 속에서 삶을 이어갔다. 그리곤 생의 마지막 순간까지 이 모든 것이 그의 자발적인 선택이었다는 말을 듣다 세상을 떠났다.

"멍청한 조선 사내들한테 그렇게 당하고도 아직도 불쌍하다고 말하는 나야말로 진짜 순정파지, 안 그래? 근데 거짓말이라도 좋으니 너 참 고생했다, 한마디 없었잖아? 아무도 나한테 그런 말 안 해줬다고……"

필남 오라버니 필터를 제거한 뒤 우리는 인터뷰를 다시 시작해야 했다. 여기까지 오는 것만도 수년이 걸렸다. 순자 씨도 지치고 말았다.

"순자 씨, 필남 씨 얘기를 빼고 다시 이야기해주세요."

"안 해. 그럼 할 얘기가 없어."

"필남 씨 얘기가 빠지면 할 얘기가 더 많아요. 필남 씨 얘기가 끼어들면 다 순자 씨가 착각한 일이 돼요. 순자 씨 얘기는 전부 다 헛소리가 된다고요. 그게 아소후토 센터가 원한 거라고요."

곰곰이 생각하던 순자 씨가 말했다.

"얼마 줄 건데?"

"순자 씨에게 드릴 돈은 없어요."

"그럼 뭐 하러 이런 걸 까발리는데? 군 위안부랑 정신대로 끌려갔던 애들에 비하면 편하게 잘 살았단 말이나 들을 텐데? 금권 받았다는 얘길 하면 돈 벌려고 몸 판 여자란 말이나 들을 것이고, 조선 사내들 상대한 위안부였다고 말하면 조선 사람들조차 아주 싫어할 텐데? 조선 남녀끼리 편 갈라서 피 터지게 싸우다 끝나겠다고 일본 놈들이 아주 좋아할 거 아냐?"

줌인 통화 안에서 순자 씨가 물건을 부수며 소란을 벌였다.

"이게 다 거짓말이라고? 사랑도, 아무것도 없었다고 하면 도대체 뭐가 남는데?"

그를 진정시켜야 했다. 거짓 위로가 아니라 아픈 진실로.

"순자 씨, 필남 씨 얘기를 만든 아소후토 센터가 어떤 데인 줄 아세요?"

"몰라."

"미쓰마루 탄광의 자회사예요."

"그래, 그래서 금권을 지금에라도 쳐주겠다 했다고."

아소후토 센터는 브레인 서포터에 깃든 순자 씨의 뇌적 데이터에 접근했다. 위로를 빙자한 이야기를 만들고 당시를 새롭게 색칠하며 정보를 오염시켰다. 순자 씨마저 자기 기억이 헷갈렸고 주변 사람들은 이를 치매 증상으로만 여겼다. 그 결과 순자 씨 얘기에는 신빙성이 사라졌다. 금권을 주고 하룻밤 여자를 샀다고 증언하는 사람들만 남았다. 순자 씨의 이야기가 사라진 곳에서 그녀는 피해자가 아니었다. 가해자 측 조력자일 뿐이었다.

"어차피 내 말을 믿어줄 조선 놈은 없어. 나한테 밥도 방도 내준 적 없는 연놈들은 날 이용할 생각일랑 하지 말라고!"

순자 씨에게 사실을 말해야 했다.

"아소후토 센터에서 연락을 줘서 하코다테로 가던 길 기억나요?"

"전에 말했잖아. 가다가 울다가 그랬다고. 한껏 단장하고 분 바르고 가는데 그렇게 슬펐다니까."

"순자 씨는 하코다테에 있는 다치마키 미사키 벼랑에서 사망하셨습니다."

"뭐라고?"

"센터가 불렀다는 게 무슨 뜻인지 알았잖아요. 수없이 많은 조선인 여성이 징용 온 조선인 사내들을 상대하다 다치마키 미사키에서 자살했다는 얘기를 알았잖아요?"

"나는 여기 있잖아? 아소후토 센터에서 밥도 방도 줬다고. 남자는 안 줬지만 그래도 여생 잘 살게 해줬어."

"순자 씨에겐 여생이 없어요. 지금 순자 씨는 뇌적 패턴 정보로만 남아 있는 데이터입니다. 안타깝게도 오염된 데이터고요."

124

순자 씨는 1927년생. 위원회가 순자 씨의 데이터에 접속한 현재는 2040년이다. 그가 살아 있다면 이미 115세를 훌쩍 넘는 시점이다. 우리 위원회가 순자 씨의 데이터에 접속한다는 것을 안 아소후토 센터는 통신망을 해킹해 그의 데이터에 왜곡된 필터를 적용했다. 순애보 필터로 채색된 기억. 순자 씨의 경험과 추억을, 살아남은 이유를, 진짜 이야기를 유괴한 거였다. 돈을 벌게 해주겠다고 속여서 열다섯의 순자를 홋카이도로 데리고 간 것처럼. 그들은 그의 미래까지 한 번 더 유괴했다.

"미진아, 이제 그만해."

순자 씨의 목소리가 잦아들었고 곧이어 유희 씨의 목소리가 들려왔다.

"밥은 먹었어? 네가 지내는 시대엔 밥 먹었느냐는 질문은 안 하나? 그건 배고픈 적이 있는 시절을 기억하는 사람들만의 바이어스였을까?"

나는 나의 엄마, 유희 씨에게 말했다.

"여기서도 물어봐. 그건 조선 사람들의 영원한 바이어스인가 봐."

유희 씨가 병실에서 순자 씨가 부순 물품을 정돈하며 말했다.

"나는 행복하다. 이렇게 딸과 연락할 수 있으니."

"보고 싶어도 이제 못 만나는데?"

그러자 유희 씨의 웃음소리가 들려왔다.

"얘, 나 쌩쌩했을 때도 너 1년에 한 번밖에 안 왔다."

유희 씨는 이른 치매 진단을 받고 브레인 서포터 이식 수술을 받았다. 치매 환자들을 감당하지 못한 인류는 브레인 서포터를 치료제로 삼았다. 손상된 뇌 기능을 보조하는 초기 서포터는 증상을 가진 환자를 위한 두번째 뇌로 기능했지만 보편 시술이 확산되면서 보조 뇌가 본래의 뇌 기능을 대체하게 됐다. 사람들의 뇌 구조는 그 시점을 기점으로 완전히 바뀌었다. 그때부터 사람들의 뇌적 패턴 데이터는 실시간으로 클라우드에 동기화되었다. 뇌에 전기신호가 흐를 때 생기는 자극 분포도를 재현한 데이터가 뇌를 고스란히 복제한 것과 같은 형태가 된 셈이다.

데이터에 실시간으로 접속할 수 있는 통신망이 개설된 것은 내가 소속된 베스티지 연구소가 생기기 수년 전이었다. 세상을 떠난 엄마와 대화할 수 있도록 하는 줌인 통신 채널 덕분이었다.

사료 연구자의 입장에선 브레인 데이터가 상용화된 이래, 이전 기록에 접근하고 해석하는 일이 보다 용이해졌다. 탐구되기 어렵고 규명되지 않는 기록은 브레인 서포터가 상용화되지 않았던 시기의 것이다. 이 시기의 문제는 여전히 연구자의 시대 한정–바이어스에 따라 해석이 분분했다. 베스티지 위원회는 과거의 기록에 접근하면서 시대 한정–바이어스를 달리하는 방식을 시도했다. 동일한 시기, 동일한 데이터에 접속하더라도 19세기의 바이어스로 대화할 때와 20세기, 21세기 바이어스로 대화할 때는 그 내용이 달랐다. 교차하는 시대성, 즉 아나크로니즘은 연구소의 정책 기조였다. 역사 연구를 담당하는 우리 부서에선 2039년 이전의 브레인 데이터에 액세스 불가한 것이 아쉬울 따름이었다. 바이어스를 달리하면 증언의 내용도 관점도 달라질 수 있었다.

치매 환자였던 유희 씨와 통화하던 도중, 김순자 씨의 브레인 데이터에 동시 접속이 가능하다는 걸 우연히 알게 됐다. 엄마의 데이터 속에 누군가의 데이터가 섞여 있다는 걸 딸인 내가 알아챈 것이다. 어떻게 이런 일이 가능하지?

엄마 양유희 씨는 재일 조선인 3세였고 역사 연구자이자 활동가였다. 엄마 덕에 나도 자연스럽게 바이링구얼이 되었다. 바이링구얼이야 브레인 서포터 증설 덕에 흔하지만 엄마의 말과 김순자 씨의 말을 구분하는 일은 딸인 내가 가장 적합했다. 그게 내가 처음 김순자 씨의 인터뷰어가 된 이유였다. 양유희 씨는 말년의 김순자 씨를 만나 그의 이야기를 들으며 그 뇌적 패턴을 자기 뇌 활동의 일부로 받아들인 듯했다. 김순자의 뇌 움직임이 양유희라는 연구자에게 재현되었다. 당시 사람들의 바이어스로는 영매 같은 현상이었다. 우리 시대의 바이어스로는 이를 패럴렐 브레인이라고 불렀다.

우리 위원회는 양유희 씨 경우와 유사하게 뇌적 데이터가 공존하는 브레인 서포터 데이터를 다수 발견했다. 그들은 샤먼, 영매, 이타코ィタコ 그리고 무당이라 불렸던 자들이다. 대부분 여성이었다. 이들이 타인의 브레인과 병렬연결된 방식은 정확히 규명되지 않았다. 한국의 무당을 비롯한 샤먼들은 죽은 자를 대리해서 말하는 일을 직업으로 삼았다고 전해지고 있다.

양유희 씨는 직업적인 영매는 아니었다. 그는 역사 연구자였고 구술 생애 기록사였다. 그는 기록사로 활동하면서 영매와 유사하게 인터뷰이와 패럴렐 브레인을 경험한 것으로 추측된다. 그 덕에 김순자 씨의 기록이 현재 액세스 가능한 통신망 안으로 흘러 들어왔다. '조금 늦게, 순자 씨가 비로소 자신의 언어를 갖추었을 때.' 이건 유희 씨의 표현이었다. 순자 씨의 이야기는 처음엔 발화되지 않았다. 20세기 시대 한정-바이어스에 의하면 그녀는 아무 말도

할 수 없었다.

"너는 행복에 겨웠구나. 엄마가 있잖니?"

유희 씨와의 대화에 순자 씨가 불쑥 끼어들었다.

"네, 맞아요."

요즘도 홀어머니가 일찍 세상을 떠났다는 말에 안쓰러운 표정을 보이는 사람은 많다. 그런 사람을 보면 당신의 추도 방식은 이전 시대의 것이군요, 하고 가볍게 말하고 싶어진다. 엄마와 헤어진 일을 연민하지 않았다. 유희 씨와 언제든 대화할 수 있는 이 시대엔 떠난 사람을 그리워하는 일에도 우리 시대만의 방식이 있으니까.

얼마 전, 아소후토 센터 산하 게놈 사회학 정책 연구자가 SNS에 공유한 예전 기사를 하나 보았다. 유전자 해킹으로 모기의 개체 수를 감소시키는 기술에 관한 이야기였다.

5억 개의 유전자 해킹 수컷 모기가 방출됐다. 말라리아, 뎅기열, 지카바이러스 등 모기가 옮기는 질병을 제거할 새로운 방법이라는 평가를 받는다. 유전자 해킹 모기는 인간을 물지 않는 모기를 만들어 개체 수를 감소시킬 것이다. 그러니까 암컷 모기가 더는 인간을 물어 흡혈

하지 않는다는 뜻이다. 암컷 모기는 성체가 되기 전에 죽는다.

미쓰마루. 이후에 이름을 여러 번 바꾼 전범 기업은 제국의 프로젝트를 일본과 식민지 전역에서 펼쳤다. 이곳의 방식은 전에도 지금도 매우 교묘하다. 제국이 기획하고 자금은 미쓰마루가 대지만 절대로 그 이름은 남지 않는다. 증거가 없다고 우길 조건을 사전에 치밀하게 준비해둔 것이다. 그러곤 조선의 암컷 모기들을 해킹해 소멸을 꾀한다. 기사를 읽으며 어쩐지 손이 닿지 않는 곳이 가려운 기분이 들었다.

유희 씨가 머문 병실에서 사람들은 자기만이 볼 수 있는 화면을 통해 자신의 이야기를 풀고 있었다. 모두 우리 위원회에서 접속하고 있는 사람들이었다. 당시 바이러스로는 치매 환자라고만 불렸다. 이들은 그 당시에는 실재하지 않았던 방식으로 우리와 대화하고 있다. 브레인 서포터를 장착하지 않은 당시 사람들이 이를 알아채기까진 시간이 조금 더 걸릴 거였다.

"자, 그럼 처음부터 다시 말해보면 되는 거지?"

순자 씨의 목소리 톤이 달라졌다. 그는 담담하게 자기 경험을 이야기하기 시작했다. 순애보라고 불릴 만큼 부드

럽고 따듯하고 아름다운 느낌이 아니었다. 지금까지와는
완전히 달랐다.

1939년 이후 본격적인 전쟁에 돌입한 일본 제국, 기업
이 고용하고 정부가 지원한 조선인 징용자 상대 산업위안
부. 그동안 완전히 맥락에서 벗어난 이름으로 불리던 이
가 비로소 첫번째 증언을 시작하고 있었다.

참고 자료

『朝鮮料理店・産業「慰安所」と朝鮮の女性たち』, 高麗博物館 朝鮮女性史研究
会 編著, 社会評論社, 2021.

신지영, 「강제동원 역사에서 '보이지 않았던 여성'들을 찾아서」, 〈일다〉
2019년 9월 4일 자. (https://ildaro.com/8541)

타고난 시절

작은방에서 처음 눈을 떴을 때 내가 가장 강렬하게 원한 것은 엉엉 우는 일이었다. 왜 그토록 울고 싶었나 오래도록 자문해봤지만 답할 수 없었다. 아무 이유 없이 그냥 하염없이 울고 싶었다.

"배고프지 않니?"

머리맡에서 목소리가 들렸다. 무엇을 확인하려는 건지, 내가 답할 수 있는 말은 뭔지 도통 알 수 없었다. 머리가 깨질 듯 아팠다.

"으…… 몰라요……"

나는 성대를 처음 사용한 것처럼, 아니 난생처음 폐호흡이란 걸 하는 것처럼 기괴하게 갈라진 소리를 냈다. 이상한 목소리였지만 어찌어찌 나의 상태와 의사를 전달했다. 그런데 나는 언제부터 말을 할 수 있었던 걸까? 주변의 모든 게 신기하기만 했다. 나 자신을 포함해서.

포근한 분위기의 방 안, 내가 몸을 누인 침대는 부드럽게 흔들리고 있었다. 어디선가 불규칙하게 딸랑거리는 소리가 들려왔다.

목소리 주인의 얼굴이 점점 크게 보이기 시작했다. 위협을 느낀 나는 흡, 하며 숨을 참았다. 꼼짝할 수 없이 누워 있는 나의 시야를 커다란 얼굴이 꽉 채웠고 나는 눈을 질끈 감았다. 곧 그의 체온을 느낄 수 있었다. 그는 허리를 굽혀 나를 안아주었고 내 머리를 쓰다듬고는 얼굴에 입을 맞췄다. 비로소 안심한 나는 호흡을 가다듬을 수 있었다. 내가 아닌 존재의 온기를 느낀 순간 상대의 말이 조금씩 이해되기 시작했다. 나중에야 인간의 지성은 제 피부로 체감할 수 있는 사랑을 오롯이 느낀 이후에야 비로소 발동한다는 사실을 깨달았다.

"너는 오랫동안 긴 잠을 잤고 이제 깨어났어. 네가 자는 동안 우리는 널 교육했단다. 열다섯이 된 걸 축하해. 이제부터 우리가 너의 재활을 도울 거야."

긴 잠, 교육, 재활 같은 게 무슨 뜻인지 정확히 이해되지 않았다. 중간중간 공백이 크게 느껴지는 말이었지만 대략 맥락은 예측할 수 있었다. 나는 어떤 문제적 상태에 처해 있었고 그 상태에서 방금 벗어났으며 상대는 나를 도우려 한다. 언어적으로나 비언어적으로 내 상태를 즉각 납득한 것은 아니었다. 다만 상대의 다정한 말에 안도했고 그 덕에 간신히 숨을 들이쉬며 주변을 살필 수 있었다. 그가 다정하지 않았다면 주위를 살필 의욕조차 생기지 않았을 터였다. 나는 자신을 '여정 쌤'이라 부르라는 그의 지시에 따랐다. 그가 안내하는 일이 내게도 필요한 것이라 여겨졌다. 어디선가 희미하게 향긋한 냄새가 났다. 무슨 냄새냐고 물으니 여정 쌤이 꽃향기라고 말해줬다.

눈을 뜬 직후, 몸을 제대로 움직일 수 없었지만 신기하게도 머릿속에 온갖 정보가 쏟아져 들어왔다. 활자와 음성, 영상 등 각종 데이터가 체계적으로 정리되어 눈앞에 나타났다. 무언가 떠올리기만 하면 연관 데이터가 자동으로 제시되었다. 필요한 정보가 즉각 감지됐고 나는 따르기만 하면 됐다. 제시된 데이터를 눈으로 좇아 선택하면 관련된 다른 데이터도 줄줄이 흘러 들어왔다. 예를 들어 숟가락을 바라보기만 하면 명칭과 용도, 활용법 따위가 제시되었다. 일상에 필요한 정보부터 추상적인 개념까지 전부 머릿속에 있었다. 내가 알아야 할 모든 것이 이미 내 안에 있는 듯했다.

나는 주어진 정보를 반복해 흉내 냈다. 이렇게 모방 행동을 하면 여정 쌤이나 내 방에 방문한 다른 사람들은 매우 기뻐하며 나를 자랑스러워했다. 나는 딱히 훌륭하다고 자부할 이유를 느끼지 못했지만 다양한 방식으로 흉내 내는 일을 계속했다. 한 가지 일을 수행하면 다음 목표가 제시됐다. 나는 시험을 치르듯 과제를 이어갔고 조금씩 방식을 바꿔가며 응용해보기도 했다. 하루 훈련이 끝나면 여정 쌤이 다가와 내 볼에 입을 맞추며 잘했다고 안아주었다. 아주 작은 보상이었는데 눈물이 나도록 기뻤다. 하루 끝에 만나는 입맞춤과 포옹을 기다리며 매일을 보냈다. 순간일지언정 따듯함을 체감하는 일이 내게는 너무나도 절실했다. 여정 쌤이 깜빡하고 방에서 그냥 나가는 날엔 미칠 정도로 불안했고 화가 날 지경이었다. 몸을 잘 움직일 수 없다는 현실까지 자각하면 죽고 싶었다. 마음이 잔잔해지지 않으면 눈물이 터져 도통 멎지 않았다. 그럴 때면 방 조명이 어두워지고 침대가 규칙적으로 흔들리면서 낮고 조용한 음악이 흘렀다. 액체가 흐르듯 일정한 패턴이 감지되지 않는 잡음이었지만 조금은 마음을 편안하게 했다. 억지로라도 마음을 잡아야 한다며, 인위적이기만 한 이 공간이 내게 말을 거는 듯했다.

작은방 안, 정확히는 침대 위와 팔이 닿는 부근에서 수행하는 재활 훈련은 매우 끔찍했다. 머리도 몸도 마음도 아팠다. 언제까지 이 상태에 머물러야 하는지 몰라 괴롭고 싶었다. 내가 처한 상황이 고통스럽자 점점 나 자신이 미워졌다. 나는 영문조차 모른 채 지시에 따라야 했다. 몸을 제대로 가누지도 못한 채 내 뜻을 제대로 전하지도 못했다. 아니, 내가 원하는 게 있는지조차 알 수 없었다.

날이 새도록 눈물이 멎지 않을 때면 졸린 눈을 비비며 여정 쌤이 다가왔다. 그는 나를 일으켜 세워 품에 안고 등을 통통 두드렸다. 여정 쌤은 다정한 목소리로 말했다.

"괜찮아질 거야. 이건 너만의 문제가 아니야."

뭐가 괜찮아질 거라는 건지, 괜찮아지면 어떤 상태가 되는 건지 몰랐다. 다른 사람들이 같은 문제를 겪고 있다는 것도 내게 위로가 되지 않았다. 하지만 여정 쌤이 내 등을 두드릴 때, 규칙적인 리듬이 내 심장박동에 겹칠 때면 이루 말할 수 없이 안도했다.

나는 그의 격려에 힘입어 아주 조금씩 몸을 가누기 시작했다. 고개를 곧게 세우는 데에 한 달쯤 걸렸을까? 고통에 고통을 더하는 재활 훈련 끝에 나는 몸을 일으켜 침대에 기대앉았다. 영양을 공급하던 수액을 제거하고 내 손으로 음식을 먹었다. 조금 휘청댔지만 팔로 벽을 짚으며 방 안을 조금씩 걷기 시작했다. 여정 쌤과 사람들의 박수가 터졌다.

기초 재활 훈련을 마친 나는 여정 쌤의 안내를 따라 문을 열고 조심조심 방을 나섰다. 복도에 나오자 수많은 아이가 나처럼 휘청거리며 느리게 복도를 걸어 다니는 게 보였다. 다들 열다섯 정도의 나이일까? 내 또래로 보이는 아이들은 모두 나와 유사한 상태로 재활 중이었다.

　사람들이 성장 센터라고 부르는 곳에서 생활하며 나는 다른 아이들과도 친구가 되었다. 얼마 지나지 않아 나는 친구들과 함께 센터 안을 뛰어다니기 시작했다. 반복 훈련을 통해 우리는 나날이 개선되었다.

　내 의지와 힘으로 몸을 움직이는 일, 직접 밥을 먹고 용변을 해결하는 일, 말하고 놀고 공부하고 쉬는 일, 자기 의사를 전하고 타인의 뜻을 이해하는 일, 문제에 처했을 때 해결 방법을 떠올리고 처리하는 일…… 나는 주어진 과제를 하나씩 하나씩 수행했다. 우리가 일상이라는 과업을 달성할 때마다 센터 관리인들은 감탄했다. 이전보다 나아지고 있다며 이를 성장이라고 불렀다. 성장은 센터의 지상 목표였다. 사람들은 우리의 성장을 두고 모두의 위대한 도전이자 인류의 획기적인 진보라고 표현했다.

　"아름아, 네가 성장해서 쌤은 너무 기쁘다."

　여정 쌤은 감격하며 눈물까지 글썽였다.

　"부디 잘 성장해야 한다. 그것만이 우리가 할 수 있는 유일한 일이야."

여정 쌤이 우리에게 강조했다. 여정 쌤의 눈물 어린 응원에 부응하고 싶었다. 제대로 성장하고 싶었다. 여정 쌤이 원하는 모습이 되고 싶었다. 그러기 위해 매 순간 애쓰고 싶었다. 그러면 여정 쌤이 지금보다 더 자주 내게 다가와 다정하게 등을 토닥여줄 거라고 기대했다. 나는 센터 사람들이 말하는 '걸음마 시절'을 보냈다. 그 후 '말하기 시절'과 '학습기 시절'을 보냈다. 기초 과정을 다 거치고 나니 처음 내 방에서 눈을 떴을 때 맡았던 것과 비슷한 꽃 향기가 났다. 누군가가 내게 1년 정도 시간이 흘렀다고 말했다.

학습기에 들어선 뒤에는 진도가 조금 정체했다. 나름대로 열심히 노력하며 센터의 성장 테스트에 최선을 다했지만 매번 칭찬을 받는 건 아니었다. 정기 테스트 도중 사람들의 얼굴이 어두워졌다. 아무도 나를 칭찬하지 않았다. 그 순간 나는 혼란스러웠다. 시설 사람들이 내게서 무엇을 원하는 건지 애초에 정확하게 알지 못했다는 생각마저 들었다. 터질 듯 심장이 뛰었다. 무언가 이상했다. 그들이 원하는 대로 진행되고 있지 않다는 걸 느꼈다. 정신이 아득해졌다. 두려움에 몸이 덜덜 떨렸다. 나는 지금보다 더 성장해야 했다.

*

"쯧쯧, 결국 퇴행했군."

어느 날, 한 아이가 센터에서 조기 퇴소했다. 이름이 강인이라던가? 커다란 몸집에 어울리지 않게 평소에도 애착 인형을 들고 있는 애였다. 성장 센터에 머물 수 있는 최장 기간은 3년이었다. 한 사람의 성숙한 인간으로 발전하지 못하는 건 센터의 존립 취지에 어긋났다. 센터 관리자들의 표현에 의하면 퇴행이었다. 퇴행자로 진단받으면 3년을 채우지 않아도 퇴소해야 했다. 그건 낙오이자 실패였다. 그즈음 나는 낙오와 실패라는 말이 내포한 무시무시한 뜻을 충분히 이해할 수 있었다. 낙오란 부끄러운 일이었다. 미숙함, 도태, 퇴보도 같은 뜻이었다. 무엇보다 여정 쌤에게 인정받지 못하는 상태를 의미했다.

3년이 다 되도록 강인이는 먹고 놀고 용변을 가리는 일 외에는 한 치의 성장도 하지 못했고 짧은 문장만을 구사했다. 당연하다는 듯 강인이의 강제 퇴소가 결정됐다. 센터 사람들과 아이들은 이를 불명예스러운 일로 여겼다. 남은 우리는 실패자의 마지막을 명확하게 알고 있었다. 강인이처럼 낙오해서는 안 됐다.

"쟤도 여기서 지낸 지 1년이 다 되어간다는데, 곧 퇴소하게 생겼어. 쯧쯧."

또 다른 퇴행 예정자 희망이는 여전히 걷지 못했다. 목을 가누지 못했고 앉은 자세에선 자꾸 머리가 뒤로 넘어갔다. 본인도 답답한지 종일 울었다.

마치 센터 관리자들처럼 다른 아이들을 평가하고 있는 건 미래라는 아이였다. 미래 곁에서 다움이가 연신 고개를 끄덕였다. 나는 그 곁에서 묵묵히 애들이 나누는 대화를 듣고 있었다. 강인이나 희망이 같은 퇴행 예정자에 속하기보단 퇴행자를 평가하며 혀를 차는 아이들 사이에 있고 싶었다. 나는 반복해서 각오했다.

'나는 쟤들처럼 퇴소하지 않을 거야. 낙오하지 않고 성장할 거야.'

나 역시 미래처럼 퇴행자들을 손가락질하며 그 애들보단 내가 훨씬 낫다고 생각했다. 동시에 내가 미래나 다움이보단 못하다는 생각에 괴로웠다.

자기 방에서 눈을 뜬 지 채 한 달밖에 되지 않은 미래는 놀랍게 성장했다. 여정 쌤과 센터 관리인들은 동그랗게 눈을 뜨고 미래의 일상을 주시했다. 내가 학습실에서 테스트 문제를 풀고 있는 사이 센터 사람들과 어울리기 시작한 미래는 웃으면서 대화를 나누고 있었다. 그런 모습이 상당히 어른스러워 보였다.

미래를 보며 알았다. 그건 센터가 우리 모두에게 요구하는 모습이었다는 걸. 지금이라도 나는 그 모습을 따라 해야 했다. 나 역시도 미래처럼 되길 강렬히 원해왔다.

다움이는 1년 전, 나와 비슷한 시기에 눈을 떴다. 그런데 체격이 나보다 월등하게 좋았다. 여정 쌤은 다움이를 우람하다고 표현했다. 나를 두고는 쓰지 않는 형용사였다. 나는 단단한 다움이의 신체가 물렁한 내 신체보다 훨씬 성장한 상태라고 생각했다. 다움이가 부러운 만큼 내 몸이 부끄러웠다.

한번은 미래에게 다가가 어떻게 하면 너처럼 성장할 수 있느냐고 물었다. 미래는 어깨를 한 번 으쓱하더니 눈앞에 제시되는 정보를 적당히 섞어서 제3의 답을 도출하면 된다고 했다. 답을 못 들은 것과 다름없었다. 다움이에겐 어떻게 운동하느냐고 물었다. 나보다 다움이의 재활 시간이 짧다는 사실에 큰 충격을 받았다.

미래나 다움이에게 열등감을 느낀 후, 나는 조금 더 욕심을 내기 시작했다. 운동 시간과 학습 시간을 늘렸다. 여정 쌤이 지정해준 도서와 자료를 여러 번 반복해 읽었고 예정된 학습 목록을 일찍 파악해 예습했다. 잠을 줄이면서 효율적인 데이터 처리 방식을 연구했다. 나는 미래처럼 인지한 정보를 단순 출력하는 데서 나아가 적당히 혼합하고 응용하는 일은 하지 못했지만 주어진 과제를 최선을 다해 감당하며 나름대로 개선해보고자 했다.

나는 줄곧 언어와 싸웠고 정보와 싸웠고 내 육체와 싸웠고 내가 달성하지 못한 상태에 도달하기 위해 나의 현재와 싸웠다. 어느 것 하나 성취감을 느낄 지점은 찾지 못했지만 나의 무지함, 나의 무력함과 싸우는 일이 최선이었다. 닥치는 대로 싸웠고 그때마다 마음속에 강렬히 피어오르는 감정이 있었다. 그게 무엇인지 뚜렷하게 정의할 수는 없었다. 여정 쌤이 그 마음 자체가 나의 성장이라고 말해줬기에 나쁜 일은 아니라고 간신히 수긍할 따름이었다.

"아름아, 요즘 어때? 잘 성장하고 있니?"

"음, 잘 모르겠어요."

그즈음 나는 습관적으로 솔직한 마음을 표현하려 애썼다. 하지만 솔직하게 마음을 드러낼 때 센터 사람들이 모두 낙담한다는 것을 점점 알아챘다. 즉각 분별력을 발휘해 모르겠다는 입버릇을 중단했다. 그러자 사람들은 내가 그들의 말을 이해했다 여기고 안심했다. 단지 모른다는 사실을 밝히지 않았을 뿐인데.

나는 미래와 다움이를 줄곧 관찰했다. 그 애들처럼 되고 싶었다. 동시에 여정 쌤이 그 애들의 어깨를 안고 등을 두드리면 머리가 뜨거워질 정도로 화가 났다. 그럴 때마다 방에 처박혀 끓어오르는 감정을 억눌렀다. 분노가 잘 제어되지 않아 어지럽고 떨렸다.

나는 미숙하다. 나는 퇴보하고 있다. 여정 쌤의 기대에 역행한다. 한 치도 성장하지 못한 채 퇴행자가 될 거다……

나를 괴롭히는 소리가 계속 샘솟았다. 쿵쿵 침대를 두드리거나 발로 바닥을 구르거나 몸을 벽에 부딪쳤다. 쾅쾅 울리는 거친 소리를 내 몸속에 흐르도록 했다. 질투라는 감정을 포함한 나의 미숙함은 말 그대로 나를 아프게 했다. 점점 무서웠다. 퇴행자가 되어 센터에서 쫓겨나면 나는 어디로 가는 거지? 두려웠다. 모르긴 해도 내 인생이 끝장나는 건 분명했다.

밤마다 악몽을 꿨다. 센터 사람들이 내게 무심한 표정을 보이더니 출구 쪽으로 나를 떠밀었다. 센터 밖의 어둠 속으로 나는 쫓겨났다. 퇴행자들이 머무는 곳, 아니 어쩌면 퇴행자들이 처분당했을지 모를 곳으로 들어섰다. 센터 밖을 상상할 때마다 미칠 것 같았다. 머릿속이 까매졌다. 평소 뇌 속에서 흐르는 정보도 이럴 때는 아무런 소용이 없었다.

두려움이란 감정은 지성과 분별력을 정지시켰다. 어느

날 바깥세상에서 살아갈 시뮬레이션을 해보는 정기 테스트가 있었다. 이 테스트에서 나는 0점을 받았다. 내용이 하나도 이해되지 않았다. 갑자기 성장이 멈췄다. 퇴행자로 진단받을 순간이 다가올 것을 직감했다.

나는 겁을 먹었고 방 안에 틀어박혔다. 내 안에서 요동치는 두려움을 제어하려 할수록 불안감이 어마어마하게 커져갔다. 분별력이 옅어지자 모든 걸 파괴하고 싶었다. 아무리 지성을 발휘하려 해도 제어되지 않았다. 나는 방을 어지럽게 만들며 소리를 질러댔다. 아무렇게나 몸을 휘둘러 나를 아프게 했다. 파괴욕은 나의 본성인 듯했다.

엉망진창이 된 내 방을 들여다보곤 여정 쌤이 냉정하게 말했다.

"모든 걸 다 떠먹여줄 순 없다. 혼자 성장해야 한다."

그 말에 나는 그만 목 놓아 울고 말았다. 여정 쌤은 모든 아이를 공평하게 사랑하려 노력했다. 다만 그의 양팔로 모두를 안아주는 건 역부족이었다. 센터엔 아이가 너무 많았고 그의 하루는 너무 짧았다. 제한된 사랑을 내가 독점하지 못한 게 분했다.

센터에서 눈을 뜬 지 1년 반, 나는 완벽하게 퇴행했다. 인지 능력이 감퇴했고 글을 이해하지 못했고 종종 암전된 것처럼 눈앞이 캄캄해졌다. 정보는 계속 떠올랐지만 이전의 처리 방식이 생각나지 않았다. 어떤 순간에는 특정 정보가 내 앞에 존재하는 이유도 알아채지 못했다. 아무것도 모르는 게 당연하지 않느냐고 소리쳤지만 나의 성장을 바라는 사람들은 낙담하며 고개를 저었다. 나에 대한 기대는 서서히 사라졌다.

미래는 사람들의 애정 어린 관심과 축하 속에서 일찍 졸업했다. 퇴소나 퇴출이 아니었다. 같은 문을 통과한 강인이는 밀려난 것이었지만 미래는 큰 박수를 받았다.

"6개월 만에 퇴소하는 애는 처음이래. 우리는 벌써 1년 반이나 지났는데…… 미래처럼 되긴 글렀어."

미래가 퇴소한 뒤 다움이는 부쩍 우는 날이 잦았다. 다움이가 밤에 혼자 울고 있을 걸 생각하니 안쓰러웠다. 어느 밤, 나는 다움이의 방에 들어가 침대 속으로 파고들었다. 커다랗고 축 처진 다움이의 어깨를 끌어안고 여정 쌤이 내게 해준 것처럼 통통 등을 두드렸다. 다움이가 더 큰 소리를 내며 울었다.

'너도 성장하지 못해 힘들었구나.'

내 가슴에 얼굴을 파묻은 다움이가 울다 지쳐 잠이 들었다. 나는 잠든 다움이의 몸을 자세히 보았다. 떡 벌어진 어깨와 넓은 등을 가졌음에도 신기하게 불룩한 가슴과 엉덩이가 없었다. 목젖이 튀어나와 있었고 까슬까슬한 짧은 머리카락이 턱에도 나 있었다. 뼈가 단단했고 발이 컸다. 나는 얼마나 성장해야 다움이처럼 될 수 있을까? 조금 헷갈렸다. 나는 다움이의 몸을 살펴보다가 그의 배 아래를 들춰 봤다. 넓적다리 사이 밋밋한 가랑이가 보였고 그 위에 새겨진 놀라운 표식을 확인했다. 내 배에 있는 것과 똑같은 번호였다.

얼마 뒤 희망이도 결국 조기 퇴소했다. 그런데 희망이는 강인이처럼 울면서 쫓겨나지 않았다. 희망이는 소풍이라도 가듯 까르륵 웃으며 문을 나섰다. 미래처럼 괄목할 성장을 보인 것도 아니면서 웃을 수 있다니? 이해할 수 없었다.

성장이 멈춘 뒤, 여정 쌤과 센터 사람들은 이전과 전혀 다른 의미로 나에게 집중했다. 퇴행의 정확한 원인을 찾기 위해서인 듯했다. 뇌 속에 흐르던 정보는 눈앞에 떠다니는 먼지처럼 하나도 해석되지 않았다. 아무리 재활 시간을 늘려도 다움이처럼 단단한 몸을 갖지도 못했다. 나는 나의 퇴행에 누구보다 실망했다.

나는 어른아이 신드롬이라는 진단을 받았다. 갑작스러운 퇴행으로 인한 예외적인 케이스로 남을 거라는 말도 늘었다. 누구도 내게 기대하지 않는 상태가 되었으니 지금 당장 퇴소해도 아무도 안타까워하지 않을 게 예상되었다. 모든 게 다 끝나고 말았다.

내 방에서 울고 있을 때 다움이가 들어와 나를 안아주었다.

"다움아, 나는 끝났어."

"그렇지 않아, 아름아. 우린 앞으로도 계속 성장할 거야. 조금 늦어도 괜찮아."

다움이가 여정 쌤처럼 다정하게 말했다. 그의 몸보다 마음이 더 단단하다는 게 느껴졌다. 다움이에게는 내가 갖지 못한 성품이 있었다. 다정한 말이 나의 결핍을 더욱 도드라지게 해 초라해졌다.

침대에 나란히 누워 우리는 서로의 몸을 바라봤다. 다움이가 나의 가슴에 손을 얹더니 조금 울먹이는 목소리로 말했다.

"아무리 재활 시간을 늘려도 나, 너처럼 가슴이 부풀지 않았어. 전혀 성장하지 못한 거야."

그제야 나는 웃었다.

"나는 네가 부러웠는데, 너도 나랑 똑같은 생각을 했구나. 역시 같은 번호라 그런가."

"같은 번호?"

나는 바지를 내리고 배 아래 씌어진 번호를 보여줬다. 다움이가 침대 아래로 내려가더니 내 배를 한참 들여다보았다.

"나랑 똑같잖아."

한참을 울고 웃던 우리는 이내 노곤해졌다. 다움이의 크고 투박한 손을 붙잡고 있다가 그 손가락을 빨자 말할 수 없는 안도감이 나를 감쌌다. 다움이의 입안에 내 손가락을 넣어주었다. 우리는 서로에게 손가락을 물려줬다.

다음 날 아침, 여정 쌤이 방을 들여다보곤 우리를 보며 한숨을 쉬었다. 다움이는 자기 가슴이 부풀지 않았다며 퇴행했다고 울먹였다. 그러자 여정 쌤이 당황한 표정을 지으며 말했다.

"센터에는 남자와 여자가 있어요. 아주 옛날에는 남녀 간의 생물학적 차이가 필요했지만 이제 더는 아무런 의미가 없어요. 그러니까 여러분이 생각하는 신체 발달의 차이는 성장이나 미숙의 문제가 아니에요. 그냥 서로 다른 것뿐이에요."

눈앞에 남성과 여성의 정보가 줄줄이 떴다. 아무리 노려보아도 나는 여정 쌤이 하는 말의 의미를 분별할 수 없었다. 완벽한 퇴행이었다.

*

　며칠 후 나는 소아과로 이동이 결정되었다. 퇴소, 즉 버림받는 일이었다. 상상만 해도 무서운 순간이 현실이 되어 성큼 눈앞에 다가와 있었다. 어쩌면 나는 제거될지도 몰랐다. 뇌에 저장된 정보를 아무리 뒤져봐도 퇴행한 사람들에 대한 관대한 기록은 없었다. 실패는 곧 죽음을 의미했다.

　나는 희망이의 웃음을 떠올렸다. 자신이 제거될 걸 알았다면 그렇게 환하게 웃을 순 없을 터였다. 곧 사라질 것만 같은 내 신세가 섬뜩했다.

　퇴소가 결정된 다음 날, 나는 탈출을 결심했다. 쫓겨나기 전에 도망치겠다는 생각을 다움이에게 밝혔다. 다움이가 나를 따라가겠다고 하는 바람에 말리느라 한바탕 난리가 났다. 결국 다움이와 함께 탈출하기로 했다.

　센터 사람들이 모두 잠든 새벽, 나는 문을 열었다. 문은 잠겨 있지 않았다. 나갈 수 있으면 나가보라고 말하고 싶었던 걸까? 미래가 박수 받으며 떠난 문이자, 강인이가 부끄러움에 울면서 나선 문, 그리고 희망이가 기쁘게 쫓겨났던 바로 그 문이었다. 나는 다움이와 손을 잡고 그 문을 통과했다.

문을 나온 뒤 어두운 복도를 조심조심 걸으며 빛이 보이는 쪽으로 향했다. 곧장 건물 밖으로 나올 수 있었다. 어슴푸레한 와중에도 사위가 점점 밝아오는 걸 느꼈다. 센터 밖에서 해를 보는 건 처음이었다. 밖으로 나선 뒤 처음으로 떠오른 생각이 있었다. 나는 어디서 왔고 왜 여기에 있을까? 나는 어디서 태어났고 왜 줄곧 잠들어 있었을까? 나는 왜 성장해야 할까? 성장한다는 건 도대체 무슨 의미일까? 여정 쌤은 줄곧 성장해야 한다고 말했지만 어떤 방식으로인지는 말해주지 않았다.

방에서 눈을 뜬 순간부터 모든 정보는 이미 내 안에 있었다. 반면 내 안에 없는 것도 있었다. 여정 쌤과 센터 사람들이 말해주지 않은 것들이었다. 문밖에 서서 떠오르는 해를 보며 나는 처음으로 어떤 충동을 느꼈다. 센터에서 가르쳐주지 않은 세상에 대해 알고 싶었다. 직접 알아보고 싶었다. 그건 성공이나 실패, 성장이나 퇴행과는 관련이 없었다. 싸울수록 마음속에 강렬히 피어올랐던 감정은 무지와 겸허함, 그리고 궁금함이었다. 나는 내가 어떤 존재이고 세상이 어떤 상태인지 알고 싶었다. 제대로. 직접.

떠오르는 태양 아래 서서히 드러나는 풍경을 온몸으로 천천히 느꼈다. 공기가 탁했다. 심호흡을 시도했지만 좀처럼 편해지지 않았다. 바닥이 거칠어 제대로 걸을 수도 없었다. 멀리서 동물이 포효하는 소리가 들렸다. 센터 사람들이 바깥에 대해 말하지 않은 이유가 짐작이 갔다. 밖은 안전하지 않았다. 이전에 내가 상상한 것과 달랐다. 암흑으로 가득한 텅 빈 상태는 아니었고 폐허가 존재했다. 그곳에는 인기척이 거의 느껴지지 않는 무너진 세상이 있었다. 책에서 봤던 야생동물들이 무심하게 우리 앞을 스쳐갔다.

눈앞에 작은 화면이 나타났다. 여정 쌤이 영상통화를 걸어왔다. 우리가 어디에 가든 다 포착된다는 듯. 그러니 반항하지 말고 일찍 포기하라는 듯. 여정 쌤은 다정한 목소리로 말했다. 충분히 관찰하고 돌아오라고, 아니 갈 곳을 직접 선택하라고. 우리는 여정 쌤이 틀어준 가이드 영상을 따라 옷으로 코와 입을 가린 채 신중하게 호흡하며 폐허를 걷기 시작했다.

센터에서 시뮬레이션을 통해 반복해 그려왔던 공간은 어디에도 없었다. 앞으로 살아가게 될 곳이라 생각했던 모든 게 다 허상이었다. 내가 살아왔던 곳과 살아갈 것이라 예상했던 곳, 머릿속에 그려왔던 앞으로의 세계는 전부 가상이었다. 센터에서 봤던 영상은 지금은 사라진 옛날 공간이었다. 그동안 무수히 반복해서 지켜본 장소는 내가 복귀할 곳이 아닌 앞으로 재건해야 할 곳이라는 함의도 알았다.

아무리 걸어도 사람은 보이지 않았다. 가이드 영상 속 목소리는 말했다. 우리는 인류가 사라진 뒤 새로 태어난 존재들이라고.

해가 지고 사방이 어둠에 잠겼을 때 폐허가 된 공간 속에서 떠오른 작은 불빛을 보았다. 인기척이 느껴지지 않는 이곳에서 유일하게 시끄러운 소리가 들리는 건물이었다. 호흡을 힘겨워하는 다움이를 부축하며 그곳으로 다가갔다. 건물 앞에 적힌 표지판을 잠시 들여다보았다.

한국병원 소아과 부설 햇살어린이집

커다란 창을 통해 건물 안이 훤히 들여다보였다. 나와 다움이 같은 아이들이 저녁을 먹고 놀고 있었다. 우리는 아이들 속에서 강인이와 희망이를 발견했다. 그곳은 센터에서 낙오된 아이들이 머무는 곳이었다. 아이들은 센터에 있을 때보다 즐거워 보였다. 강인이와 희망이도 전보다 더 밝아 보였다. 아이들이 뛰노는 공간은 한눈에 봐도 무질서하고 어수선했다. 건물 앞에 표시된 어린이집이라는 이름을 나는 다시 들여다보았다. 어린아이로 퇴행했는데 이곳에선 용납된단 말이야?

센터를 나갈 때 본 희망이의 웃음이 어쩐지 기이해 보였던 게 생각났다. 내가 희망이를 실패했다고 낙인찍고 두려운 심정으로 봤기 때문이었다. 희망이는 그때보다 환한 웃음을 보이고 있었다. 여전히 움직임은 크지 않았지만 제 발로 걷고 있었다. 걷고 말하고 웃고 있었다. 나는 희망이가 너무 늦되었다고만 생각했다. 우리는 3년 안에 성장해야 했으니까.

"어떻게 할 거야?"

다움이는 호기심을 보이며 안으로 들어가고 싶어 했지만 나는 거부했다. 다른 곳을 더 보고 싶었다. 본질적으로는 다움이의 호기심과 다르지 않을지도 몰랐다.

우리는 불빛이 휘황한 또 하나의 커다란 건물을 향해 한참을 걷기 시작했다. 그 건물만 확인한 후 어린이집으로든 성장 센터로든 돌아가기로 정하고 배고프다는 다움이를 달랬다. 건물 앞에 다가섰다. 표지판의 의미를 알 수 없었다.

㈜ 두번째 인류 이니셔티브
─초인류 에코 시스템 조성 기구─

건물은 크고 내부는 질서 정연했다. 그곳에서 사람들이

바쁘게 움직이고 있었다.

"어? 미래다."

다움이가 가리킨 곳에 미래가 있었다. 바쁘게 일하고 있는 미래는 센터에 있을 때보다 훨씬 더 어른스러운 모습이었다. 미래를 보고 있자니 내가 진작 도달했어야 할 모습이라는 생각에 부러움과 열등감이 일었다. 건물을 등지려던 순간, 창밖에 선 우리를 알아본 미래가 우리를 향해 달려왔다. 화를 낼 줄 알았는데 미래는 다짜고짜 우리를 껴안고 엉엉 울기 시작했다.

"무슨 일이야? 너도 퇴행한 거야?"

간신히 눈물을 멈춘 미래에게 물었다. 미래는 고개를 저었다.

"아니, 나는 성장했고 성공했어. 바깥세상에 기여하고 있어. 성장해야 한다는 센터 사람들의 말대로 열심히 세상을 돌리고 있지."

미래의 말에는 어쩐지 분노가 섞여 있는 듯했다. 나처럼 낙오한 아이들이 보이던 눈물과는 달랐다. 뭐랄까, 여정 쌤이 연구실에 앉아서 홀로 울음을 삼키는 때와 같은, 어른스러운 눈물이었다.

"근데 뭐가 문제야?"

"내가 슬픈 건……"

미래가 눈물을 삼키곤 천천히 말했다.

"너무 일찍 성장했다는 사실 때문이야."

미래가 알 수 없는 말을 했다.

우리는 미래의 안내를 받아 옆 건물로 들어섰다. 건물 안에서 바깥을 바라보니 주변은 전부 암흑 속에 잠겨 있었다. 오늘 하루 발을 들였던 딱 네 개의 건물만이 바깥세계의 전부였다. 우리가 방금 빠져나온 성장 센터, 저녁에 봤던 낙오자들의 어린이집, 미래가 일하는 재활 회사, 그리고 지금 막 들어선 건물.

국립 한국병원 산후조리원

우리는 커다란 홀에 서서 수많은 인간이 누워 있는 내부 풍경을 바라봤다. 장관이었다. 신체 발달 단계별로 사람들이 늘어서 잠들어 있었다.

"급속 생육이야."

미래가 설명했다.

"그게 뭐야?"

미래는 자신이 속한 회사에서 인간을 만들어 발육시키고 있다고 말했다. 누워 있는 사람들의 복부 하단에 숫자가 적혀 있었다. 어떤 공간에선 두 사람이 함께 기대어 누위 있었다. 쌍둥이였다. 나와 다움이도 여기서 함께 길러진 거였다.

"왜 이렇게 하는 거야?"

미래는 오랫동안 잠들었다가 처음 눈을 떴을 때 열다섯이 된 걸 축하해준 여정 쌤의 말을 기억하느냐고 물었다.

"인간은 진즉 소멸했어. 이전 인류가 준비해둔 부활 프로젝트가 개시됐지만 인공수정으로 만들어진 아이는 제대로 발육되지 못했어. 부활 프로젝트는 두번째 기획으로 넘어갔어."

미래의 설명에 의하면 현재 인류에겐 다른 인간을 양육할 인간도 자원도 없다. 인공수정으로 간신히 탄생시킨 인간은 고육지책으로 급속 발육 되었다. 가수면 상태의 신체를 발육시키는 사이, 뇌에 슈퍼 칩을 장착해 정보를 주입하고 교육시켰다. 탄생 직후 양육 시간을 단축하기 위해서였다. 신체 시계에 빨리 감기를 시도해 유년기를 없앤 거였다. 인류 재활 프로젝트는 오랜 세월을 거치며 진행되었지만 그럼에도 인간이 제대로 성장하는 문제는 여전히 이 시대의 난관이었다.

"홀로 생존하는 일은 쉽지 않았어. 옛 역사를 뒤져보곤 알게 됐지. 아이 한 명이 제대로 성장하기 위해선 온 세계가 필요하다는 사실을 말이야. 수많은 타인의 희생이 필요했지. 근데 그런 세계는 이제 여기 없거든."

미래가 어른스럽게 한숨을 쉬었다.

미래의 말에 의하면 이 세계에선 아이의 양육과 성장을 아무도 감당할 수 없었다. 인류의 지식과 기술이 총동원된 부활 프로젝트였지만 이전 방식을 재현할 순 없었다. 사람을 사람으로 키워내는 일엔 사람이, 그리고 사랑이 필요했다. 인간이 인간을 인간으로 만들어낸 사회적 모성은 인류가 지구의 영장이 된 이유였다. 비록 인류 스스로는 이를 비하했지만. 양육 정도야 로봇이 충분히 대신할 수 있다고 믿고선 부활 프로젝트를 기획한 것이었다.

나는 내 방에서 처음 눈을 떴던 순간을 떠올렸다. 수년간 인공적 생육 단계를 거친 뒤 비로소 처음 눈을 뜬 거였다. 세상을 처음 호흡하고 주변을 인지했다. 그것이 내가 태어난 순간이었다. 성장 센터에 있던 아이들은 이미 커버린 몸에 걸맞지 않게 모두가 한 살이었다.

처음 눈을 떴을 때 가장 강렬하게 원했던 게 생각났다. 아무런 이유도 없이 엉엉 울고 싶었다. 막 태어난 아기처럼.

미래가 한숨을 쉬더니 또 한 번 어른스럽게 말했다.

"이전 세대 인류가 생식 능력을 잃은 이유도 어쩌면 당연해. 다들 알았거든. 아이를 따뜻하게 안아줄 수 없는 세상이 된 걸 말이야. 인류는 아이를 제대로 키워내지 못했고 자신들의 역사를 계승할 이유를 찾지 못했지. 결국 퇴화해 소멸했어."

여전히 미래의 말이 잘 이해되지 않았다. 나는 퇴행자들이 머물고 있는 어린이집에 대해 미래에게 물었다.

"저 건물, 어린이집에 있는 아이들은 어떤 상태인 거야?"

"아, 그 애들? 프로그래밍한 대로 성장하진 못했지만
……"

미래가 씁쓸하게 웃었다.

"그 애들은 타고난 대로 살아가는 중이지."

그건 낙오가 아니었다. 퇴행했다고, 늦다고만 생각했던 아이들은 자신만의 속도로 제 삶을 살아가고 있었다. 미래가 씁쓸하게 말했다.

"우리는 모두 프로그래밍되어 태어났고 나는 그 기획안에서 성공적인 결과물이 되었어. 재활 프로젝트를 끊임없이 돌려야 하는 이 시스템의 일부가 되었지. 그러니 시스템이 유지되도록 앞으로도 기여해야 해. 그런데 말이야. 가끔 너무 속상해……"

미래가 돌아갈 시간이 다 되었다며 시계를 들여다보더니 담담하게 말했다.

"나는 한 번도 누려보지 못했거든. 내가 타고난 시절

을……"

전에는 한 번도 보이지 않았던 빛이 미래의 눈에 비쳤다. 자신이 잃어버린 것이 너무 아쉽다는 듯한 눈빛. 솔직할 정도로 유치해 보이는 표정이었다. 미래가 나와 다움이에게 물었다.

"너흰 어디로 갈래? 우리 회사도 나쁘진 않아. 성장 센터를 졸업하면 결국 오게 될 곳이니 일찍 와도 좋아. 너희가 오면 내가 선배니까 잘 도와줄게."

다움이는 어린이집으로 갔다. 타고난 시절대로 살고 있는 아이들 속으로. 다움이를 배웅한 뒤, 나는 그 길로 성장 센터로 돌아왔다.

탈출구라고 생각했던 문으로 다시 들어서자 여정 쌤이 보였다. 그는 나를 살짝 안아주었다. 그의 다정함과 따뜻함에 엄청난 안도감을 느꼈다. 안도할 수 있는 마음이 피어나지 않고선 나는 성장할 수 없었다. 그런 의미에서 나는 여전히 미숙한 상태였다, 당연하게도. 나는 센터에 남아 여정 쌤과 같은 역할을 하겠다는 뜻을 밝혔다. 여정 쌤이 고개를 끄덕였다.

　재활 프로젝트가 가동된 이래의 셈법으로 나는 열여덟
살이 되었다. 이 시대 계산법으로는 그랬지만 처음 세상
을 호흡한 지 고작 3년째였다. 나는 다시 걷고 말하고 생
각하는 연습을 시작하기로 했다. 유년기는 잃었을지언정,
이번에는 내 속도대로.

　폐허가 된 세상에서도 꽃이 핀다는 걸 알리듯 봄 내음
이 퍼지는 날이었다. 막 산후조리원에서 이송되어 온 한
아이가 내가 입회한 방에서 눈을 떴다. 나는 그의 몸 상태
를 점검하고 수액의 순환을 확인했다.

　"배고프지 않니?"

　현재라는 이름을 부여받은 아이는 큰 소리로 울기 시작
했다. 몸을 굽혀 누워 있는 현재의 어깨를 감싸 안으려 다
가서자 숨을 참고 있는 현재의 흔들리는 눈동자가 보였
다. 나는 아이의 보드라운 볼에 입을 맞추고 침대를 조금
흔들어주었다. 내가 하염없이 울고만 싶었을 때 가장 안
심하게 만들었던 방식을 기억해냈다. 그에게 다가가 무작
정 안아주었다. 나는 그의 가족도 친구도 아니었지만 같
은 처지에 놓인 한 인간으로서 그러고 싶었다. 그게 나를
나답게, 인간답게 하는 순간이라고 생각했다.

세상을 내 눈으로 바라본 지 고작 3년이 지났을 뿐이었다. 내게 주입된 교육의 양과 질이 어떻든 간에 내가 미숙하다는 것을 잘 알고 있었다. 미성숙한 게 당연하다고 받아들인 뒤에야 나는 나를 그리고 세상을 새롭게 바라볼 수 있었다. 태어난 순간 많은 게 주어졌지만 원래 내 것은 아니었다. 스스로 체득하지 못한 감정이나 지식은 그냥 흘려버렸다. 어떤 이는 나의 퇴행을 아쉬워했지만 나는 나에게 좀더 시간을 주고 싶었다. 그게 내겐 성장이었다.

성장 센터에서의 생활은 바쁘게 돌아갔다. 이제 막 첫 호흡을 시작한 센터 아이들의 발달과 성장과 교육을 몇몇 사람과 자동 시스템이 감당하는 건 사실상 불가능했다. 제아무리 기술로 몸과 뇌를 키웠다고 해도 말이다. 센터의 일원일 때는 몰랐지만 눈을 뜬 지 얼마 되지 않은 아이들이 사망할 확률은 상당히 높았다. 인간은 태어나자마자 기립하는 사슴 같은 짐승과는 달랐다. 온 세상의 집중적인 자원과 제도와 사랑이 총동원되어야 가까스로 고개를 가눌 수 있는 존재가 인간이란 짐승이었다.

하루 일과를 마치면 나는 여정 쌤의 방에 들렀다. 먼 옛날에 있었던 일과 앞으로의 일 그리고 성장 센터에서 우리가 해야 할 일에 대해, 지금 이 순간에 대해 말했다.

"인류 문명이 완전히 퇴보했을 때 두번째 인류 재생 프로젝트를 준비한 몇몇 사람 말고는 대부분 퇴행했대. 감당할 수 없는 현실 앞에서 세계를 외면하고 어린아이의 마음으로 돌아간 거지. 지워진 시절을 그리워하듯이 말이야."

여정 쌤은 처음 눈을 떴던 자기 방의 침대 위에 누워 있었다.

"살아남아야 한다는 이유로 중요한 걸 파괴해선 안 돼. 아름아, 절대로 스스로를 아프게 하지 말렴."

나는 그의 쇠약해진 몸을 쓰다듬었다. 어른스럽다고만 느꼈던 여정 쌤의 나이가 고작 열 살이라는 말을 들었을 땐 깜짝 놀랐다. 얼마 전 그는 급속히 노화했고 첫번째 인류가 100세라고 부르던 것과 비슷한 모습이 되었다. 그는 마지막 순간까지 내게 다정했다.

"네가 돌아왔을 때 참 기뻤어. 나와 똑같은 선택을 하는 사람이 또 있구나, 하고 말이야."

나는 힘주어 그의 손을 잡았다. 여정 쌤은 어릴 때 나와 똑같은 과정을 거쳤다. 폐허로 변한 바깥세상의 현실을 알고 난 뒤 성장 센터로 돌아와 다른 이를 돌보는 일을 시작했다. 내가 선택한 일을 먼저 시작한 사람이 있었다. 여정 쌤도 나와 같은 길에 있었다. 생각할수록 나는 우리가 자랑스러웠다.

여정 쌤도 그랬고 나도 그랬다. 우리는 의도치 않게 인간으로 만들어졌지만 제대로 된 인간이기 위해 홀로 싸워왔다. 내가 도달하지 못한 어떤 상태로 가기 위해 환경과 싸웠고 나 자신과 싸웠다. 타고난 것과 주어진 것, 배우는 일과 깨닫는 일, 그리고 그 모두를 혼합해 나 자신이 되어가기 위해 분투했다. 비록 시스템의 성공적인 일부가 되어 바깥세상에 기여하진 못할지언정 나는 천천히 성장하는 중이었다. 나만의 속도 속에서. 언제든, 어떤 상태로든.

　여정 쌤의 손을 잡고 나는 센터 밖 풍경을 내려다보았다. 마지막 인류가 우리에게 전한 축적된 정보와 기술로 끝끝내 우리 세대는 이 망한 세계를 이어갈 수 있을까? 나는 나의 성장을 통해 이 세계를 성장시킬 수 있을까? 혹시 인류의 퇴화를 완수하는 것이 우리가 해야 할 일은 아닐까? 세계의 새 주인이라는 듯 들짐승이 울부짖는 소리가 사방에 울려 퍼졌다.

　눈을 감은 여정 쌤의 호흡이 조용히 잦아들었다. 동시에 옆방에서 세상을 처음으로 호흡하는 누군가의 울음소리가 들려왔다.

■

나의 새로운 바다로

"엄마, 아무래도 본체 충전 방식을 바꾸는 게 좋겠어."

매일 밤 나는 엄마의 해안 주택을 찾아가 여덟 시간 동안 충전했다. 충전은 하루를 마감하는 중요한 일과였다. 수조 안에 누워 달빛을 올려다보며 본체를 충전하는 동안 내 모습이 잘 보이는 방에서 엄마도 함께 잠들었다. 아직도 자장가를 불러줘야 하는 캐릭터냐고 누가 비웃을까 걱정이다. 아침이 되면 햇살 아래에서 무지개색 물보라를 일으키며 헤엄쳤다. 포근한 지상과 서늘한 바다를 오가다보면 하늘과 바다를 동시에 느낄 수 있다는 것이 마냥 기뻤다. 기쁨의 춤을 추며 벨루가 무리로 돌아가는 게 하루의 시작이었다.

"어머, 왜? 엄마랑 같이 자는 게 싫어졌어?"

엄마가 일부러 장난스러운 말투로 물었다. 과한 애정 표현은 날 어린애로 취급한다는 의미라는 걸 정말 모르는 걸까? 엄마가 나를 영원한 열 살로 취급하는 데에는 정말 할 말이 없다. 엄마에겐 돌봄이 필요했던 열 살 때까지의 기억이 습관처럼 남아 있는 모양이었다.

"그게 아니고, 다른 애들이 요즘 나 때문에 불편한가 봐. 어떻게 대할 줄 몰라 어색해한다니까. 날 안쓰럽게 바라보기도 하고. 매일 밤 인간 집에서 충전한다는 사실이 밝혀지면 애들이 충격받을 거야. 걔들은 날 조금 특이한 벨루가라고만 믿고 있으니까."

"흥! 친구들이랑 잘 지내야 하니까 엄마더러 너희들 세계에 존재감을 드러내지 말란 얘기구나."

"애들이 나한테서 인간 냄새가 난대."

"와, 그거 인간들 사이에선 엄청난 칭찬인데."

"아이, 진짜 큰일이라고! 내 존재가 벨루가 무리에서 심각한 사회문제로 부상하는 건 시간문제야. 그렇게 되면 엄마 연구에도 좋을 건 없잖아."

"흠, 알았어. 방법을 찾아볼게. 근데 우리 벨카, 엄마를 효과적으로 협박하는 방법도 깨우쳤구나. 많이 컸다."

"열 살 때 바다에서 생활하기로 마음먹은 순간 난 이미 완벽하게 성장했다고. 자식이 노인이 되어도 부모들은 자

170

식더러 철없다 한다지만."

그랬다. 바다에서 살게 된 건 순전히 내가 선택한 일이었다. 엄마와 심각하게 상의했던 순간이 종종 떠올랐다.

"괜찮을까? 정말 괜찮겠어?"

그즈음 엄마의 입에서는 한숨이 끊이지 않았다.

"엄마, 나는 엄마의 발명품이야. 뭐가 그렇게 겁나?"

조물주를 응원하는 건 나의 중요한 역할이었고 지금도 지난 선택에 후회는 없다.

엄마가 미소를 지으며 말없이 날 바라보았다. 나는 수문 앞에서 엄마에게 소리쳤다.

"다녀오겠습니다!"

엄마가 아침 커피로 졸음을 쫓으며 벨루가 무리로 돌아가는 나를 향해 손을 흔들었다.

"해류 조심하고! 무슨 일 있으면 엄마한테 바로 연락해야 해! 알았지?"

"아휴, 잔소리 좀 그만!"

"앵지와도 잘 지내봐."

"엄마! 걔랑 나는 진짜 아무 사이도 아니거든?"

베란다에 서서 엄마가 장난스럽게 웃었다. 나는 엄마 쪽을 향해 쇠리를 높이 추켜올렸다가 힘껏 내리치며 바닷물을 끼얹었다. 엄마가 슬쩍 몸을 피했다. 해안에서 조금 멀어지자 엄마의 뇌와 연결된 통신 볼륨이 1로 잦아들었다.

"동혜야, 엄마는 언제나 너랑 함께 있을 거야. 오늘도 즐거운 하루 보내고 밤에 만나자."

엄마가 나를 동혜라고 불렀다. 엄마는 영원히 그 이름으로부터 벗어나지 못할 것만 같다. 언제나 함께 하겠다니, 왠지 프라이버시를 침해받는 것만 같아 조금 투덜댔다.

나는 곧장 임무를 상기했다. 해양 환경 탐사는 엄마의 연구 주제이기도 했지만 동시에 내가 바다에서의 삶을 선택한 이유이기도 했다.

*

"앵지, 넌 미행에 소질이 없는 게 확실하다. 할 말 있으면 나와서 해."

엄마 집 수문을 나서자마자 나는 앵지가 뒤쫓는 걸 알아챘다. 어젯밤부터 집 근처에 머물며 내가 나오기만을 줄곧 기다린 듯했다. 앵지는 한숨도 못 자 퀭한 눈으로 나를 추궁했다.

∈ 벨카, 그 사람 누구야? 아침까지 인간과 뭘 하는 거

야? ㅋ

앵지의 초음파 음성이 인간의 언어로 동시통역되었다. 표정에는 걱정이 가득했다. 뽀얀 얼굴이 근심으로 그늘져 칙칙해 보였다.

"프라이버시야. 나한테 신경 좀 껐으면 좋겠어."

내 말도 초음파로 번역되었다. 조금 단호하게 말했나 싶었는데, 살짝 옆을 보니 앵지가 턱을 뚝 떨어뜨리고 있었다. 충격받은 표정이었다.

ㅌ 다 너를 걱정해서 이러는 거야! 네가 매일 밤 마녀에게 간다는 소문이 파다해! ㅋ

"그분, 우리 엄마야."

앵지가 이번엔 아이에게 설명하듯 눈꼬리를 끌어 내리곤 간절한 표정으로 말했다.

ㅌ 벨카, 넌 벨루가야. 도대체 밤마다 인간을 만나야 하는 이유가 뭐야? ㅋ

나는 차분하게 앵지에게 설명했다.

"앵지, 걱정해줘서 고마워. 근데 나는 인간에 의해 태어나 인간 손에 자랐고 매일 밤 인간의 치료가 필요해."

앵지는 치료라는 말에 놀란 듯하더니 큰 눈을 더 똥그랗게 떴다. 금방이라도 상처를 찾아 호, 하고 입김을 불어 줄 것처럼 앵지는 가슴지느러미를 흔들며 오두방정을 떨었다.

∈ 어떡해! 어떡해! 어디가 아픈 건데? Ə

내가 말없이 노려보자 앵지가 알아서 답했다.

∈ 알았어. 프라이버시. Ə

수면에 반사된 빛이 앵지의 눈에 스며들어 촉촉하게 빛
났다. 금방이라도 울 것 같은 표정이었다.

∈ 벨카, 우린 곧 해류를 따라 북쪽으로 떠날 건데 그때
넌 어떡할 거야? Ə

"난 떠날 수 없어. 여기서 살 거야."

내가 담담하게 말하자 앵지가 부르르 떨다가 왈칵 화를
냈다.

∈ 으으으, 벨카! 너한테 우린 필요 없는 존재라는 거
야? 그렇게 계속 인간과 살 거야? Ə

"응."

∈ 혼자 남아도 된다는 거야? Ə

"응."

∈ 벨카, 너 정말······! Ə

앵지는 속이 타 죽겠다는 표정이었다. 앵지의 표정이
너무 다양해 나는 줄곧 웃음을 참고 있었다.

∈ 하긴, 처음 우리 무리에 유유히 나타났을 때부터 넌
그랬지. 줄곧 혼자 지낸 것처럼 묘한 분위기를 풍겼어.

너한테서 바다 냄새가 나지 않는 건…… 아니, 바다 냄
새가 희미한 건 정말 이상했지. 게다가 밥도 제대로 먹지
않고, 무슨 생각을 하는 건지 대화할 때마다 대답도 조금
늦고 말이야. 밤마다 무리를 떠나 어디론가 사라졌다 아
침에야 돌아와서는 마치 한 발 떨어져 우리를 관찰하는
것 같았고 말이야. 지금도 혼자 지내는 게 편하다고만 하
고…… ∃

　짧은 초음파 속에 긴 말이 담겨 있었다. 블루투스로 책
데이터를 뭉텅 전송받는 느낌이랄까. 벨루가들의 음성 데
이터에 압축된 정보는 상당했다. 통역된 말을 다 듣고 답
하다 보면 반응이 느린 쪽은 항상 나였다. 그들의 눈에는
한참 어눌한 애로 보일 터였다. 지구 생물 중 기록 문화를
가진 종은 인간뿐이라고 배워왔지만, 구술로 계승되는 벨
루가들의 데이터가 얼마나 방대한지 알고 나니 인간의 활
자 정보는 뽐낼 게 못 되었다.

　앵지가 다른 곳을 보는 척하며 나긋한 말투로 말했다.

　∈ 있잖아, 요즘 네가 걱정돼서 나 밥도 잘 안 넘어갈
정도야. ∃

　초음파 데이터를 통해 앵지의 마음이 묵직하게 다가왔
다. 나는 속으로 피식 웃으며 물었다.

　"앵지, 왜 이렇게 나를 신경 쓰는 거야? 혹시 나한테 어

떤 장애가 있다고 생각해서 그러는 거야? 지나친 특별 대우는 불편해. 날 그냥 내버려두면 좋겠어."

또래보다 몸집이 작은 앵지의 여동생이 이동할 때마다 뒤처지곤 했던 게 생각났다. 앵지는 약한 애들을 배려하고 돕는 습관이 몸에 밴 모양이었다. 차분하게 당부하자 뽀얗던 앵지의 얼굴빛이 붉으락푸르락 변하더니 아예 새빨개졌다.

∈ 뭐? 지나친 특별 대우? 그런 거 아니거든! 나는 벨카 너를……! ∋

오늘따라 유난히 화가 난 듯한 앵지가 성큼 다가와 무슨 말을 하려던 찰나, 우리 사이에 또 다른 목소리가 끼어들었다.

∈ 야, 쟤 무표정한 거 보고도 몰라? 인간에게 세뇌당한 거야. ∋

나와 앵지 사이로 칼리가 쑥 나타났다.

∈ 어떻게 아느냐고? 나도 한때 인간에게 세뇌당한 적이 있기 때문이지. ∋

칼리가 지느러미로 자신의 눈자위를 탁탁 치며 말했다.

∈ 그놈들이 내 머릿속에 착시를 일으키는 장치를 넣었어. 한곳에서만 빙글빙글 도는데도 좁은 수조가 태평양 같더라니까. 고약한 흑마술이었지. ∋

176

칼리는 해안선 가까운 곳에 위치한 아쿠아리움에서 태어난 벨루가였다. 간신히 인간 세계를 탈출했다며 항상 애들 앞에서 뻐기고 다녔다. 칼리는 자신의 모험 활극을 들려줄 때마다 극적인 묘사를 추가했고 점점 풍성해지는 드라마는 들을수록 흥미로웠다. 타고난 이야기꾼인 칼리는 인간을 뼛속 깊이 증오했다. 인간이 얼마나 위험하고 잔혹한 존재인지 매번 강조했다. 자기를 건들면 머릿속에 있는 조종 장치가 폭발할 거라며 다른 아이들을 위협하기도 했다. 나는 칼리의 의견에 동의했지만 칼리와 친구가 되긴 좀처럼 쉽지 않았다.

ㄷ 내가 좀 지켜봤는데 쟨 인간의 스파이야. 우리 무리를 샅샅이 관찰해서 인간에게 보고하는 거라고. 내 눈은 못 속여! ㅋ

철렁했다. 바로 그 순간에도 모든 데이터를 연구소 서버로 실시간 전송 중이었기 때문이다. 내 두 눈에 장착된 카메라로 촬영한 영상은 물론이거니와 내 피부가 탐지한 주변 환경 그리고 벨루가의 음성 및 인간의 언어로 변환한 의미 분석 데이터까지 전부 전송되고 있었다.

앤지가 칼리를 막아서며 따듯한 목소리로 말했다.

ㄷ 벨카, 네게 무슨 사연이 있는지는 모르지만 인간에게 의존하지 않았으면 좋겠어. 우린 벨루가야. 왜 압살라

할머니에겐 상의하지 않는 거야? ㅋ

그러자 곧바로 칼리가 빈정대기 시작했다.

ㅌ 우리 무리의 풍습 따윈 따르지 않겠다는 거지. 이 자식, 겉은 벨루가일지 몰라도 머릿속은 그냥 인간이야. 앵지, 이런 녀석 따위 상관하지 말고 가자고. ㅋ

칼리가 앵지를 끌었다. 오늘은 일부러라도 냉정하게 대해야겠다고 결심하고 칼리를 말리지 않았더니 앵지가 풀죽은 어깨를 하곤 칼리를 따라갔다. 나는 천천히 유영하면서 친구들을 먼저 보냈다. 앵지가 자꾸만 뒤를 돌아보며 지느러미를 흔들었다.

ㅌ 벨카! 이따 봐! ㅋ

나는 못 본 척 시선을 돌렸다.

*

"이것 참 골치 아프게 됐군."

앵지의 배려 공세도 칼리의 비난 공세도 달갑지 않다. 최신 융합 인공지능이 탑재된 로봇 벨루가가 생체 벨루가들의 걱정과 의심을 받고 있다니.

나는 샌프란시스코를 거점으로 두고 있는 개발사 에드거 이노베이션이 심혈을 기울여 만든 아쿠아리움용 최신

형 로봇이다. 초기 모델부터 로봇 벨루가는 사랑을 듬뿍 받았다. 로봇 벨루가가 처음 개발되었을 때 사람들은 좁은 수족관에 살던 벨루가를 모두 바다로 돌려보냈다. 멸종 위기 동물인 벨루가를 애완용으로 가둬두던 인간들은 죄책감을 덜어냈다. 칼리는 사실 탈출한 게 아니고 그때 방류되었다. 칼리의 체면을 생각해 다른 애들에게 말하진 않았지만 나는 모든 것을 알고 있다.

개발사는 한발 나아가 업그레이드된 차세대 로봇 벨루가를 내놓았다. 돌고래 언어 분석과 융합 뇌 AI 연구, 두 분야에서 전 세계 1인자였던 우리 엄마 오경아 씨가 신규 프로젝트에 개발 리더로 참여했다. 엄마의 합류 후 융합 뇌 AI가 탑재된 프로토타입이 탄생했는데 내가 바로 그 '해양 탐사 로봇 벨루가 벨카BELKA'였다.

사람들은 내가 생체 벨루가와 똑같다며 환호했고 생체 벨루가들은 나를 두고 아무런 반응을 보이지 않았다. 나의 외양과 움직임은 그들이 보기에도 벨루가 그 자체였다.

바다에 투입된 뒤 나는 벨루가 무리에 자연스럽게 섞여 들었다. 초음파 통역 시스템도 톡톡히 제 역할을 했다. 벨루가들은 나를 그저 자신들과 약간 다른 벨루가로 여겼다. 종종 무표정하다는 지적, 인간 냄새가 난다는 지적, 대화 타이밍이 맞지 않고 말투가 부자연스럽다는 지적을 하긴 했지만 그들은 의심 없이 나를 벨루가 사회의 일원으로 받아들였다. 다만 내가 조금 별나서인지 벨루가들이 종종 당혹스러운 표정을 보이기는 했다. 내가 그들의 당황한 얼굴을 촬영해 오면 엄마는 너무 귀엽다며 깔깔 웃었다.

멀찍이 아이 몇몇이 모여 있었다. 나는 천천히 무리로 다가갔다. 해류가 갑자기 멈춘 듯 아이들이 일순 조용해졌다. 흘깃 나를 바라보는 아이들의 태도에 긴장이 감돌았다. 아이들이 수군댔다. 칼리가 떠벌리고 다니던 이야기가 널리 퍼진 모양이었다. 칼리 녀석, 역시 이야기꾼답다 싶었다.

∈ 매일 밤 마녀를 만나고 온대. ⨼

∈ 인간에게 세뇌당했대. ⨼

∈ 어쩐지 피부가 우리랑 비교했을 때 너무 하얗지 않아? ⨼

∈ 전부터 눈 깜빡이는 게 어딘지 모르게 부자연스러워 보였어. ⨼

∈ 쟤 밥도 안 먹는다잖아. ⨼

소문의 진원지인 칼리는 못 들은 척 딴청만 피웠다. 앵지는 칼리를 빤히 쏘아보았다. 그러더니 벌떡 일어나 주위를 향해 크게 외쳤다.

∈ 모두 똑같아야 한다고 말하는 거 지겹지도 않아? 인간들처럼 왜들 그래? ∋

앵지가 한 방에 아이들의 입을 다물게 했다. 벨루가들은 똑같은 모양을 한 대량의 쓰레기가 바다에 쌓이는 모습을 오랫동안 보아왔다. 균일하면서도 유독한 것을 두고 인간적이라고 조롱하던 참이었다.

∈ 벨카는 조금 다를 뿐이야! ∋

앵지가 옹호하는 말을 들으며 나는 지느러미로 머리를 감쌌다.

"윽…… 하지 마……"

∈ 만약 바다에 먹을 게 사라지면 벨카만 남게 될걸? 벨카는 초능력자였어! 너무 멋져! ∋

앵지의 눈이 하트 모양처럼 똥그래지더니 입에서 공기 방울이 뿜뿜 발사되었다. 이대론 안 되겠다 싶었던 나는 애들을 둘러보곤 진지하게 말했다.

"애들아, 특별 대우 같은 거 하지 않아도 좋아. 날 그냥 내버려두면 좋겠어. 부탁할게."

그러자 주위 해초가 살짝 흔들릴 정도로 앵지가 큰 소리로 외쳤다.

∈ 아니! 널 내버려둘 순 없어! ㅋ

"뭐?"

∈ 우와, 이거 무슨 전개야? ㅋ

칼리가 빈정거렸고 아이들이 키득댔다. 앵지가 작심한 듯 외쳤다.

∈ 벨카, 나 널 좋아해! 나랑 사귀자! ㅋ

"뭐, 뭐라고?"

깜짝 놀랐다. 아이들이 장난스럽게 환호성을 질렀다. 나는 앵지를 끌고 아이들이 안 보이는 큰 바위 뒤쪽으로 갔다. 아이들이 깔깔대며 휘파람을 불었다.

"앵지! 왜 자꾸 나를 곤란하게 하는 거야? 너희들은 곧 떠날 거고, 난 어차피 너희와 헤어질 거야. 우린 계속 같이 살 수 없어. 그러니 제발 나한테 관심 끄고……"

그늘진 곳에 단둘이 남게 되자 앵지가 아침에 만났을 때처럼 뽀얀 얼굴을 붉게 물들이더니 성큼 다가왔다.

∈ 벨카, 나 요즘 매일 네 생각만 해. 너 같은 벨루가는 처음이야. ㅋ

앵지는 아예 내 이마에 자기 이마를 콩, 하고 맞대었다. 내 이마에는 없지만 앵지의 이마 속에 들어 있는 멜론이라는 기관이 콩닥, 하고 흔들렸다.

∈ 있잖아, 벨카…… 너랑 키스하고 싶어. 결혼하고 싶

어! ㅋ

앵지의 저돌적인 고백에 나는 그만 어안이 벙벙해졌다.

"잠, 잠깐만! 너도 알다시피 나는 평범한 벨루가로 살기엔 좀 부적합한 존재야."

ㅌ 뭐가? 네가 조금 특이한 건 사실이지만 우린 평범하게 살 수 있어! ㅋ

앵지의 애정 공세에 나는 머리를 짚고 그 자리에서 뱅글뱅글 돌았다.

'아이 씨, 난 왜 이렇게 당황하고 있지?'

나는 단호하게 말했다.

"아무튼, 안 돼! 우린 이루어질 수 없는 사이야."

그러자 어떤 거센 해류도 제 사랑을 막을 수 없다는 듯 앵지가 결연한 표정으로 말했다.

ㅌ 이루어질 수 없는 사랑이라니 더 불타오르는군! ㅋ

내가 지느러미를 마구 흔들며 재차 부정했지만 앵지는 어깨를 씰룩거리며 유유히 헤엄쳐 애들이 모여 있는 곳으로 돌아갔다. 무리에서 탄성이 터졌다. 나는 바위 뒤에 남아 잠시 고민했다.

'나는 평범하게 살기엔 좀 부적합한 존재야.'

내가 한 말을 곱씹어보니 어쩐지 아쉬운 마음이 퐁, 하고 떠올랐다.

'아쉬울 게 뭐가 있지? 난 어디까지나 해양 탐사용 융합 AI 로봇일 뿐인데? 인간을 위해 일하는 게 내 임무잖아? 지금까지 재밌게 잘해왔는데, 나 왜 이러지?'

갑작스러운 자문에 나는 조금 혼란스러워졌다.

'지금의 내가 평범하게 산다는 건 어떤 삶을 사는 거지?'

로봇 벨루가인 나에게는 로봇으로서의 삶이 평범한 걸까? 아니면 벨루가로서의 삶이 평범한 걸까? 육지의 기억과 바다의 기억이 반반인 존재에게는 어디에서 사는 게 자연스러운 일인 걸까? 간단히 답할 수 없었다.

그날 밤, 내가 앵지에게 고백받는 영상을 반복 재생 하면서 엄마는 바닥을 데굴데굴 구르며 웃었다.

"볼수록 너 연기력 최고다! 스파이였다면 여럿 암살했겠어. 완벽해."

"연기력이 아니고 학습 능력과 적응력이 뛰어난 거지. 그리고 스파이는 뭐고 암살은 또 뭐야? 내가 걔들 죽이러 간 것도 아니고, 나 참."

엄마는 내 고민을 진지하게 여기지 않는 것 같았다. 나는 한숨을 크게 쉬었다.

"무리 속에 녹아들어 지내겠다고 결심하긴 했다만 앵지에게 고백을 받을 줄이야."

심각한 내 표정을 보며 엄마는 자꾸만 볼을 빵빵하게

부풀리며 웃음을 참았다.

앵지의 공개 고백 직후 칼리가 며칠 나를 들볶았다. 앵지는 칼리의 악의적인 소문을 하나씩 하나씩 격파했다. 아이들은 앵지를 좋아했던 칼리가 질투하는 거라고 해석했다. 점차 내 행동은 개성으로 여겨질 뿐 누구도 문제 삼지 않게 되었다. 앵지가 자꾸만 나를 특별한 애라고 강조하는 건 좀 부담스러웠지만.

내가 무리 안으로 잘 받아들여진 데에는 벨루가 무리의 전통이 끼친 영향이 컸다. 벨루가 집단은 혈연관계로 맺어지지 않은 존재도 무리의 일원으로 받아들이고 서로의 방식을 존중하면서 필요할 때 합심해왔다. 각 무리에 고유한 이름이 있고 언어가 있고 교육과 의료, 문화가 있었다. 구전설화가 있었고 노래도 즐겼다. 어리석은 행동을 하는 벨루가를 보고 인간처럼 굴지 말라고 놀리는 걸 봤을 땐 사뭇 놀랐다. 벨루가들은 인간 사회를 잘 알고 있었을 뿐만 아니라 인간의 기술이 바다를 파괴할 수 있다며 경계했다. 벨루가가 인간보다 더 문명화된 종일지도 모른다고 생각했던 날, 나는 그 의견도 함께 서버로 전송했다.

날이 어둑어둑해지자 엄마 목소리가 귀청을 때렸다.

"어디야? 빨리 와. 방전되겠어."

"아, 다 왔어."

애들에게 인사도 제대로 못 하고 전속력으로 귀가하는 날이 계속됐다. 신데렐라도 아니고 매일 밤 이게 뭐람. 나는 투덜대며 커다란 선박이 드리운 차가운 그림자 사이를 빠르게 통과했다.

며칠 후, 나는 드디어 효율을 높인 충전지로 전력 공급원을 교체했다.

"이제 48시간 동안 배터리가 유지될 거야. 이틀에 한 번만 충전하러 오면 돼."

어쩐지 엄마 표정이 쓸쓸해 보여 나는 농담을 했다.

"이틀에 한 번만 만날 수 있다니, 내일부터 외로워서 엄마 혼자 어떻게 자? 킥킥."

"일찍 기숙사 보냈다고 생각해야지, 뭐. 이틀에 한 번이면 주말에만 만나는 것보단 자주 보는 거잖아."

엄마와 나는 농담을 주고받으며 서로의 변화와 성장을 받아들였다. 나는 엄마의 잔소리와 놀림으로부터 이틀 동안 자유로울 수 있게 되었다.

"위험한 데는 피해 다녀야 한다. 너무 멀리 가는 것도 안 돼. 알지?"

엄마는 이틀 치 잔소리를 한꺼번에 몰아서 할 기세였다.

"아, 좀!"

"제일 먼저 어디 가고 싶어?"

"아……"

그 순간 앤지의 얼굴이 떠올랐다. 앤지와 함께 달을 보고 싶었다.

곰곰이 생각에 잠긴 나를 엄마가 웃으며 바라보았다.

그날 밤, 앤지와 나는 수면 위로 올라와 수영을 했다. 보름달이 훤히 빛나 앤지 얼굴이 은빛으로 보였다.

ㅌ 벨카, 너랑 이 시간에 같이 달을 보니까 되게 신선하다. ㅋ

나야말로 이 시간이 내게 얼마나 신선한지 설명할 길이 없을 정도였다. 하지만 무슨 대답을 하든 엄마가 나중에 다 들을 거라 생각하니 어쩐지 쑥스러워졌다. 그 바람에 진짜 속내를 감추는 퉁명스러운 말이 튀어나왔다.

"맨날 뜨는 달이 신선하긴 뭐가 신선해?"

ㅌ 너랑 같이 보는 건 처음이니까, 신선하지! ㅋ

우리는 나란히 수영하며 달을 올려다봤다. 저 거무튀튀한 배만 안 보였다면 더할 나위 없이 완벽한 풍경이었을 텐데.

며칠 전부터 큰 선박 하나가 우리 무리 주변을 얼쩡거

렸다. 우리를 계속 따라오던 그 배는 어디에서든 수면에 반사된 빛을 좀먹으며 불안한 낌새를 드리웠다.

'장난인가? 아님 도발인 건가?'

로봇 벨루가가 있으니까 더는 벨루가를 수족관에 잡아둘 필요는 없었다. 이젠 나와 같은 로봇이 벨루가 생태 연구를 돕고 있으니 벨루가를 포획할 일도 없을 거였다. 우리는 선박 그림자를 피해 일부러 밝은 곳으로만 움직였다. 앵지의 눈빛이 불안해 보였다.

앵지가 소원을 빌듯 기대를 담은 어조로 말했다.

∈ 북극해에서도 너랑 같이 달을 볼 수 있다면 좋을 텐데. 되게 시원할 텐데. ∋

"……"

나는 앵지와 차가운 바다 위에서 빙하 사이를 요리조리 피해 수영하며 달빛을 올려다보는 장면을 상상했다. 시원한 풍경을 떠올리다 보니 마음이 따끈해졌다.

"너희들, 떠나야 하는 거지?"

∈ 바다가 너무 미지근해졌어. 북극까지 더워지면 그때 우린 어디로 가야 할까……? ∋

나쁜 예감이 들수록 앵지와 보내는 시간은 더욱 짧게 느껴졌다. 나와 앵지는 예정된 이별을 일부러 무시했다.

∈ 근데 벨카, 인간 집, 아니 엄마 집엔 이제 매일 밤

가지 않아도 되는 거야? ∋

"응, 엄마도 좀 외로워지는 연습을 해야 할 것 같아."

나중에 영상을 볼 엄마에게 잘 들리도록 나는 일부러 큰 소리로 말했다.

밤에 앵지와 노는 것을 칼리가 알아차린 모양이었다. 칼리의 눈빛이 며칠 싸늘하다 싶더니 괴팍한 공격이 또 시작되고 말았다. 칼리가 아이들을 향해 사납게 말했다.

∈ 얘 눈은 카메라야! 이걸로 우리를 촬영하고 있어. 녀석의 눈을 부숴보면 확인할 수 있다고! 장담한다! 내 지느러미를 하나 걸겠어! ∋

칼리가 나를 큰 바위 쪽으로 거세게 떠밀었다. 당장이라도 내 얼굴을 바위에 찍어 누를 듯 위협적이었다.

∈ 야, 다들 정신 차려! 이 새낀 벨루가가 아니야! 인간들이 만든 저 배랑 다를 바가 없어. 기계라고! ∋

아이들이 술렁였고 칼리가 내 귀에 속삭였다.

∈ 인간은 우리의 멸종 시계를 앞당겼어. 우리 엄마는 좁은 수족관에 갇혀 고작 여섯 살 때 스트레스로 죽었다고. 인간 스파이 노릇 하는 새끼를 내가 용서할 것 같아? ∋

"아……"

칼리의 눈 속에 어린 깊은 슬픔을 본 나는 꼼짝할 수 없었다. 내가 미안하다고 사과하면 칼리는 받아들일까? 인간을 대신해 내가 사과해도 괜찮은 걸까?

∈ 칼리! 멈추거라! ϶

그 순간, 마을을 순회하던 압살라 할머니가 칼리에게 호령했다. 할머니 목소리에 주위가 부르르 떨렸다.

∈ 설령 네 말이 사실이라 해도 벨카를 다치게 해선 안 돼! 네 말이 사실이 아닐 가능성도 똑같이 존중받아야 한다! ϶

칼리가 움찔했다.

∈ 벨카, 너는 지금 당장 내 연구실로 오거라. ϶

바싹 긴장했던 주변 물결이 해빙되듯 천천히 흘렀다. 칼리에게 달려들 태세였던 앵지도 안도의 한숨을 뱉었다.

나는 칼리와 아이들을 뒤로하고 할머니를 따라 동굴 안으로 들어갔다. 그곳은 수십 년간 무리를 이끌어온 장로님의 연구실이었다. 곳곳에 온갖 약재료가 걸려 있었다. 벨루가가 약재를 배합하는 기술을 보유하고 있다는 새로운 정보를 포착한 순간이었다. 나는 하나하나 빠뜨리지 않고 눈에 담아 즉시 클라우드로 전송했다. 할머니가 나를 지긋이 바라보았다. 나는 할머니에게 말했다.

"할머니, 저는 인간을 위해 태어났습니다. 저를 탄생시킨 과학자가 저의 진짜 엄마예요. 전 인간과 공존하는 것이 좋습니다."

할머니가 천천히 고개를 끄덕이며 말했다.

∈ 앵지 말로는 내 도움이 필요하다던데. 뭐든지 말하거라. 탈피를 돕는 필링 조개, 점성 있는 해초, 소독 기능이 있는 불가사리, 면역력을 강화해주는 오징어 독까지, 네 몸에 필요한 각종 재료가 다 있으니 말이야. 언제든 네게 힘이 되어주마. ∋

"할머니, 죄송하지만 그런 걸로는 제 몸을 관리할 수 없어요."

나는 정중하게 거절했다. 할머니의 배려는 고마웠지만 최신형 로봇이 비과학에 기댈 순 없었다. 할머니가 말을 이었다. 초음파가 만든 울림이 부드럽고 따듯했다.

∈ 벨카야, 넌 어디에도 속해 있지 않으면서 동시에 어디에든 속할 수 있는 아이로구나. ∋

"네?"

할머니가 뭔가 알고 있나? 어디까지 알고 있는 거지? 나를 쫓아내려는 건가? 어떻게 둘러대야 의심받지 않고 탐사를 계속할 수 있는 거지? 머릿속이 복잡해졌다.

∈ 네가 속하고 싶은 곳에 속해도 된다. 다만 벨루가 무리도 너의 가족이란 걸 잊지 마라. 임무만이 네 삶은 아

니야. ∋

"아…… 네……"

할머니는 나를 의심하는 게 아니라 걱정하고 있었다. 할머니의 예리한 눈빛을 뒤로하고 나는 연구실을 나왔다.

연구실을 나오니 날이 흐린지 주위가 밤처럼 어둑어둑했다.

어차피 앵지 무리가 곧 떠나면 난 모두와 헤어질 거다. 나는 어둠 속에서 한 번 더 상상했다. 앵지와 빙하 사이를 요리조리 피해 수영하며 차가운 바다 위에서 달빛을 올려다보는 장면을.

'내가 만약 애들과 함께 북쪽으로 간다면 어떤 경험이 날 기다리고 있을까?'

한 번도 떠올리지 않았던 생각이 퐁, 하고 솟았다.

'엄마는 어떡하지? 충전은 어떡하고? 엄마의 연구는? 내 임무는?'

떠나고 싶다고 생각한들, 떠나겠다고 마음을 굳힌들, 모든 것이 내 결심을 돕기 위해 착착 움직일 리가 없었다. 복잡하게 따라붙을 일들을 생각하다 고개를 저었다. 엉뚱한 상상이었다. 막연한 충동이었다.

∈ 꺄악! ∋

그 순간 비명이 들렸다. 무리 주변을 얼쩡거리던 선박

에서 갑자기 육중한 쇠 그물이 쏟아졌다.

"설마 이 목소리는……"

무리의 어른들이 허둥대는 아이들을 피난시키고 있었다.

"앗!"

그물에 포획되어 버둥거리는 벨루가가 있었다. 앵지였다.

"제길, 앵지!"

∈ 어떡해! ∋

∈ 누가 좀 도와줘요! ∋

무리 사이로 압살라 할머니가 재빠르게 앞서 나왔다. 할머니는 다른 이들에게 피난을 지시하고 앵지를 향해 달려갔다.

나는 엄마에게 연락하기 위해 통신 볼륨을 높였다. 이런 순간에 할 수 있는 일이란 게 겨우 엄마에게 해결책을 묻는 것뿐이라니, 한심했다. 그러니 영원한 열 살짜리 애로 취급받는 거였다.

쇠 그물은 좀처럼 부서지지 않았다. 앵지를 구하기 위해 그물을 뜯던 할머니까지 도리어 그물에 걸려들고 말았다. 센서가 달렸는지 그물 끝이 살아 있는 것처럼 꿈틀대더니 할머니와 앵지의 몸을 빈틈없이 칭칭 휘감았다.

"젠장!"

생각을 멈췄다. 시간이 없었다.

"앵지! 안 돼!"

앵지를 이대로 내버려둘 순 없어! 나를 내버려둘 수 없다고 외쳤던 건 늘 앵지 쪽이었는데, 이번엔 내가 똑같은 말을 하고 있었다. 평소에 앵지는 내가 어딘가에 구속된 듯하다고 느꼈던 걸까?

그물을 향해 달려들어 대책 없이 물어뜯었다. 인공 이빨이 후드득 떨어졌다. 장식이나 다름없는 연약한 치아였다. 그물 끝에 붙은 센서는 침착하고 고약하게 나까지 억세게 휘감았다. 그 바람에 가슴지느러미 하나와 꼬리가 분리되어 뚝 떨어져 나갔다.

ㄷ 벨카! 너 꼬리가……! ㅋ

그물에 결박된 앵지가 비명을 질렀다.

"난 괜찮아! 아프지 않아. 내가 그물을 부술 테니 할머니와 도망쳐."

그물이 엉겨 붙어 몸을 죄어오자 삑삑, 하며 위험신호가 울렸다. 엄마의 다급한 목소리가 머릿속에서 울려 퍼졌다.

"벨카! 넌 그 애들과 달라. 벨루가보다 훨씬 충격에 약해! 그러니 널 지켜야 해. 네 생명을 우선시해야 한다고."

194

그 말을 도무지 이해할 수 없었던 나는 소리쳤다.

"엄마! 도대체 왜 사람들이 벨루가를 잡는 거야?"

엄마는 잠시 머뭇거리다 말했다.

"불법 포획이야. 벨루가 고기가 아직도 최고급 요리로 팔리는 데가 있대."

"요리라고? 미친 거 아니야?"

엄마가 소리쳤다.

"벨카, 지금 당장 빠져나와."

"뭘 위해? 애들이 다 죽고 나만 살아남으면 뭐 해? 그때 난 뭘 하며 살라는 거야."

"네 정체가 드러나면 살아남아도 그 무리에 다시 돌아갈 수 없어."

냉정한 엄마의 말에 나는 실망했다.

"결국 엄마는 연구가 가장 중요하단 얘기야?"

"그게 아니야, 동혜야! 엄마는 너를……"

나는 통신을 끊었다. 그러고선 입을 크게 벌려 남은 이빨 사이사이에 그물을 걸었다. 한쪽 지느러미를 빙빙 돌려 그물을 온몸에 돌돌 말았다. 우리 셋이 엉킨 그물이 수면으로 올라가고 있었다. 눈앞에 배의 프로펠러가 보였다. 엔진을 향해 뛰어들며 나는 소리쳤다. 음성 변환을 거치지 않은 벨루가의 목소리가 나도 모르게 튀어나왔다.

까아아아아아!

ㅌ도망쳐! ㅋ

콰, 하는 커다란 충격음이 들렸다. 몸이 부서진 게 분명
했다. 쇠 그물이 잘렸고 할머니와 앵지가 풀려났다. 둘의
하얀 몸에 핏자국이 줄줄이 새겨진 모습이 마지막으로 시
야에 들어왔다. 시야가 검은 화면으로 바뀐 순간 나는 안
도했다. 내 몸에서 떨어진 두 대의 카메라와 로컬 브레인,
통신 장비, 저장 장치, 센서, 유기합성물로 표면을 얇게 코
팅한 몸체가 프로펠러 소용돌이 방향을 따라 산산이 흩어
졌겠지. 아이들이 깜짝 놀랐겠지. 그렇지 않아도 똥그랗고
커다란 앵지의 눈 속으로 수면에서 반사된 빛이 스며들어
촉촉하게 빛났겠지.

'앵지야, 너한테만이라도 솔직히 말해둘 걸 그랬어.'

멀어지는 의식 속에서 나는 엄마와 앵지에게 인사했다.
'고마웠어.'

앵지 같은 애와 대화하고 친해지다니 이전엔 상상할 수
없던 일이었다. 내가 그동안 상상했던 바닷속은 기껏해야
인간이 침범하지 말아야 할 공간, 보호해야 할 공간이었
다. 상상 속에서 바다는 영원히 남의 공간이었다.

내 눈으로 직접 본 바다는 이전에 책과 영상으로 학습
했던 공간과 전혀 달랐다. 인간 세계가 그렇듯, 이곳 역시

196

끊임없이 싸워내야 간신히 생존할 수 있는 곳이었다. 갑작스러운 지진과 화산, 급격한 해류 변화와 이상 기온, 상위 포식자의 등장은 아주 교활하게도 잠시 마음을 놓을수록 더욱 위협적이었다.

나는 이전에 한번 심해에 갇힌 적이 있었다. 그리고 완전히 새로운 존재가 되어 새로운 삶을 만났다. 심해에서 올라오던 순간이 기억났다. 반사된 달빛이 살짝 보이는 수면을 향해 아주 천천히 떠오르던 순간을 머릿속으로 되새겼다.

새로운 세상이 수면 위에 있었다. 그때는 그 풍경이 낯설고 막막해 보였다. 세상과 영원히 격리될 것을 각오하며 선택한 삶이었다. 그런데 폭풍과 해류에 휩쓸리는 풍경 속에서도 엄마 같은 사람, 앵지 같은 친구를 만날 수 있었다. 일상이라는 소용돌이를 묵묵히 통과한 끝에 마주한 선물 같은 기적이었다.

앵지가 안전하게 살아남길, 나는 마지막으로 기도했다.

'앵지야, 미안해.'

근데 나, 왜 이렇게 앵지를 걱정하고 있지?

어릴 때부터 바닷속 환경이 좋았다. 기포를 품고 퐁퐁 떠오르는 각종 소리를 듣는 게 좋았다. 나풀나풀 헤엄치는 바다 생물을 지켜보는 것도 좋았다. 엄마를 졸라 전 세계 돌고래 다큐멘터리를 다 구해서 봤다. 엄마 배 속에서 잠들었을 때 이런 기분이었을까 싶을 정도로 편안했다.

온갖 다큐멘터리를 보는 바람에 슬픈 날도 많았다. 그물에 휘감긴 고래는 살려고 버둥거릴수록 더 깊은 상처를 입었다. 지구가 멸망한 뒤에도 썩지 않을 더러운 것들이 바다 생물의 몸에 쌓였다. 수온이 상승하는 바람에 벨루가들은 늘 고열에 시달렸다. 이해할 수 없는 오염 물질에 정신을 잃은 채 뭍에 올라와 떼 지어 자살하는 무리도 있었다. 고래들을 한 마리씩 힘겹게 바다로 돌려보내는 인간들이 있는가 하면 수족관에서 학대하는 인간들도 있었다. 바다를 사랑할수록, 고래를 사랑할수록 나는 아팠다.

"이제 됐다. 몸을 움직여볼래?"

엄마 목소리가 날 깨웠다. 새 몸에 뇌와 각종 장치가 연결됐다. 클라우드에 상시 접속하는 방식으로 뇌가 업그레이드되어 있었다. 병렬 장착된 로컬 브레인의 데이터는 클라우드와 자동으로 동기화되었다. 이제는 엄마와의 통신이 끊겨도 생활에 지장을 받지 않을 것이다. 무엇보다 충전 방식을 바꾼 유기체 몸이 가장 마음에 들었다.

"파력 발전과 유기물질 분해 발전 그리고 광화학을 통한 복합 충전 방식을 도입했어."

"그럼 이제 충전하러 오지 않아도 되는 거야?"

"응, 큰 사고가 없는 한."

"엄마, 더 외로워질 텐데 괜찮겠어?"

엄마의 코끝이 빨갰다.

"일찍 독립했다고 생각해야지, 뭐."

큰 사고가 없는 한, 파도가 있는 한, 플랑크톤이 있는 한, 그리고 해가 뜨고 달이 뜨는 한, 내 삶은 이어질 것이다.

한 번 더 새로 태어났다. 이번이 두번째 부활이었다.

"그때 같다, 엄마."

"그러게. 그때 생각난다, 동혜야."

나는 여섯 살에 해양 사고를 당한 뒤 열 살 때까지 코마 상태에 놓여 있었다. 몸이 움직이지 않으니 깊은 심해에 홀로 갇힌 기분이었다. 뇌과학자인 엄마의 연구 덕에 우리는 뇌파로 대화할 수 있었다. 그때는 내 쪽에서 통신을 끊을 수 없어 엄마의 잔소리를 무조건 들어야 했지만.

엄마가 나와 뇌파로 대화하는 걸 엄마의 모노드라마라고 여기는 사람들도 있었다. 자신을 이해하지 못하는 사람들 사이에서, 언제 회복될지 모르는 딸을 지켜보며 엄마는 줄곧 힘들어했다.

그 시절 나는 엄마와 함께 해양 환경을 연구했다. 엄마의 전폭적인 지원이 없었다면 혼자서는 도저히 못 했을 일이었다.

바다에서 사고 입은 애 의식에 VR을 연결해 해양 환경을 보여주는 걸 두고, 사람들은 트라우마를 건드리는 게 아니냐며 엄마를 비난하기도 했다. 그때 엄마는 단호하게 말했다.

"동혜가 원한 거예요."

나는 엄마를 늘 격려해야 했다. 나의 선호와 의지에 대해 자주 말했다. 자주 투덜거렸고 가끔 뻔뻔해졌다. 돌고래 말을 배운 시기도 그즈음이었다. 엄마가 돌고래 언어를 연구하기 시작한 것은 순전히 나 때문이었다. 엄마는 나에게 돌고래의 초음파를 인공지능으로 분석해 번역하는 기능을 덧붙였다. 그 후에 이전에 봤던 다큐멘터리를 처음부터 다시 봤다. 드라마틱한 연출 내용과 돌고래의 실제 대사가 전혀 다르다는 사실을 깨닫고 나니 사람들이 얼마나 작위적으로 다큐멘터리를 편집했는지 알 수 있었다. 다시 본 다큐멘터리는 코미디 영화 같았다.

4년 후 내가 뇌사 판정을 받기 직전, 엄마는 에드거 이노베이션으로부터 AI와 인간 의식을 결합한 뉴 브레인 연구 리드를 제안받았다. 엄마와 나는 오래 상의했다.

"괜찮을까? 정말 괜찮겠어?"

그즈음 엄마의 입에서는 한숨이 끊이지 않았다.

"엄마, 나는 엄마의 발명품이야. 뭐가 그렇게 겁나."

엄마라는 조물주를 응원하는 건 딸인 나의 중요한 역할이었다. 엄마를 북돋워야 했다.

"엄마, 어차피 나는 좋은 대학에 가고 좋은 직업을 갖고 누군가와 결혼을 해서 아이를 낳고 사는 생활은 못 할 텐데, 엄마가 자랑할 만한 딸이 못 돼서 어떡하지?"

"무슨 소리야? 어디서 뭘 하며 살든 네가 행복하면 엄마는 그걸로 충분해. 그게 엄마의 자랑이야."

좋은 대학을 가야 한다고, 좋은 직업을 가져야 한다고 유치원 때부터 잔소리가 심했던 엄마가 떠올라 나는 웃고 말았다. 엄마도 같은 기억을 떠올렸는지 쑥스러운 웃음을 보였다. 엄마의 웃음 속에는 이전 일에 대한 미안함이, 내 웃음 속에는 앞으로의 일에 대한 미안함이 묻었다. 우리는 함께 크게 웃은 뒤 새로운 삶을 선택했다. 엄마에게도 내게도 큰 도전이었다.

인간의 뇌와 AI를 결합한 융합 뇌 AI로서 나는 엄마의
프로젝트에 참여했다. 내 의식은 AI와 연동되었고 나는
벨루가의 몸을 얻었다. 4년이 더 지나자 벨루가로 지낸 시
간이 코마 상태로 살았던 시간을 추월했다. 이제 몇 년 후
면 벨루가로 산 세월이 인간이라고 불렸던 세월을 추월할
것이다. 뉴 브레인을 탑재한 다른 몸을 얻을 수도 있었지
만 나는 벨루가로 지내는 삶을 선택했다. 모두 내가 원한
거였다.

엄마가 새로운 몸체를 깨끗이 닦아 주며 말했다.

"이번 몸체의 수명은 생체 벨루가의 수명과 비슷해. 큰
사고만 없다면 웬만한 수압 아래에서도 30년 정도는 견딜
거야. 그러니 동혜야, 30년 안에 돌아와라. 엄마가 죽기 전
에 직접 업그레이드해주고 싶어."

"엄마, 고마워. 엄마 덕에 새로운 세상에 가볼 수 있었
어. 나 같은 새로운 종을 창조한 엄마는 하느님이야. 내 친
구들은 엄마를 마녀라고 부르지만, 크크크."

나는 엄마에게 작별 인사를 했다. 프라이버시를 위해
통신은 꺼놓기로 합의했다.

"긴급한 일 생기면 바로 켜야 해. 알았지?"

"아휴, 잔소리 좀 그만."

나는 언제나처럼 엄마와 티격태격했고 이 순간이 곧 그리워질 것을 예감했다.

"얼른 가."

나는 엄마에게 멋진 미소를 한번 보여주고 바다로 향했다. 어디에도 속해 있지 않으면서 동시에 어디에든 속할 수 있는 세상으로. 나의 새로운 바다로.

이번엔 30년 정도 집을 떠나 생활하게 되었다. 비록 나의 뉴 브레인은 개발사 서버에 있지만, 30년을 견딜 수 있는 강화 합성 피부로 된 몸을 갖고, 온전히 벨루가 무리의 일원으로 지내며, 게다가 앵지라는 사랑스러운 녀석의 특별한 파트너로 살아갈 수 있는 존재는 나밖에 없을 거였다.

나와 똑같은 뉴 브레인을 가지고 다른 인공 유기체 안에서, 나와는 또 다른 삶을 사는 아이를 만난다면 언젠가 친구가 될지도 모르겠다. 그땐 녀석에게 벨루가 무리를 소개해줘야지.

개발사는 나의 데이터에 언제든 접근할 수 있고, 몸체의 위치도 언제든 추적할 수 있다고 생각해 내 선택을 허락한 것이 분명하다. 하지만 나는 내게 허락된 것 이상의 자유를 원한다. 어떤 삶이 내게 허락된 것 이상의 자유를 누리는 삶일지 지금은 알 수 없다. 앞으로 나아가는 수밖에. 그래서 스스로 발견하고 선택하는 수밖에.

ㅌ벨카, 너 오늘 평소보다 더 멋져 보인다? ㅋ

엄마 집 수문을 나오자 줄곧 기다리고 있던 앵지가 슥, 하고 다가왔다. 흩어진 로컬 브레인과 저장 장치, 파손된 센서 등을 모두 입안에 머금고 와 엄마에게 건넨 건 앵지였다. 그 덕에 나는 모든 추억을 새 몸에 온전히 동기화시킬 수 있었다. 말하자면 앵지는 하느님을 보조해 나의 두 번째 부활을 도운 천사였다. 엄마를 찾아온 앵지의 얼굴이 너무 울어서 빵빵했었다는 사실은 엄마와 나만 아는 비밀로 간직하기로 했다.

ㅌ나 원래 멋졌잖아. 처음부터 알았으면서? ㅋ

나는 통역 없이 초음파로 말했다. 그러고는 퉁, 소리가 나도록 앵지의 어깨에 내 이마를 부딪쳤다. 나는 한껏 폼을 잡으며 제자리에서 크게 한 바퀴를 돌았다.

ㅌ다음엔 치료가 필요할 때 압살라 할머니한테 가볼까 봐. ㅋ

ㅌ우리 할머니 실력은 내가 보장한다. ㅋ

벨루가와 돌고래들이 비참하게 죽지 않도록 돕고 싶었는데 정작 나를 보호해준 건 앵지와 그의 무리였다.

탈피를 끝내고 조금 더 성장한 앵지가 전보다 한층 새하얗게 빛나 보였다.

앵지와 처음 만났을 때가 기억났다. 탈피 전 어린 벨루가들이 으레 그렇듯, 약간 회색빛인 몸을 한 앵지가 인공적인 순백색 몸을 한 나를 발견하곤 똥그랗게 뜬 눈을 반짝였다. 나는 아차, 싶었다. 당장 집에 가서 피부를 교체해야겠다는 생각이 들었지만 앵지는 상관하지 않았다. 앵지가 속한 무리에 머물겠다고 결심한 이유는 앵지의 그 눈빛이었다. 조금 달라 보일 게 분명한 나를 친구로 받아줄 것 같은 눈빛.

우리는 북쪽으로 흐르는 해류에 몸을 실었다. 조금 앞선 곳에서 우리를 발견하고 방정맞게 지느러미를 흔드는 칼리와 애들의 꽁무니가 보였다. 칼리가 내 이야기를 어떻게 부풀려 각색했을지 얼른 듣고 싶었다.

한때 나는 어린아이였고 코마 상태에 빠진 인간이었고 AI였고 벨루가였다. 내 정체성은 뭘까? 인간인지 의식인지 AI인지 벨루가인지 하나를 선택하려다 그만뒀다. 그 모든 게 나라고, 나일 수밖에 없다고 생각했다. 해류가 출렁이더니 헹가래 치듯 내 몸을 둥실 띄워 올렸다. 새로운 바다에 온 것을 환영한다는 듯.

그 후로 나는 그린란드, 오호츠크해, 북극해 한가운데에서 엄마와 가끔 통화했다. 무소식이 희소식이니 자식의 프라이버시를 보장하라고 말하면 엄마가 안도하며 웃었다. 계절이 바뀔 때마다 한 번씩, 이 대화 패턴이 무수히 반복됐다.

나는 경험한 일 중에서 생태 연구와 벨루가 생존에 필요한 데이터만 엄마의 서버로 전송했다. 밀렵꾼을 고발하고, 바다 청소 로봇을 개발하고, 융합 뇌 AI로 사람들에게 해양 환경을 체험하게 하며 엄마는 평생 바쁘게 살았다. 비록 몸은 멀리 떨어져 있었지만 나는 잔잔한 하루 속에서 늘 엄마를 느꼈다.

나보다 먼저 엄마가 세상을 떠날 때까지, 엄마는 내게 매일 메시지를 보냈다. 자신이 죽고 난 뒤에도 매일 자동 발송될 메시지를 무려 천 년분이나 남겼다. 엄마들은 늘 오버해서 문제다. 엄마가 돌아가신 뒤 나는 엄마의 메시지를 전부 다운받은 후 통신을 끊었다.

*

가출한 날로부터 47년 후, 나는 해저에서 앵지와 함께 잠들었다.

∈ 넌 영원히 살 수 있잖아? ∋

앵지가 나를 타박했다.

∈ 나보고 혼자 남으라는 거야? ∋

∈ 혼자 남겠다고 한 적도 있었잖아? ∋

여전히 똥그랗고 커다란 앵지의 눈 속으로 해저의 은은한 빛이 스며들어 촉촉하게 빛났다.

∈ 그랬지. 아무것도 몰랐을 때. ∋

그랬다. 너와 함께하는 시간이 이토록 찬란한지 미처 몰랐던 때였다. 우리는 옛 추억을 이야기하며 함께 마지막 순간을 맞았다. 앵지가 마지막 숨을 크게 들이쉰 뒤 눈을 감았다. 그 순간 나의 로컬 브레인도 영원히 어둠 속으로 사그라들었다.

■

브라이덜 하이스쿨

1

뇌수가 녹아내리는 듯 뜨거운 두통을 느끼며 눈을 떴다. 주변 풍경이 낯설고 기이했다. 여긴 어디지?

중세 여학교인가? 고풍스러운 옷을 입고 우아한 화법을 구사하며 지나가는 십대 여학생들이 잔뜩 보였다. 중세라기엔 이상해 보였다. 파니에와 코르셋을 입어 고풍스러운 분위기였지만 모두 한국어를 구사하고 있었으며 몸집이 작고 깡말랐다. 자세히 보니 모두 똑같은 디자인에 학교 엠블럼처럼 보이는 이니셜이 새겨진 옷을 입고 있었다. 교복이 분명했다. 이런 걸 뭐라고 해야 할까? 고딕 롤리타 고스 스타일 교복? 처음 보는 복장이라 신기하긴 했

지만 다들 똑같은 모습이라 누구 하나 특별해 보이지는
않았다.

휘청이는 몸을 이끌고 간신히 주위를 둘러보니 학교 로
비였다. 화려한 전자 현수막에 학교의 교훈이 흐르고 있
었다.

선택받을 만한 순결한 숙녀가 되자.

"이런 미친……"

나도 모르게 욕이 터졌다. 설마, 이따위가 현실일 리가
없었다. 그 순간 평소 즐겨보던 웹 소설이 곧장 떠올랐다.

'아하, 이게 그 빙의물이라는 거구나!'

옛이야기 속으로 들어온 모양이었다.

'나는 어떤 인물이 된 걸까?'

이 시대의 어느 귀족 외동딸 정도로 빙의했을까? 몸은
천근만근 무거웠지만 기대를 품고 화장실로 달려가 거울
앞에 섰다. 거울 속에는 환갑은 넘은 듯한 여자가 파리한
얼굴로 휘청거리며 서 있었다. 차림새를 보니 학교 청소
부로 빙의한 모양이었다.

화장실 내부를 둘러보았다. 며칠은 방치된 듯 코를 찌
르는 불쾌한 냄새가 풍겨왔다. 화장실 가장 안쪽, 다른 칸

보다 좁은 그 공간을 들여다보고 알았다. 땟국물과 검은 얼룩이 들러붙은 내 에코백이 안에 놓여 있었다. 저게 점심일까? 퍽퍽해 보이는 음식이 담긴 밀폐 용기가 목욕탕에서나 보던 낮은 플라스틱 의자 위에 놓여 있었다. 얇은 차렵이불도 하나 보였다.

'설마 여기가 내 방……?'

상황은 정신이 혼미해질 정도로 기괴한 데다, 고개를 가눌 수 없을 정도로 몸 상태가 엉망이었다. 그런데도 오전 8시를 알리는 수업 종이 울리자 몸이 자동으로 움직여 화장실 청소를 시작했다. 어떻게 된 노릇인지 머리로 생각하기도 전에 몸이 먼저 바닥에 물을 뿌리고 변기를 닦고 있었다.

잠시 후 하수구 냄새보다 더 고약한 잡담이 벌컥 열린 문을 박차고 들어왔다.

"미친년! 어디서 감히 내 신랑이 될 류지 님께 꼬리를 쳐? 우리 가문 전속 자객을 개만 모르나 봐."

"살살 해. 베키 개, 최근에 해저 유물 하나 건진 덕에 졸부가 된 민 회장네 양녀잖아. 근본이 천한 애라 조금만 겁주면 금방 꼬리 내릴 거야."

이 학교의 학생인 듯한 두 소녀가 속이 답답해지는 대화를 나누고 있었다. 한 남성을 차지하기 위한 유산계급

여성, 그것도 십대 소녀들의 암투라니. 이건 좀 구리다. 화장실 냄새보다 구리다.

그 와중에도 나는 화장실 구석구석을 성심껏 청소했다. 소녀들은 등 뒤에서 거울을 닦는 나를 마치 투명 인간처럼 취급했다.

잠시 후 더 소란스러워졌다. 두 소녀가 미친년이라고 한 베키가 마침 화장실에 들어왔고 두 소녀에게 무차별적으로 구타를 당하기 시작했다.

"미친년, 내가 오늘 너 죽인다."

그런데 정작 베키라는 아이는 맞으면서도 피식 헛웃음을 터뜨렸다. 과연, 미친년이라는 말에 걸맞을 만큼 한 성깔 하는 듯했다. 제대로 몸을 가누기도 어려운 상황이었지만 나는 소녀들 사이로 몸을 던지며 버럭 호통을 쳤다.

"작작들 좀 해!"

베키에게 폭력을 행사하던 두 소녀가 눈을 동그랗게 떴다. 마치 말하는 빗자루이라도 본 것처럼 기괴망측하다는 얼굴이었다. 그러더니 더 심한 욕설을 퍼부으며 나까지 때리기 시작했다. 몸이 도통 말을 안 들어 전혀 방어를 할 수 없었다. 베키와 나는 아직 청소가 끝나지 않은 더러운 화장실 바닥에 뻗어버렸다. 두 소녀는 옷매무새와 화장을 정돈하고 코르셋을 한 번 더 조인 뒤 사뿐한 태도로 화장실을 나갔다.

통증과 민망함을 감추려 나는 얼굴이 부풀어 오른 소녀에게 말을 걸었다.

"애, 너는 어쩜 맞으면서도 웃니?"

소녀가 날카로운 눈매로 내게 반문했다.

"아줌마, 나한테 왜 반말이에요?"

나는 미안하다고 사과했다. 우리는 서로를 부축해 자리에서 일어났다.

"작작들 좀 하라니, 아줌마 좀 웃겼어요."

베키는 두 소녀를 꾸짖은 걸 언급하더니 나를 추켜세웠다.

"용역 직원이 학생을 훈육하는 건 처음 봐요. 아줌마, 좀 특이한 사람이군요."

소녀는 피가 흐르는 입가를 닦으며 살짝 웃어 보였다.

"아줌마한테도 곧 미친년이라는 별명이 생기겠네요. 이제 외롭진 않겠어요."

나는 소녀와 악수하며 통성명을 했다. 베키는 자신이 졸부 양아버지에게 입양된 덕에 갑자기 계급이 상향된 애라며 소탈하게 말했다. 김수빈이라고 이름을 밝히자 베키는 특이하다며 놀라워했다.

그러고는 이곳 학생들에겐 성이 없고 캔디, 미미, 라라,

패디, 바비 등 외국식 이름을 쓰고 있다고도 말해주었다. 분명 여기는 한국이 맞는 것 같은데 이름이 다들 인형 같 았다.

며칠 생활하면서 이곳의 패턴을 알아냈다. 알람 기능 이라도 달린 것처럼 몸은 정해진 시간이 되면 바쁘게 움 직였다. 프로그래밍이 잘 되어 있는지 청소 일도 빠릿빠 릿 수행해냈다. 이 몸이 원래 품은 타성인지도 몰랐다. 그 때마다 의식은 몽롱해졌고 두통은 극심해졌다. 그럴 때면 모든 걸 흐름에 맡긴 채 관성에 따라야 했다. 영혼을 아예 어딘가에 빼놓는 게 좋았다. 생각해보니 그런 일엔 익숙 했다.

내가 할 일은 명확했다. 담당 구역이 깨끗하게 유지되 지 않으면 학내 행정 담당자와 관계자, 용역 회사 사람들 이 번갈아 찾아와 귀찮게 했다. 그냥 귀찮은 정도가 아니 라 심한 욕설을 하고 물리적으로 위협하면서 청소 도구를 엉망으로 만들어 일거리를 늘렸다. 화장실만 깨끗하게 정 리하면 내게 관심을 쏟는 자는 아무도 없었다. 불필요한 충돌을 피하기 위해서라도 주어진 업무를 수행해야 했다.

식사는 하루 두 번, 직원 식당 건물 뒤편에서 잔반인 게 분명한 꿀꿀이죽을 받을 수 있었다. 도저히 허기를 참을 수 없어 쓰러질 것 같을 때면 그럭저럭 먹을 만했다. 짐작했던 대로 화장실 가장 안쪽 좁은 칸이 내 방이었다. 소녀들이 만들어내는 악취와 소음을 인간의 기본적 배설 욕구라고 널리 헤아리며 그곳에서 휴식을 취하고 식사를 했다.

도대체 왜 이런 곳에 왔을까. 왜 갑자기 늙고 쇠약한 할머니가 됐나. 이런 상태로 어떻게 로봇처럼 일만 하게 됐나. 어떻게 해야 이 상황을 타개할 수 있나. 의문에 답해주는 사람도 없이 똑같은 하루가 이어졌다.

그러다 한 가지 사실을 깨달았다. 매일 같은 일을 반복하면 변함없는 풍경이 이어진다는 것. 그렇다면 내가 뭔가 특이한 행동을 한다면 이 상황이 종료되지 않을까? 빙의물 서브 캐릭터에게 꼭 필요한 깨달음이었다.

관찰한 바에 따르면 여러 시대가 마구 혼재되어 있는 것처럼 보이는 이 이상한 학교는 정숙한 여성을 길러내는 신부 양성 학교, '요조 브라이덜 하이스쿨'이다. 소녀들은 신랑의 선택을 받으면 즉시 졸업할 수 있다. 조건이 좋은 귀족 가문의 신부로 선택받기 위해 학교의 모든 소녀는 필사적이었다. 우아한 행실과 방정한 규범을 익히고 미용 시술과 건강관리에 정진했다. 여성스럽고 사랑스러워 보이기 위해 품행에 주의했으며 인기 많은 예비 신랑에게 낙점되기 위한 경쟁도 치열했다.

베키는 양녀가 되기 전 가난한 마을에 살았기 때문에 여러 상황을 종합적으로 알았다. 졸부가 된 양아버지가 학교에 보내기 전까지 베키는 브라이덜 하이스쿨에 다닐 거라고는 생각도 하지 못했다. 양아버지가 사돈으로 점찍은 이웃 류지가 최근 세번째 아내를 구한다는 것을 알고 입학하게 된 것이다. 베키는 '아이를 소박하게 세 명이나 네 명 정도 낳아 훌륭하게 기르면 여자로서 인생이 더할 나위 없이 행복할 거'라고도 덧붙였다. 어디선가 들은 이 야기를 반복하듯 힘없이 '여자로서의 행복'을 읊던 베키는 긴 한숨을 내쉬었다.

좀 있으면 박복한 팔자 운운할 듯한 소녀의 한숨을 들으며 나는 어처구니가 없었다. 여기, 일부다처제인 한국이었어. 그와 동시에 나는 손가락을 튕겼다.

'알았다! 여기는 한국판 『시녀 이야기』인 거야!'

내가 뭔가 특별한 행동을 한다면 이 상황이 종료된다. 이곳의 이야기를 종료시키면 나도 베키도 탈출할 수 있겠다는 생각이 들었다. 한 가지 아쉬운 점은 내가 빙의한 인물에게는 여느 웹 소설의 주인공처럼 막강한 힘이 없다는 거였다. 나는 학생이 아닌 청소 아줌마인 데다, 초능력은 고사하고 상황을 타개할 힘이 전혀 없었다. 이 사회 안에서 가장 무력한 인간이었다. 나는 빙의물의 패턴을 떠올리며 자문자답해보았다.

'나의 욕망은 무엇인가? 이 이야기에서 빠져나가고 싶다.'

'나의 파워는 무엇인가? 여기가 미친 디스토피아라는 걸 정확히 알고 있다.'

곰곰이 생각했다. 이 세계관이 무너지려면 소녀들이 이런 식의 일부다처제 결혼이 미친 짓이라는 걸 알아야 했다. 학생들의 졸업을 저지하고 자퇴를 유도해야 했다. 그게 내가 이 이야기 속으로 소환된 이유인 게 분명했다.

베키의 긴 한숨이 다시 나를 이야기 속 세계로 소환했다. 요즘 거의 매일 화장실에서 죽치고 있는 베키를 첫 실험 대상으로 삼아야겠다 싶었다. 베키가 일부다처제 결혼을 포기한다면 이 이야기는 어떻게 될까? 아니, 그저 일부일처제를 꿈꾼다면?

"베키야, 들어봐. 네 이웃 이름이 류지라고 했지?"

나는 베키와 류지를 주인공으로 이야기를 하나 꾸며냈다.

"옛날에 가난한 농부의 딸인 베키라는 소녀가 있었어. 후작의 양녀로 입양된 뒤 주변 귀족 자녀들에게 어마어마

브라이덜 하이스쿨

한 시샘을 받았지. 그러던 어느 날, 무도회에서 류지라는 소년을 만났는데 한눈에 서로를 사랑하게 된 거야."

동화 속 이야기의 주인공을 베키로, 오직 베키만 사랑하는 남성 주인공을 류지로 설정했다. 두 사람은 주변의 시샘과 반대, 온갖 음모와 난투 그리고 시대적 역경까지 극복한 뒤 재회한다. 억지로 전쟁터에 보내진 류지가 간신히 살아남아 박탈당한 왕자의 신분을 회복한 뒤, 두 사람은 영원히 서로만을 사랑하겠다는 서약과 함께 결혼에 골인한다. (류지에겐 이미 두 명의 아내가 있지만, 베키가 류지를 기다리기만 하지 않고 뭔가 적극적인 행동을 하면 좋겠단 생각도 들었지만. 그 점은 일단 무시했다.)

"류지는 오직 너만 사랑했어. 그래서 수많은 시신을 넘어 맨몸으로 한겨울의 강을 건넜어. 똑똑, 류지가 네 방 창문을 두드리고 있어. 이제 네가 선택할 차례야."

베키는 무덤덤하게 이야기를 듣더니 말을 이었다.

"아줌마, 멋진 이야기네요. 근데 류지는 그런 남자가 아니에요. 되게 재수 없는 새끼거든요."

뭐라고? 나는 깜짝 놀라 반문했다. 그렇다면 왜 그딴 놈의 세번째 부인이 되겠다고 한 거야?

"그 나이에 아내를 두 명만 소유한 남자라 그나마 높이 샀죠."

"그 나이라니?"

베키는 류지가 쉰을 바라본다고 말했다.

"아이고……"

충격에 머리가 띵했다. 꼬챙이가 뇌 속을 휘젓기라도 하는 것처럼 지끈거렸다. 나는 베키를 향해 그딴 변태 말고, 젊고 성실한 순정파 남편을 찾으라고 소리쳤다. 그러자 베키는 냉정하게 또박또박 답했다.

"아줌마, 정말 아무것도 모르는군요? 요즘 젊은 남자들은 생활력이 아예 없어요. 마흔이 넘어도 남자가 독립하기 어려운 시대잖아요. 집값은 천정부지, 결혼도 불가능한데다, 성 판매 합법화로 얼마든지 성을 살 수 있는데 순정파 남자가 어떻게 존재하겠어요? 나만 사랑하는 능력 있고 젊은 남자는 유령 아니고선 없어요. 뭐, 오십대 정도가 저희 삼촌이나 양부 나이랑 비슷하기도 하고. 적당하다고 말하긴 어렵지만 그나마 익숙해요."

나는 말문이 막히고 말았다.

허탈한 심정으로 지끈거리는 머리를 누르고 있는 나와 달리 베키는 즐거워했다. 내 이야기가 재밌다며 다른 애들에게도 이 이야기를 들려줘도 되겠느냐고 물었다.

"그러렴. 근데 학교 도서관에 순정 만화는 없니? 이런 통속적인 얘기는 널리고 널렸는데 왜들 안 읽었니? 할리

퀸을 읽는 것도 좋을 것 같은데."

베키가 나를 향해 호기심 가득한 눈빛을 보이며 반문했다.

"도서관이 뭐죠? 순정…… 할리…… 뭐요?"

2

예비 신랑들이 학교에 방문해 신부를 점찍는 학내 대면식은 매월 마지막 주에 열렸다. 대면식 당일, 중년 노년 남성들이 줄지어 학교를 찾았다. 베키의 설명이 없었다면 시아버지들이 예비 며느리를 물색하는 줄로만 알았을 거다.

"저분들이 신랑이에요. 세번째나 네번째 부인으로 선택되면 다행이죠. 다들 평생 사랑할 두 명의 아내 정도는 이미 있거든요. 새로운 아내를 충분히 부양할 정도의 재력이 있는 분들이라 운이 나쁘면 열여덟번째 정도 부인으로 졸업하는 일도 있어요. 아무리 선배 신부들이 있는 게 당연하다고는 해도 열일곱 명과 다 잘 지내긴 좀 힘들죠."

나는 찡그린 표정으로 베키의 말을 듣다가 한 가지 희망을 떠올렸다. 소녀들에게 사랑을 독점하고 싶은 욕망이 있다는 사실 하나는 어쩐지 반가웠다.

어느 날 밤, 하루 일과를 마치고 화장실로 돌아와 뻗어 있었는데 베키가 세 명의 소녀들과 함께 은밀하게 나를 찾아왔다.

"아줌마, 애들도 아줌마 얘기를 듣고 싶대요."

잠옷 차림으로 양초를 든 소녀들이 눈을 반짝이고 있었다. 무척 순수해 보여서 약간 긴장됐다.

"베키한테 들었어요. 그동안 그런 얘기는 들어본 적이 없었거든요."

"아줌마, 저의 예비 신랑도 어디선가 저만을 기다리고 있을까요?"

베키는 왕자님 이야기를 몇몇 친구에게 해줬는데 반응이 무척 좋았다고 했다. 반복해 이야기를 들려주다 아예 줄거리를 종이에 써서 수업 중에 교사의 눈을 피해 반 아이들에게 돌렸다고도 했다. 베키가 내 귀에 속닥였다.

"아줌마가 해준 얘기, 내 취향은 아니지만 팔릴 것 같아요."

역시 베키는 생활력도 강하고 사업 수완도 좋은 듯했다.

그날 밤, 베키가 갑자기 마련한 밀담회에서 나는 유치원생에게 동화 구연을 하듯 이야기를 늘어놓았다. 전래 동화도 순정 만화도 할리퀸 소설도 판타지 소설도 없는 곳이라 참고할 자료도 없이 기억에만 의존해 머릿속에 있는 이야기를 끄집어내야 했다. 숲속의 공주, 바다의 공주, 잠자는 공주, 고아였다가 입양된 공주, 과수원에서 일하는 공주 등등, 고난을 겪지만 착하고 아름답고 사랑스러운 공주들이 순정하고 신실하고 잘생긴 백마 탄 왕자님을 만나는 엔딩을 들려줬다. 모든 이야기 끝에 '해피 에버 애프터'를 외치고 나니 약간 뻘쭘하긴 했다.

'너무 유치했나?'

하지만 걱정과 달리 분위기는 아주 좋았다. 가슴께를 부여잡는 소녀도 있었다. 베키는 눈을 반짝이다 못해 아예 번득였다.

"아줌마 얘기, 오늘도 재밌었어요. 다른 애들한테도 말해도 되죠?"

그다음 날부터 베키는 이야기를 정리해 비밀스러운 노트를 만들어 반 아이들에게 배포했다. 읽은 사람은 반드시 필사해 다른 사람에게 전하고 노트를 돌려줘야 했다. 베키의 수완 덕에 이야기는 전교생들의 펜 끝을 거쳐 순식간에 구석구석 퍼져 나갔다. 쉬는 시간마다 베키는 청소 중인 내게 다가왔고 이야기의 공백을 추가로 청취해 자신의 노트를 채워갔다. 이 학교가 성적을 제대로만 매긴다면 베키가 최우수 학생일 게 분명했다.

심야 밀담회가 열리는 화장실은 암암리에 유명해졌다. 소녀들이 밤마다 모이기 시작했고 우리는 토크쇼 회차를 정했다. 구연을 거듭하며 이야기도 조금씩 정돈되었다. 베키는 입장료를 받기 시작했다.

"아줌마, 돈이 되는 것 같아요."

베키는 그사이 내 이야기를 동인지로 만들었으며 수익이 꽤 짭짤하다고 밝혔다. 그러면서 야밤 구비문학 밀담 북토크를 이어가며 수익을 나누자고 제안했다. 애들 코문은 돈을 뺏어서 뭐 하려나 싶었으나 호기심에 금액을 물어보니 상당했다. 나는 화장실 쪽방에서 벗어나고 말겠다는 욕망으로 베키의 노트 뒷장에 적힌 수익 배분 비율 조항에 덥석 서명했다. 어차피 나도 여기저기서 읽었던 이야기를 조합한 거라 2차 저작이나 다름없지만 베키에게는 비밀이었다.

바로 다음 날부터 화장실은 시간대와 상관없이 소녀들로 북적이기 시작했다. 장소가 붐비자 학생들은 다른 곳에서 용무를 처리했고 나는 바닥을 물기 없이 깨끗이 닦아 방석까지 가져다 두었다. 화장실이 악취 없이 뽀송해지고 추가 수익도 생기자, 여기서 계속 살아도 나쁘지 않겠다는 생각마저 들었다. (아차, 안 되지! 정신 차려야 했다.)

일부일처 해피엔드, 너만 사랑할 단 한 사람 이야기는 베키에게는 그다지 매력적이지 않은 모양이었지만 다른 소녀들에게는 인기가 좋았다.

비슷한 이야기를 반복해 펼쳐가면서 내 속에선 비웃음이 터지기도 했다. 판타지 좀 끌어오지 마! 고작 남성과 여성의 일부일처제 같은 보수적인 이야기로 어린 여성들을 현혹하지 말라고!

하지만 내 생각과는 달리 이곳의 소녀들은 순수한 사랑을 통한 해방을 꿈꾸는 모양이었다.

"아, 백작님이 나를 선택한 뒤 열두 명의 신부들을 모두 버릴 수 있다면 얼마나 좋을까?"

"나만을 사랑하는 딱 한 사람이 의사나 법조인이 아니라 마부라면 나는 그와 결혼할 수 있을까?"

소녀들의 상상은 각자의 현실에 기반해 가지를 치기 시작하더니 아예 이야기를 만들어 서로 나누기 시작했다. 내 이야기가 모두를 만족시키지는 못했으리라. 이야기에 갈증을 느낀 소녀들은 직접 창작했다. 베키는 자신의 독점 수익이 줄어드는 것을 무척 경계했지만 나는 좋은 일이라며 베키를 다독였다.

이윽고 토크쇼가 시작되기 전, 사전 MC로 나선 소녀들이 자신들이 제작한 동인지를 낭독하기 시작했다.

그중에서도 1학년 릴리는 이야기를 만드는 데에 재주가 있었다. 심장을 부여잡는 표현을 구사하는 것에 특히 탁월했다.

"남주가 나만 사랑한다고 고백했을 때 나는 믿지 않았어. 근데 어제 그가 고백한 거야. 자신의 이번 삶이 백 번째 환생이라고. 백 번 다 오직 나만 사랑했다고 말이야."

스무 명의 소녀들에게서 숨죽인 탄성이 터졌다.

"어머, 어머."

"어떡해!"

한편 3학년 르네는 다소 선정적인 '야설'에 능통했다.

"내가 영부사 정경부인이 될 혼처를 거부하고 섹시 순정 머슴과 야반도주한 썰 푼다."

"꺄악!"

소문을 듣자 하니 르네는 그즈음 학내 동인지 시장을 완전히 장악했다고 한다. 성애 묘사가 대단히 과감하다고 했는데 나중에 찾아 읽어보니 귀여운 수준이었다.

동인지 시장이 점점 다양해지자 베키와 나는 긴장했다. 또 다른 이야기가 필요했다. 베키는 돈독이 올랐고 나는 화장실 생활을 끝내야 했다.

*

　언제나 어깨가 잔뜩 굽어 주눅 들어 있던 오스칼이 전교생이 선망하는 대상이 된 것은 베키와 내가 고안한 이야기 때문인 게 분명했다.

　나는 소녀들이 변태 노인들의 열몇 번째 부인이 되는 일을 혐오하게 만들 패턴을 오래 궁리했다. 왕자님 이야기를 선호하는 소녀들이 졸업 후 결혼하게 될 할아버지가 왕자님이길 원한다는 걸 알고 나는 전략을 바꿔 새로운 스타일의 이야기를 제공하기로 했다.

　"이럴 땐 GL이야."

　베키가 반문했다.

　"지……? 그게 뭐예요?"

　젊은 미남으로 보이는 남장 소녀의 순애보 이야기를 선보이기로 했다. 남자의 역할을 무엇이든 수행하지만 십수 명씩 아내를 거느리는 일부다처만큼은 차마 선택하지 못하는 소녀가, 범죄를 저지른 몰락 귀족의 후처 자리로 가게 된 소꿉친구를 구하기 위해 남자가 되어 세상을 속이고 직접 결혼한다는 이야기였다.

　GL 이야기를 처음 발표한 날, 밀담 토크쇼 제일 뒷자리에 서 있던 오스칼이 남성들에 대한 증오를 표했다. 아버지와 교장과 결혼 예정자인 남작을 싹 다 죽이고 싶다고 고백했다. 언제나 위축되어 있던 소녀가 애수에 섞인 눈으로 화장실 전신 거울에 몸을 기댄 순간 오스칼은 학교의 아이돌이 되었다. 오스칼은 그날 이후 남장을 하라는 주변 소녀들의 요구에 부응해 조금씩 성격까지 변해갔다.

오스칼뿐만이 아니었다. 교사들의 눈을 피해 남장을 하고 사랑 고백을 하거나 받는 소녀들이 폭발적으로 증가했다. 소녀들은 자신만을 봐줄 사람을 가까운 곳에서 찾기 시작했다. 동인지 속 애정 묘사가 점점 구체적이고 생생해졌다. 마음을 후비는 문장이 눈에 띄기 시작했다. 질투에 눈먼 소녀들 사이 쟁탈전도 일어났다. 유사 연애를 실험해보는 소녀들도 있었고 실제로 사랑에 빠진 소녀들도 있었는데 내가 보기엔 다 멋진 여성 서사였다.

새로운 시장을 개척해 수익을 창출하자 베키는 기뻐했다. 줄곧 내 이야기를 받아쓴 베키의 노트를 자세히 읽어보았다. 내가 표현한 것은 플롯에 불과했다. 생생한 묘사가 맛깔나는 소녀들의 이야기는 매끄럽고도 긴장감이 넘치도록 정돈되어 있었다. 베키는 창의적이고 독보적인 이야기꾼이었다.

그달 말 대면식을 위해 예비 신랑들이 방문했을 때 학교는 기이한 분위기로 술렁댔다. 그들은 학생들이 어딘지

모르게 전과 다르다는 것을 눈치챘고 머지않아 교장실에
항의가 빗발쳤다.

예비 신랑들은 학생들이 졸업을 할 준비가 안 되었다
고 품평했다. 소녀들이 눈을 마주치지도 않고, 예쁘게 웃
어 보이지도 않으며, 어떤 여학생은 감히 입가를 찌그러
뜨렸다고 지적했다. 복장이 불량하다는 의견은 나이가 가
장 많고 불로소득이 높은 노인의 정식 공문을 통해 제출
됐다. 코르셋을 벗어버린 학생들이 활보했기 때문이었다.
소녀들은 이제 졸업에는 관심이 없었다. 이런저런 핑계로
대면식에 참석하지 않은 학생도 많았다. 학교는 긴급회의
를 소집했다. 소녀들 사이에 균열이 생긴 게 분명했다.

대면식이 끝나면 화장실에서는 신랑 평가회가 열기를
띠었다. 대체로 역겹고 재수 없다는 욕설이 터졌다. 고작
코르셋을 벗었다고 분개하는 신랑을 평생 사랑할 수는 없
다는 결의도 울려 퍼졌다. 차라리 오스칼 팬픽 작가로 살
겠다고 각오하는 에이미의 목소리가 그중에서도 가장
컸다.

나는 각성한 소녀들이 각자의 상상 끝에 신랑에게 선택
받는 일을 포기하길 기대했다. 하지만 실제로 학교를 떠
나는 소녀는 거의 없었다. 학교가 당장 폐쇄되는 것도 아
니었다. 나 역시 이 이야기에서 탈출할 수 없었다. 원인을

고민하는 내게 베키가 자조하듯 말했다. 자퇴나 결혼 거부는 이곳 소녀들에겐 곧 죽음이라고, 그건 시대를 저버리는 마녀가 되는 일이라고 했다.

"베키야, 너 마녀가 누군지 알아?"

화장실에 드러누워 동인지 수익금을 세는 베키에게 물었다. 베키는 심드렁하게 말했다.

"세상을 미혹에 빠뜨려서 화형당하는 여자."

돈을 세는 베키의 손 사이로 나는 불쑥 손등을 내보였다. 내 양손과 두 팔엔 화상 자국이 가득했다.

"어? 주름인 줄 알았는데……"

베키가 그제야 내 손과 팔을 천천히 들여다보기 시작했다. 나는 베키에게 말했다.

"마녀는 영원히 죽지 않는 여자를 말해. 트집 잡히고, 비난당하고, 겁박당하고, 탄압받고 박해받다 처형당해도 절대 안 죽는 여자 말이야."

베키는 화상 자국이 이어진 내 팔뚝을 한참을 들여다보더니 물었다.

"불구덩이에서 뭔가를 꺼내려고 했어요?"

나는 차마 답을 하지 못하고 눈만 질끈 감았다.

3

그 후로도 나는 혼자 사는 여성의 이야기, 남편으로부터 도망치는 이야기, 여성들 간의 사랑 이야기, 도망친 곳에서 새로운 삶을 이어가는 대안적인 이야기를 다양하게 조합해냈다. 고다이바 부인, 박씨전, 마녀 이야기 등을 조합해 떠들어댄 내 취향의 이야기는 순애보 왕자님 이야기보다는 반응이 다소 약했다. 죽음 같은 강력한 처벌을 능가해 청자의 삶을 완전히 뒤바꾸는 이야기는 아무래도 해피엔드처럼 비교적 간편하게 안심을 선사하는 이야기와는 무게가 다른 모양이었다.

이상한 낌새를 느낀 학교 측은 내 업무량을 늘렸다. 심야 밀담회 횟수를 줄이고도 감당이 안 될 정도로 몸이 축나기 시작했다. 어깨와 허리가 끊어질 듯한 통증은 당장 조치가 필요했지만 치료를 받으러 갈 시간도 돈도 없었다. 몸은 오로지 청소에 적합한 움직임만을 계속 수행해갔다.

끊어질 것 같은 팔다리를 바쁘게 움직이던 어느 늦은 밤, 오스칼이 조용히 나를 찾아왔다. 전보다 곧은 어깨가 의연해 보였다. 복장은 흐트러져 있었고 표정은 담담했다.

"아줌마는 많은 이야기를 알고 있네요. 혹시 말이에요.

강제로 첫날밤을 당한 여자들이 어떻게 되는지, 그런 이야기도 알고 있나요?"

오스칼이 조심스러우면서도 낙망한 얼굴로 나를 바라보았을 때 비로소 오스칼 눈 속에 어린 절망과 절규를 보았다. 주변 여학생들에게서 받는 관심과 인기에 취해 있는 소녀인 줄로만 알았는데, 오스칼에겐 짧고 달콤한 이야기보다 실질적인 조언이 필요한 것 같았다.

나는 오스칼을 위한 이야기를 두어 개 더 준비했다.

다음 날 밤 밀담회에서 나는 결혼 노예로 살아가는 일부다처제의 희생자인 어린 소녀들의 이야기를 시작했다.

"그 나라에선 종교의식이라는 명목으로 여아들이 음부 절제술을 받았어. 성욕을 드러내는 여성은 불순하고 음란하다고, 심지어 위험하다면서 마녀 취급을 했지. 시술 때문에 상처가 곪는 일은 부지기수고 성기를 봉합해버려 장기가 썩어가기도 했어. 목숨을 잃는 일도 흔했지."

얼굴을 찡그리는 아이들 사이에서 베키는 비교적 평온하게 말했다.

"화학적 거세는 지금도 있잖아요. 마녀 예방술이요."

헉, 뭐라고? 마녀 예방? 나는 할 말을 잃고 그만 굳어버리고 말았다.

"거세라는 게 무슨 뜻인 줄 아니?"

"네. 거세란 여성의 자궁이 이성과 따로 노는 걸 억제하는 현대적 교양 체계이자 문화양식이에요. 화학적 치료는 대체로 유아기에 집행되죠. 안 그러면 여자들은 모두 일찍 마녀가 되니까요."

거세가 여성호르몬 조절을 말하는 거라고? 나는 조심조심 그곳에 모인 네 명의 소녀에게 혹시 화학적 거세 처치를 받았냐고 물었다. 소녀들은 팔뚝이나 허벅지를 가리키며 어릴 때 호르몬 조절기를 삽입했다고 말했다. 마치 예방접종 받은 일을 설명하는 말투였다. 이제야 아이들 몸집이 유난히 작고 깡마른 이유를 알 것 같았다.

"남성들은? 성범죄자 처벌 목적으로 화학적 거세 하는 얘기는 못 들어봤니? 그런 건 강제적이고 반복적으로 여성에게 성폭력을 휘두르는 범죄자에게 집행하는 거 아니야?"

그러자 소녀들이 상식이라는 듯 말했다.

"그건…… 천부적 남성권이니까요."

"남자는 원래 다들 그러잖아요."

"대법관님과 주교님도 용서하고 축복하시는데요."

이곳에선 여성의 몸은 약물로 통제하면서 남성 성폭력은 용인되고 있었다. 조선시대에도 강간은 엄중히 처벌되었는데, 구태의연한 이 시대는 어디란 말인가? 다른 것보다 소녀들이 차분하다는 게 가장 속상했다. 일찍 시작된 통제에 이곳 소녀들은 상황을 체념하고 있었다. 전부 자발적 선택으로 보일 거였다. 예쁜 인형이 되는 일을 기꺼이 즐기고 있다고 해석될지도 모른다. 반면 주입식으로 교육받은 남성 중심 전제에 의문을 표하는 여성은 즉각 마녀로 낙인찍힐 터였다.

나는 또 다른 이야기도 들려줬다. 결혼 노예제가 보편적인 어느 가상의 나라, 한 남자의 아내가 된 소녀 둘이 서로를 도와 함께 도망쳤다. 같은 폭력에 맞서다 서로를 사랑하게 된 소녀들의 이야기였다. 뒤쪽에서 잠자코 듣고 있던 오스칼이 자꾸만 코끝을 문지르는 게 보였다.

"소녀들은 함께 폭력 남편을 죽이고 멀리 탈주했어."

"……"

소녀들은 이야기가 아니라 나를 가리키며 경악했다.

"비치 위치!"

미친 마녀? 무슨 뜻인지 몰라 베키를 바라봤다. 다른 아이들을 진정시키며 베키가 설명해주었다.

"아줌마, 남자를 죽이면 비치 위치가 되는 건 알죠?"

"마녀로 낙인찍힌다는 거야?"

그러자 베키가 코웃음을 쳤다.

"정말 몰라서 하는 말이에요? 비치 위치로 지정되면 즉결 처분이에요. 살아 있는 상태로 뇌가 적출된다고요."

경악한 표정의 소녀들 앞에서 턱이 바닥에 떨어질 듯한 충격을 숨길 수 없었다. 뇌 속으로 차가운 바람이 통과하는 것처럼 날카로운 서늘함이 스쳤다. 충격 때문인지 온몸이 저렸다. 나는 소녀들을 화장실 밖으로 내보냈다. 화장실을 나서며 소녀들이 냉소하듯 말했다.

"아줌마, 결국 우리는 브라이드예요. 신랑에게 선택받지 못한 여자들이 얼마나 비참하게 살다가 죽는지 아세요?"

소녀들은 모두 나를 똑바로 바라봤다. 그 비참함을 잘 말해주는 사람이 바로 나라는 듯.

다음 날 베키와 몇몇 소녀가 찾아왔다.

"심야 밀담회를 당분간 중단해야 할 것 같아요."

화장실 화합이 교장의 귀에까지 들어간 모양이었다. 무언가 말하려 했는데 토할 것처럼 어지럽기만 했다. 온몸을 휘젓는 지긋지긋한 통증이 오늘따라 극성이었다. 머릿속에 지렁이가 꾸물거리는 듯했다. 베키가 당분간 모이지 않는 게 좋겠다면서 모두에게 노트를 반드시 감추라고 당부한 밤, 나는 베키와 소녀들에게 마지막으로 이야기를 하나 더 들려주겠다고 말했다.

기숙사 불시 검문이 늘어 대부분 일찍 방으로 돌아갔다. 베키와 오스칼과 에이미. 이렇게 셋만 남았다. 조용하고 우울한 회합이었다. 우박이 쏟아지는 모양인지 빗소리가 크게 울렸다. 누군가가 군홧발로 지붕을 짓밟는 것처럼 위협적으로 들렸다. 마음이 쪼그라들어 음울해졌다.

마지막 이야기가 될 것 같다는 예감이 들었다. 관절이 끊어진 모양인지 팔다리가 움직이질 않았다. 청소 도구조차 제대로 잡을 수 없었다.

"신중한 그 여자는 조신하고 정숙했어. 부모와 형제에게 의무를 다했고 작은 일에 상처받는 여린 여자라 남에게 바늘 끝만 한 상처도 주지 않으려 항상 조심했어. 자신의 기분이나 욕망을 내세우는 일 없이 늘 인내했어. 어릴 때부터 성실했고 이런저런 시험을 치르며 성장했지. 다행히 좋은 친구와 신실한 동료가 곁에 있었어. 호기심이 많고 취미가 다양했고 책을 좋아하고 노래 부르는 걸 좋아했어. 노트에 유치한 시를 썼고, 유명한 노래 가사를 자기 일기 내용으로 개사해 부르곤 했어……"

그 여자는 신중히 신랑을 선택했다. 오래 대화했고 신

뢰를 키워갔다. 여자는 신랑을 위해 평생을 헌신할 수 있다고 생각했고 신랑도 같은 서약을 하며 결혼했다. 둘은 서로의 맹세가 되기로 했다.

결혼 후 여자는 그 남편에게 강간을 당했다.

"강간이 뭐죠?"

나는 소녀들이 알고 있는 '첫날밤'에 대해 말했다. 동의 없이 폭력을 수반하는 성행위를 강간이라고 설명했다. 사랑의 맹세를 한 상대가 저질러도 강간이 성립한다는 설명도 덧붙였다.

여자가 남편에게 강간을 당할 때마다 그 순간이 사진과 영상으로 촬영되어 단번에 수십만 명의 구매자에게 유포되었다. 나는 촬영과 유포가 어떤 상황인지 설명해야 했다. 소녀들은 모두 이해할 수 없다는 얼굴이었다. 여자도 이해할 수 없었다. 강간 영상을 살 준비가 된 남성 구매자 수십만 명이 언제나 한 곳에 모여 있다는 사실은 지금도 이해할 수 없다.

이 일을 신고한 뒤 여자는 자신의 아버지에게 구타를 당했다. 딸의 영상을 보았다는 지인의 이야기를 듣고 여자의 어머니는 자살을 시도했다. 이후에도 유사한 폭력이 이어졌다. 여자는 남편의 혀를 깨물고 망치로 그의 머리를 내리친 후 휘청거리는 남편을 붙잡아 성기를 절단

했다. 집 안을 엉망으로 만들며 저항하던 남편은 결국 죽었다.

"으……"

여기저기서 숨을 참다 터뜨리는 비명이 들렸다.

남편의 사망 장면은 라이브로 중계되고 있었다. 영상은 순식간에 수백만 명에게 확산되었다. 이를 기획하고 유포한 자들은 어마어마한 수익을 올렸다. 그리고 그 영상은 촬영자가 드러나지 않도록 세심하게 정돈된 뒤 고발 자료로 쓰였다. 여자는 상해죄로 처벌을 받았다.

나는 이 일들을 담담하게 설명하다 눈을 들어 소녀들을 돌아보았다. 놀란 얼굴과 당황한 얼굴의 소녀들 사이로 오스칼이 울기 시작했다. 오스칼의 등을 두드리며 베키도 흐느꼈다. 늘 의연해 보였던 둘이 눈물을 보이자 나도 감정이 북받쳤다.

"모든 남자가 그 남편처럼 괴물로 변하지는 않을 거라고 생각해. 하지만 괴물이 되어도 처벌받지 않는 데다 오히려 큰돈까지 벌 수 있다면 한 사람에 대한 맹세는 쉽게 버려질 수 있어. 너희가 말한 것처럼, 누군가가 괴물이 되는 일을 대법관과 주교들이 용서하고 축복한다면 말이야."

그 여자가 선택받을 만해도, 사랑받을 자격이 충분해도

일어날 수 있는 일이다. 젊거나 늙은 괴물들이 끊임없이 만들어지고 있었으니. 사랑받고 사랑하기에 충분한 여자들의 앞길에도 불운은 예고 없이 쏟아질 테니. 폭포수처럼, 지뢰처럼, 총탄처럼……

"나는 너희가 나와 같은 일을 당하지 않길 원해."

'나와 같은 일'이라고 표현한 뒤 나도 모르게 눈물이 터졌다. 그동안 겪었던 일들이 주마등처럼 빠르게 흐르며 머릿속을 뒤흔들었다.

사망하기 직전, 남편이 기름을 끼얹고 라이터를 던져 집 안에 불길이 일었다. 나는 요람에서 불타는 아이를 들고 달려 나갔다. 내 손과 팔이 타들어가는 건 상관없었다. 그러나 아이를 구하지 못하자 심장은 완전히 새까맣게 타들어갔다.

내 이야기를 들으며 그럴 수가 있느냐고 의심하거나 그럴 리가 없다고 부정하는 소녀는 한 명도 없었다. 모두 알고 있었다. 상대 남성의 열여덟번째 열아홉번째 소유물이 된다면 그런 일을 당할 수도 있다. 아니, 설령 상대 남성이 마음을 다해 사랑하는 유일한 신부가 된대도 크게 달라질 건 없다. 아무리 사랑받는다고 해도 누군가의 인형으로 사는 일은 행복할 수 없다는 걸, 어떤 가정이 붙는대도 모두가 완전히 안전할 수는 없다는 걸 그 밤에 나와 함께 울어준 소녀들은 모두 알고 있었다.

울다가 졸다가 깨니 날이 밝아 있었다. 아침이 되자 몸을 벌떡 일으켰다. 화장실 여기저기에 소녀들이 누워 있었지만 나는 청소를 시작했다. 멋대로 몸이 움직이는 이 기이한 프로그래밍은 오늘도 어김없었다. 관절과 인대가 끊어져 제대로 동작을 수행할 수 없는데도 일을 했다. 거친 길 위를 달리던 자동차 트렁크에 누워 있었을 때처럼 몸이 함부로 펄떡댔다.

고통과 슬픔 때문에 눈을 뜰 수도 정신을 차릴 수도 없는데도 몸은 쉼 없이 걸레를 짜고 바닥을 닦고 변기를 솔질하는 동작을 반복했다. 사방에 정신없이 물이 튀자 소녀들이 물러섰다.

베키가 내 얼굴을 들여다보는 것이 얼핏 보였다. 나를 부르는 베키의 목소리가 점점 멀어지고 있었다. 나는 주어진 일을 수행하던 그 상태로 쓰러지고 말았다. 별다른 처치는 없었다.

남편을 살해한 뒤 나는 살인죄 형량 이상의 가중처벌을 받았다. 쾌씸죄가 추가된 것이다. 남성의 혀와 성기를 잘 랐다는 사건이 보도되자 많은 남성이 분개했다. 혀로 상징되는 발언의 능력, 성기로 상징되는 남성의 욕망을 제거한 여성이었기 때문이다. 나는 세상의 절반을 적으로 마주하게 됐다. 강간 영상 유포에 대한 언급은 없었다. 남성을 대상으로 한 여성 범죄 중 대표적인 악랄한 사건으로 언급된 뒤, 나는 장기 수면형에 처해졌다. 무려 40년을 잠들어 있었다. 이십대였던 나는 육십대가 되어서야 깨어났다.

그 사이 소녀들에 대한 관리가 시작되었다. 화학적 여성 호르몬 조절기가 유아기 여성에게 삽입되었다. 여성 인권에 대해 문제 삼는 이들도 있었으나 그보다 출산을 기피하는 여성에게 임신을 유도해 민족을 존속시켜야 한다는 목소리가 크게 힘을 얻으며 집행되었다. 한국은 이미 인구 소멸을 목전에 두고 있었기 때문이다.

수면형이 끝나 깨어난 뒤 나는 이전 기억을 잃고 청소일을 시작했다. 왜 사형을 집행하지 않았을까,라는 의문도 들었지만 이제는 알았다. 늙은 여자들도 담당할 일들이 있었다. 돌봄 노동과 양육, 값싸게 쓰다 버려지는 임시직의 감정 노동, AI가 개발되지도 투입되지도 못하는 가장 불안정한 일자리. 복지 사각지대에서 할 일은 많았다. 전과가 있는 자도 재활 교육 명목의 시술을 받고 이런 노동 현장에 투입될 수 있었다.

어느 날 거울 속에 비친 얼굴을 들여다보다 앞머리를 들어 올려 보곤 알았다. 이마에 선명한 자국이 남아 있었

242

다. 형기 중에 몸을 프로그래밍하기 위한 무언가가 이식된 것이다. 나는 충동 제어라는 명목의 로보토미 시술을 받았고 청소 노동에 적합하도록 시간대별 움직임까지 추가로 설계되었다. 이곳은 먼 옛날이야기 속 세상이 아니었다. 내가 벗어나고 싶었던 현실로부터 고작 40년 후의 미래였다.

기억을 되찾은 직후, 나는 학교에 찾아왔던 예비 신랑이라는 노년 남성들의 정체를 쉬이 짐작할 수 있었다. 성착취물을 구매했던 수십만 명 중 약한 수준의 처벌이라도 받은 경우는 극히 일부였다. 아무도 처벌받지 않았다고 말하는 편이 진실에 가까웠다. 그들은 평온하게 나이 들어 여전히 누군가를 착취하고 있었다. 예비 신랑들이 40년 전 어떤 삶을 살았던 남성일까 떠올려보던 나는 그 근엄한 얼굴들의 삶의 궤적과 정체를 완전히 알아챌 수 있었다.

한편 학교에선 오스칼이 교장을 살해하려다 실패했다. 그날 오스칼과 함께 교장실에 잠입한 젊은 남성이 있었다. 오스칼의 죽마지우라는 소문이 있었다. 살인 미수 사건의 배후로는 내가 지목되었다. 그동안 한 번도 얼굴을 마주한 적 없던 학교의 책임자들이 전부 화장실로 모여들었다. 처음 보는 사람들이 나를 비난했다.

"범죄자에게 편한 일을 주었더니……! 재활도 불가능한 쓰레기로군."

"순진한 소녀들을 미혹시키고 세뇌했어."

"동성애라는 죄악을 퍼뜨린 악마잖아."

그나마 말이 좀 통할 것 같은 사람마저 나를 비난해 조금 서글퍼지고 말았다.

"소녀들에게 왕자님을 기다리라고 말했다면서요? 좀 웃기네요."

나는 퇴거 명령을 받았고 경찰에 인도되었다. 학교를 나가려 했지만 몸이 전혀 움직이지 않았다. 의식이 희미해지고 있었다. 전원이 꺼져가듯 그저 꿈틀거리고 있었다. 더는 주도할 수 없는 몸에서 의식을 끄는 일이 최소한의 저항이란 생각이 들었다.

몸속의 핏물과 수분이 전부 쏟아지는 것처럼 눈물과 한탄이 흘러넘쳤다. 한 치 앞도 볼 수 없었지만 비통함을 받아주는 누군가의 작은 손을 느꼈다. 베키가 눈물을 닦아주고 있었다.

"수빈 아줌마."

"아줌마, 아줌마……"

아줌마라고 불려서 좋았다. 아줌마란 이름이 나는 참 좋았다.

4

요조 브라이덜 하이스쿨이 폐교된 건 오스칼의 퇴학 처분이 내려진 직후였다. 학생들은 오스칼이 교장에게 강간당했다는 사실을 알게 된 직후, 오스칼의 징계를 거부하며 단체 행동에 돌입했다. 교장실을 점거했고 교장의 파면을 요구했다.

교장이 학생에게 저지른 일이 알려지자 예비 신랑들은 마치 자신들의 소유물이나 구매 예정 상품에 하자가 생긴 것처럼 굴었다. 결국 신랑들은 요조 브라이덜 하이스쿨을 대면식 방문 학교에서 제외했고, 폐교가 결정되었다. 한때 베키를 세번째 신부로 맞으려 했던 류지도 다시는 학교를 찾지 않았다.

소녀들은 피부를 커터로 찢고 피하에 이식된 화학적 호르몬 조절 장치를 빼냈다. 더는 교복도 입지 않았다. 신랑들이 선호한다는 긴 생머리나 단정한 컬도 그만두었다. 쇼트커트 스타일로 자른 머리를 헝클어뜨렸다. 복장과 소지품이 달라지자 소녀들이 풍기는 분위기까지 확연히 다양해졌다. 학교를 물들이는 색상이 다채로웠다.

수빈 아줌마의 화장실에서 밤마다 밀담을 벌였던 아이들은 이마에 그림을 그려 넣었다. 수빈이 로보토미 시술을 당한 흔적과 똑같은 위치였다. 세번째 눈처럼 도안을 그려 넣는 소녀도 있었다. 이마나 팔뚝에 B.W.(비치 위치) 라고 새기는 타투도 유행했다.

소녀들은 고향으로 돌아갈 짐을 쌌다. 그동안 제작했던 동인지는 필사를 거쳐 복제되었고 귀향 가방에 잠시 머물다 곧 전국으로 퍼질 예정이었다. 동인지 원본은 학교에서 유일하게 책이 있던 교무실 서류 책장에 나란히 꽂혔다. 베키는 이 책장 위에 '도서관'이라는 스티커를 만들어 붙였다. 학생들 외에 이 변화에 주목하는 이는 아무도 없었다.

소녀들은 퇴출당하는 것이 아니었다. 모두가 이야기 밖으로 벗어나려 하고 있었다. 직접 만든 이야기 속 주인공에 빙의해, 각자의 해방으로 향하려 했다.

학생 대부분이 귀향하고 난 뒤, 기숙사 뒤편 공터에선 조용히 베키의 장례식이 거행되었다. 베키의 양부모가 시신을 인도받지 않겠다는 뜻을 밝혔고 밀담회에 참석했던 소녀들이 직접 장례식을 주관했다. 장례식에 참석한 소녀들은 작은 병에 유골을 나눠 담았다. 유골함에는 베키의 이름이 씌어져 있었지만 실제로 화장된 이는 수빈이었다. 베키는 수빈에게 자신의 이름을 주었다. 자신의 사회적 삶을 수빈에게 양도한 뒤 베키는 새로운 인생을 시작하고

자 했다.

　장례식이 끝난 직후 베키가 오스칼에게 다가갔다. 학교
의 폐쇄 결정 직전 퇴학을 당해 오스칼은 다른 학교로 전
학 가는 일도 불가능한 상태였다. 몇몇 소녀도 오스칼 주
변에 모였다. 에이미가 오스칼에게 다가가 팔짱을 꼈다.
오스칼이 아이들 앞에서 쭈뼛쭈뼛 고백했다.
　"있잖아, 애들아. 나, 사실 좋아하는 남자애 있어. 소꿉
친구야."
　소녀들은 교장실 잠입에 함께했던 죽마지우 소년을 떠
올렸다.
　"아, 오스칼에게 신랑이 있었구나."
　"같이 싸우는 왕자님이라니, 정말 멋지다."
　오스칼은 금방이라도 울 것 같은 표정으로 고백했다.
　"그동안 우쭐댔어. 너희에게 관심받는 걸 즐겼어. 보이
시한 옷도 사실 내 취향은 아니었어. 미안해."
　팬클럽 '오스칼 응원단'의 리더였던 에이미가 팔짱을
풀지 않고 말했다.
　"사실 우리도 다 알고 있었어."
　갑자기 죄 사함을 받은 듯 오스칼이 놀랐다.
　"어떻게 알았어?"

에이미가 다정하게 웃었다.

"나는 BTBL이거든. 본 투 비 레즈는 다 알아볼 수 있지."

"근데 왜 아무 말 안 했어?"

"네가 번민하는 게 귀엽더라고. 내가 쓴 팬픽「오스칼의
비밀 일기」에 그런 대사가 있는데 한번 읽어볼래?"

오스칼은 자세를 바로잡고는 그동안 보여주지 않은 미
소로 활짝 웃었다. 눈가에 약간 이슬이 맺혀 있었다.

"응!"

친구들과 헤어진 뒤 베키는 수빈이 머물던 화장실에 들
렀다. 수빈의 간소한 유품을 정리하고 몇 가지는 주머니
에 넣었다. 불에 탄 것처럼 끄트머리가 잘려 나간 끈을 발
견해 제 손목에 묶었다. 불에 그을린 리본 끝과 화상 자국
처럼 보이도록 그려 넣은 타투가 잘 어울렸다.

거울 속 베키는 조금 나이 들어 보였다. 청소원 옷차림
과 어두운 피부 톤, 주름이 가득한 얼굴로 변장했다. 잘 들
여다보면 어색한 화장이었지만 학교를 나서자 아무도 베
키의 진짜 이름과 나이를 상관하지 않았다. 완벽하게 투
명 인간이 될 수 있었다.

베키는 옆 학교, 또 다른 신부 학교인 '순결 브라이덜 하
이스쿨'에 청소부로 지원했다. 화장실을 청소하며 그곳에

248

들르는 소녀들에게 말을 걸어볼 생각이었다. 수많은 이야기가 베키의 심장에 새겨져 있었다.

베키는 비로소 알았다. 이로써 자신이 수빈의 역할을 이어가게 되었다는 것을. 완벽하게 수빈에게 빙의했다는 것을. 완전히 새로운 삶, 새로운 이야기 속으로 들어왔다는 것을. 트집잡히고, 비난당하고, 겁박당하고, 탄압받고 박해받다 처형당해도 절대로 죽지 않는 전설의 마녀가 되었다는 것을.

여행이 다시 당신을 찾아옵니다

1

"루이스, 우리 앞으로도 계속 만날 수 있을까요?"

나와 접속된 당신의 목소리가 떨렸다. 떨림이 감지되었고 나까지 덩달아 떨리는 목소리로 당신의 말을 번역했다. 루이스가 나를 지긋이 바라보며 당신에게 말했다.

"제나, 당신과 직접 만났다면 우린 각별한 사이가 되었을 겁니다. 이렇게 마음이 잘 통하는 사람을 만나다니, 정말 신기해요……"

루이스는 남미 쪽 억양이 강하게 묻은 담백한 스페인어를 구사했다. 단순 과거 시제를 자주 사용했다. 지금 막 일어난 일을 묘사할 때조차 이미 끝났다는 뉘앙스를 풍겼다. 그의 언어 습관 속에 과거는 과거일 뿐이라는 태도가 느껴졌다. 반면 당신은 자주 앞으로의 계획에 대해 말했다. 당신의 말에는 오늘은 내일을 대비해야 하는 날에 불과하다는 태도가 투영되어 있었다.

당신과 루이스는 어제부터 세 번에 걸쳐 이곳 노천카페에서 만났고 서로 호감을 느꼈다. 가치관은 달랐지만 이야기의 공통 주제가 끊이지 않았다. 그렇게 영원히 계속될 것 같은 대화가 이어졌다.

단일하고 공통적인 행동 방식이 요구되는 팬데믹 시대. 안전을 위해, 위험 요소를 줄이기 위해 조금이라도 남다른 행동을 취하는 상대는 경계해야만 했다. 하지만 사람들은 이런 시대에도 자신과 다른 존재에게 매력을 느꼈다.

말없이 두 사람의 시선이 교차했다. 나는 당신이 보고 있을 화면의 카메라 필터를 바꿔 조금 더 로맨틱한 신을 연출했다. 당신이 이미 사랑에 빠졌다는 걸 알 수 있었다. 루이스도 호감을 숨기지 않았다. 나는 그의 깊은 눈을 조금 더 클로즈업해 당신에게 보여주었다. 몸을 크게 움직이면 모터 소리가 날 수 있기에 조심했다.

이 순간 당신은 낯선 세계가 당신을 사랑하고 있다는 감각을 느낀다. 여행자들이 흔히 느낄 수 있는 쾌감이다.

낯선 곳, 낯선 사람 앞에서 나다움이 통용될 수 있다는 확신을 느낀다. 지금까지의 삶을 긍정하는 충족감이 온몸을 감싼다. 지금껏 아등바등 머문 곳이 세계의 전부는 아니라는 걸 다시 확인한다. 여행 중 사람은 사랑에 빠지기 쉽다. 자기 자신을 사랑하기도 타인을 사랑하기도 쉽다. 팬데믹 시대, 인류가 여행이라는 아름다운 습관을 잃어버린 것은 사랑할 기회를 잃어버린 일이나 다름없다.

그런데 루이스와 당신의 사랑은 이뤄질 수 있을까? 나는 0에 가까운 확률을 도출했다.

가장 큰 문제는 나의 존재다. 나는 당신을 대신해 이 여행에 와 있다. 이럴 땐 참 미안하다. 매끄러운 통역 기능을 제공했기에 두 사람은 언어 장벽을 뛰어넘을 수 있었다. 내가 당신들의 시작을 매개한 건 사실이지만 지금처럼 결정적 순간에 내 존재는 방해가 될 뿐이다.

루이스가 시계를 보더니 내 눈 속에 있는 당신에게 미안하단 표정을 보였다. 서울에 있는 당신이 초조해지기 시작했다. 루이스는 싸구려 백팩커®에 접속된 서울의 한 여성을 바라봤다. 그가 교양 있는 사람이란 걸 느낄 수 있다. 곧 접속이 끊어질 상대란 이유로 사람들은 부담 없이 무례해지기도 하건만, 루이스는 당신을 직접 대면하는 것처럼 행동했다. 당신에게 대하듯 똑같은 태도로 나를 대했다. 당신이 말을 이었다.

"당신을 직접 만나고 싶어요. 우리 팬데믹이 끝나면
......"

팬데믹 종식 선언은 '내년 이맘때'를 반복적으로 기약
하며 수십 년간 미뤄졌다.

'앗, 팬데믹이 끝날 날을 기준으로 대화해선 안 되는
데......'

나는 당신의 말을 동시통역하다 당신 대신 아차, 싶었
다. 당신은 매번 희망을 안고 다음번을 기약해왔다. 그저
입버릇일 뿐이란 걸 알지만 이 상황에선 오해를 불러일으
킬 표현이었다.

당신과 달리 루이스는 끝내 거짓말이 되어버리는 허
망한 약속을 미워하는 사람이었다. 세계의 끝까지 제 발
로 걷다 여행 중에 죽는 삶도 나쁘지 않다고 여겼다. 항체
가 없다는 이유로 같은 곳에 머물 수 없는 사람이었다. 팬
데믹 시대의 낭만은 세대별 지역별 문화별로 천차만별이
니까.

"그때면 나는 객사해 있을 것 같군요, 하하."

그가 어색한 웃음과 함께 진심을 농담처럼 말했다.

"루이스, 뭐 해? 지금 출발해야 해."

다른 목소리가 끼어들었고 루이스의 부드러운 미소가

굳어졌다. 그가 자리에서 일어났다.

"제나, 즐거운 여행 하길 바랄게요."

당황해 말을 잃은 당신이 지구 반대편에서 허둥대는 소리가 들려왔다.

"루이스! 전화, 아니 이메일이라도……"

한발 늦게 터져 나온 당신의 목소리는 루이스의 귀에 닿지 못하고 공중에 흩어졌다. 루이스의 동행인 여성이 뒤를 돌아보더니 찡그린 얼굴로 빤히 나를 바라봤다. 그녀가 바라본 건 나와 접속된 당신이 아니었다. 그녀가 경멸의 눈빛을 보인 건 나였다. 둘은 작은 차를 타고 다음 장소로 떠났다. 나는 남겨졌고 당신도 서울에 홀로 남겨졌다. 당신이 책상에 쿵, 하며 이마를 찧는 소리가 들렸다. 당신을 위로하고 싶었다.

'고객님, 여행지에서 누군가를 만나는 일은 대체로 이별을 전제로 하잖아요.'

나는 싸구려 로봇이지만 오랫동안 여행 대리인으로 일해왔다. 여행을 통해 취득한 경험치를 당신에게 전하고 싶었다. 하지만 당신의 상심이 짐작되어 쉽게 말하진 못했다. 당신의 떨림이 내게 전달된 것처럼 내 마음도 당신에게 전달되면 좋으련만.

나는 잠시 커피 잔을 들여다보는 척하며 당신 마음이

잔잔해지길 기다렸다.

"어떡하지! 루이스 같은 애를 다시 만날 수 있을까? 젠장, 쫓아갈까?"

좋은 방법이 아니었다. 나는 살며시 고개를 저었다. 당신의 화면에 보이는 커피 잔이 좌우로 흔들렸을 것이다. 루이스가 당신에게 호감을 느낀 건 사실이지만 관계가 이어지긴 힘들다. 그는 기어이 여행을 나서는 사람이고 당신은 여행을 떠나는 다른 방법을 찾는 사람이니까. 나는 예정했던 다음 일정을 당신에게 고지하기로 했다.

"다음 목적지 오투루 시티로 가려면 지금부터 도보로 3분 이동, 15시 23분 모노레일에 탑승해야……"

"세상에, 비싼 돈 내고 원격으로 상처받다니! 이딴 대리 여행 따위, 돈만 버렸어."

나는 안다. 당신은 여행에 실망한 게 아니다. 우리 서비스를 처음 접한 이용자 중 약 27.6%가 우울함을 느꼈다는 보고가 있다. 대리 여행을 통해 사람들은 떠나지 못하는 자신의 현실을 직시하기도 하니까. 당신이 느끼는 울분은 당연하다. 자유롭게 이동하지 못하게 된 후 삶은 더욱 제한되었다. 사랑스러운 사람을 만나도 이전처럼 사랑할 수 없게 되었다. 과거에도 만족스러운 삶은 아니었지만, 지금은 더 나빠졌다고 느낀다.

그렇지만 도착 시간이 연기되고 혹은 취소되며 처음 계획이 엉망이 되는 게 여행 아닐까? 여행이 주는 경험과 추억은 다양할 텐데, 당신 여행의 최종 목표는 뭐였을까? 어딜 가나 내 집 같은 편안함과 익숙함이 보장되는 럭셔리 호텔 게스트®로 학습된 게 아닌 나는 잘 모르겠다. 팬데믹 시대에 초저가 여행을 대리하는 백팩커®인 나는 우연과 돌발 상황 그리고 사고를 헤쳐가는 것이 여행의 본질이라 여길 따름이다.

국경을 넘는 일이 간단하지 않게 된 시대에도 사람들은 비일상적 경험을 찾았다. 단조로운 일상은 계속되었고 이를 지속할 이유는 필요했다. 제한된 환경 속에서 최대한 이전과 유사한 체험을 원했다. 이동이 어려워진 시대였지만, 사람들에겐 여전히 여행이 필요했다.

추가 액티비티로 연애 전용 옵션 투어도 있다고 안내하려다가 그만두었다. 고객이 감정적으로 흥분한 상태일 때 마케팅 목적이 분명한 안내를 전하면 화만 돋울 뿐이다. 사실 옵션 투어지인 펌엔 백팩커®들만 우글거린다. 고객 사이에도 이미 소문이 났다.

"고객님의 매력은 어느 나라 문화권 사람에게나 통용된다고 생각해요."

고심해서 말한 나의 위로는 당신에게 가닿지 않았다.

당신은 즉각 오프라인 상태가 되었다.

'흐음······ 이제 어쩐담.'

나는 실험이라는 이름으로 함부로 발로 걸어차던 브링턴 다이내믹스® 개발사의 이족 보행 로봇을 본체로 활용하고 있다. 이동 이외의 기능은 대부분 얼굴 표면에 장착된 구식 태블릿이 담당한다. 화면에 띄운 얼굴은 AI가 생성한 저작권 없는 인물 사진을 사용한다. 나는 고객의 지시에 따라 이동하며 고객은 나를 통해 시청각 정보를 얻는다.

물류업과 배달업에 이족 보행 로봇이 대량 투입되면서 본체 제작 단가가 확 떨어졌다. 고장 나거나 길에 버려져도 이윤에 큰 지장이 없다는 신생 여행업자들의 판단 아래 우리 백팩커®가 탄생했다. 하지만 고객에게 이런 식으로 버려지는 일에는 도무지 익숙해지지 않는다.

나는 디투어Inc. 대리점에 이슈 보고용 티켓을 하나 등록했다. 그리곤 가까운 곳에 있는 백팩커® 전용 로커 룸을 검색했다. 다음 매칭을 기다리는 동안 점검을 좀 받아두는 게 좋을 것 같았다. 가장 가까운 로커 룸의 이름은 '스위트 홈'이었다. 돌아갈 집이 없는 처지지만 창고나 수리소를 연상시키는 이름보다 훨씬 마음에 들었다. 본체는 싸구려 소모품이지만 초인공지능 퀄리티는 예외적 상황에 적절한 판단을 내릴 정도로 뛰어나다는 게 내 자부심이다. 회사 서버에 원격으로 접속해 있지만 현지에서 자율적으로 이동하는 독립된 개체다. 전통적으로 프리랜서라 불리던 사람들과 비슷하다. 각종 리스크를 혼자 부담해야 하는 것까지 유사하다.

나는 마시지도 못한 식은 커피를 남겨두고 자리에서 일어났다. 카페 종업원이 혀를 차는 소리가 들렸다. 커피값을 내고도 자리를 차지했다는 이유만으로 욕을 먹는 일은 어딜 가나 여전했다.

"아시아 애들이 북적거릴 땐 동네가 시끄럽더니만, 요즘에는 지저분해졌어. 고철 덩어리들이 고장나서 거리에 뒹굴기나 하고 말이야, 쯧."

나는 못 들은 척 카페를 나왔다. 사람이 접속되어 있다곤 하지만, 눈앞의 로봇에게 서비스를 제공하고 로봇이 떠난 자리를 치워야 한다니, 종업원 입장에선 화가 날 법한 일이다. 이해할 수 있었다.

로커 룸을 향해 걷기 시작했다. 코트로 몸을 감싸자 보행 시 발생하는 모터 소리도 잦아들었다. 추운 계절이 여러모로 이동하기에 유리했다. 인적이 드물어지면 골목에서 갑자기 튀어나오는 악의와 마주칠 확률도 낮기 때문이다.

꽁꽁 언 흙바닥 위로 낮게 바람이 불었다. 전 세계 사람들이 사랑했던 유명 관광지 오투루는 팬데믹 이후 관광객이 급감했다. 아시아 관광객은 거의 보이지 않았다. 감염률과 사망률, 항체 생성률이 비슷비슷한 인근의 무비자 입국 가능자들만 오가며 간신히 관광산업을 지탱하더니 썰렁한 분위기가 되고 말았다. 한때 오투루 사람들은 아시아 관광객들이 드라마 촬영지 같은 역사성 없는 장소에만 몰려다닌다며 혀를 차곤 했는데, 지금은 경멸의 시선이 방향만 바뀌어 고스란히 우리를 향했다.

방금 올렸던 이슈 티켓에 알림이 떴다. 고객이 결국 중도 포기를 선언한 것이다. 나는 붕 떠버린 시간 속에 홀로 남았다. 실은 이 시간을 좋아한다. 이제부터 이동하는 일은 오로지 나만의 여행이다. 흥미로운 새 개척지를 찾아 시스템에 등록하는 일이 적성에 더 잘 맞았다.

거리에 현지인들이 드문드문 보였다. 한시적으로나마 항체를 보유하고 있거나 항체가 없어도 개의치 않거나 항체가 없어도 밖에서 일해야만 하는 사람일 것이다. 길에서 죽게 될 순간을 각오했든 그렇지 않든 모두 건강하길. 아무도 죽지 않길. 나는 습관처럼 기도했다.

2

로커 룸 부근에서 나는 본체가 파손된 동료를 발견했다. 재활용이 불가능해 보일 정도로 손상이 심했다. 폐품 수거자들의 적은 수입이 되는 것으로 여행의 마지막을 장식하는 경우가 많았다. 살펴보니 다행히 메모리가 남아 있어서 수거했다. 우리 대리점 소속 동료는 아니었지만. 모든 백팩커®의 경험은 새로운 시대의 새로운 경험 데이터로서 가치가 있다. 내 생각은 아니고, 우리 서비스의 초기 매뉴얼에 그렇게 적혀 있었다.

로커 룸은 꽉 차 있었다. 백팩커®들이 본체를 수리받으며 여행 로그를 정리하고 있었다.

현지인으로 보이는 오너는 느릿느릿한 움직임으로 파손된 백팩커® 몇 대를 조립해 새로운 본체 한 대를 만드는 중이었다. 느긋한 얼굴로 일하는 오너의 표정이 여유로워 보였다. 자동차 정비소 같은 데에서 오래 일했던 숙련자일 것 같다. 그의 작업대 가까운 곳에 가족사진이 놓여 있었다.

먼저 온 동료들은 한창 로그 편집 작업 중이었다. 로비에 대기 중인 동료들의 얼굴에 수많은 여행지가 떠올랐다. 우리의 여행 로그는 고스란히 일반에 공개되기도 하는데 폭행이나 사고 현장 등 부정적 인상을 주는 장면은 가린 뒤에 공개했다. 우리가 현지에서 차별받는 장면이 가감 없이 드러나면 여행 상품으론 실격이기 때문이다. 우리는 사고 발생 타임라인 시작과 끝에 일일이 '블랙 포인트'라 부르는 플래그를 지정했다. 로커 룸에 도착하면 백팩커®들은 플래그 작업을 시작한다. 실은 동료들의 여행 로그를 지켜보는 일은 나의 은밀한 취미이기도 하다. 익숙한 데이터를 발견하면 '아, 나도 거기 갔었어'라고 반갑게 말을 걸고 싶어졌고, '넌 그곳에서 뭘 봤니'라고 묻고 싶어지기도 했다. 우리는 개체별로 데이터 학습 패턴이 다양하므로 같은 곳에서 분명히 다른 것을 봤을 것이다.

오후 5시, 배터리는 아직 충분했다. 나는 로커 룸 입실까지 대기하는 동안 동네를 한 바퀴 산책하기로 했다. 로커 룸 입구로 나오자 장비를 갖춘 오너가 마침 길을 나섰다. 아무래도 오너는 백팩커스 파트너®로도 일하는 듯했다.

"오너 님도 대리 여행 가세요?"

"응, 저녁 시간에만 잠깐."

"백신 맞으신 거예요? 항체 생긴 사람이 취업한다던데."

오너는 말없이 웃었다.

"위험한 데면 그냥 저희한테 넘기세요."

대리점 사람들이 현장에 나와 일일이 관리하진 않으니까 여분의 본체만 있다면 사람이 직접 나가지 않더라도 얼마든지 편법은 있을 거였다. 오너는 여전히 느긋해 보이는 표정으로 내게 말했다.

"식비 아끼는 거야. 고객이 지급한 돈으로 음식 주문하잖아. 너희들이 가면 음식은 버려지지만 나는 먹을 수 있으니까. 식도락 여행 전문 파트너로 등록했거든."

나는 아까 버렸던 커피를 떠올리며 고개를 끄덕였다. 오너와 나는 반대 방향으로 걸음을 옮겼다.

한참 걸었더니 운치 있는 성곽이 보였다. 나는 위치 정보에 기반해 사진 데이터를 검색했다. 내가 서 있는 길, 같은 각도에서 등록된 사진이 연도별로 주르륵 떴다. 전부 팬데믹 이전의 사진이었다. 나는 사진을 오버랩하여 풍경을 바라보았다. 한때 관광객들이 줄 서서 사진을 찍던 곳이었다. 현지 명물인 아이스크림이나 기념품을 사는 등 떠들썩했던 풍경은 고요함 속에서 과거로 밀려나 있었다. 사진을 천천히 페이드아웃하자 앙상한 풍경이 고스란히 드러났다. 봄에도 좀처럼 따뜻해지지 않는 동네였다. 동토에 단단하게 새겨진 누군가의 발자국이 보였다. 마치 달 표면에 처음 도착한 닐 암스트롱의 역사적 발자국처럼 보였다. 외로운 발자국이었던 역사는 다른 누군가가 도착한 후에야 평범한 일상이 되었음을 증명하게 될 것이다.

신중하게 거리를 걸었다. 건물 안에서 어떤 이가 내게 물을 끼얹었기에 살짝 몸을 피했다. 손님을 반기려던 가게 주인이 내게 접속된 사람이 없다는 걸 확인하고 눈길을 거뒀다. 민폐를 아랑곳하지 않고 소음을 발산하는 사람들이 다가오자 옆 골목으로 이동했다. 등 뒤에서 누군가 갑자기 발로 차는 바람에 나는 앞으로 쓰러졌다. 그 후론 사족 보행으로 걸었다. 이족 보행 때보다 눈높이가 낮아지자 불편해 보이던 사람들의 시선도 잦아들었다. 거리에서 마주치는 무관심과 악의 사이를 걸었다. 요리조리 피하고 싶었지만 전부 다 피할 순 없었다.

태블릿에는 고기능 AI가 탑재되어 있지만 리얼 타임으로 통신되기에 본체와 핵심 부품이 고장나도 백업 및 유지가 가능하다. 본체는 폐기되어도 상관없다. 문제는 이 점 때문에 운영사뿐 아니라 사람들도 우리를 소중하게 다루지 않는다는 점이었다.

역설적이지만 싸구려 본체가 사람들에게 받아들여질 때 몹시 기뻤다. 값싼 존재라는 점이 오히려 인류애를 테스트하고 있다는 생각마저 들었다. 사람을 피하지 않는 길고양이를 보고 그 마을의 범죄율이 낮을 거라고 예상하듯 말이다.

한참을 또 걷다 보니 집 마당에서 스노클링 장비 같은 마스크를 쓰고 혼자 놀던 아이가 나를 발견하곤 말을 걸었다.

"앗, 나그네다! 어디 가?"

아이가 나를 예쁜 이름으로 불러주어 기뻤다.

"안녕? 나그네라는 말은 어디에서 들었어?"

"우리 아빠도 전문 나그네®였거든."

"아, 트립 어시스턴트 서비스 말하는 거구나."

백팩커® 이전에 유사한 서비스가 있었다. 그때는 사람들이 직접 담당했다. 유명 여행지를 방문해 콘텐츠를 생산하는 여행 전문 브이로거들을 당시 나그네®라 불렀다.

"부럽다! 나그네는 세상 어디든 갈 수 있잖아."

아이의 말에 갑자기 마음이 환해졌다. 꾸중 섞인 엄마의 목소리에 이끌린 아이가 집 안으로 들어가면서 크게 손을 흔들었다. 나는 잠시 그곳에 서서 아이가 만든 모래밭 속 바다 풍경을 바라보았다.

배터리 방전 예상 시간이 떴다. 나는 로커 룸으로 돌아가는 발걸음을 서둘렀다. 본체가 방전되거나 사고를 당하기 직선에 나른 본체로 데이터를 전송하는 방법도 있지만 나는 한번 접속한 이상 소중하게 다루고 싶었다. 버려져도 상관없는 존재이지만 함부로 버려지고 싶지 않았다. 여행이 내게 다양한 역설을 가르쳐준 셈이었다.

로커 룸에 도착했지만 오너는 아직 돌아오지 않은 모양이었다. 자리에 놓인 가족사진에 눈이 갔다. 아내와 두 명의 아이. 네 가족이 함께 거실에 누워 있는 모습이었다. 거실은 여행 내내 그의 최종 목적지일 것이다. 그가 무사히 스위트 홈으로 돌아가길 바랐다.

스위트 홈에 예상보다 오래 머물게 됐다. 한동안 고객과 매칭이 되지 않았다. 공개된 내 로그에 악평이 따라붙었다. 제한적인 이동 방식, 통역 봇 퀄리티에 대한 언급은 납득했다. 하지만 스모그가 잦았던 현지 날씨에 대한 언급은 나에 대한 평가와 무슨 관계가 있는 건지? 나는 회사 내부 서버에 시말서를 남겨야 했다.

대리점의 지시로 신규 여행지 개척 업무를 맡았다. 다른 백팩커®의 데이터가 없는 곳을 찾아다녔는데 현장에 가보니 바로 이유를 알 것 같았다. 백팩커® 혐오자들이 불쑥불쑥 나타났다. 메모리까지 손상되지 않도록 이동에 신중을 기했다. 혹시 파손당하더라도 소멸 직전에 무사히 전송을 완료할 수 있길. 이번엔 나를 위해 기도했다.

3

얼마 후 대리점 여행 기획자라며 시오리라는 사람이 말을 걸어왔다.

"여행 코스를 재밌게 짜는구나?"

그는 백팩커®들이 축적한 데이터를 조합해 신규 여행 코스를 개발한다고 했다.

"옛날에 살던 동네에 가보고 싶은데 대신해줄 수 있겠어?"

나는 시오리가 말한 지명을 듣고 그러겠다고 수락했다. 로커 룸 안에 들어가 문을 닫았다. 시오리가 내 데이터를 전송 처리했다.

잠시 후, 핀칼로의 한 로커 룸에서 데이터가 전송 완료되었다는 메시지를 들었다. 로커 룸 문을 열고 나오자 나는 투박하게 생긴 사족 보행 본체로 변해 있었다.

"여기 길이 험해서 이동하기 적절한 본체로 바꿔봤어."

"네, 근데 정말 사람이 아무도 없네요."

"한때는 북적북적했었는데 말이야."

핀칼로는 핵폐기물 저장소를 유치해 한때 번성한 도시였는데 폭발 사고 후 오염 지역이 되었다. 다크 투어를 원하는 사람이 많아 백팩커®들도 꽤 보였다. 수십 년간 방치

된 곳이라 지면이 거칠었다. 차량이 이동할 수 있는 제한된 곳을 중심으로 자율 주행 버스가 순환했다. 탑승자들은 전부 백팩커®들이었다. 다크 투어리스트들은 이전에 사고가 발생했거나 현재에도 고농도 방사능 유출 위험인 지역만을 골라 다녔다. 나는 시오리의 지시대로 투어 지역을 벗어나 좁은 골목으로 들어섰다. 한참 폐허 사이를 걷자 시오리의 목소리가 상기됐다.

"와! 풍경이 싹 다 변했는데 그래도 기억이 또렷해."

"카메라 위치를 높일까요?"

"아니, 네 시선이 낮아서 내 어릴 때 기억과 꼭 맞아. 아주 좋은걸."

시오리가 이전의 기억을 곱씹으며 줄곧 탄성을 터뜨렸다.

"어머, 어머! 나 완전 착각하고 있었어."

"뭐를요?"

시오리는 개인적인 경험을 떠들어댔다.

"나 초등학생 때 핀칼로중학교 옆에 살았거든. 근데 핀칼로중학교에 입학하고서 집이 전에 다니던 초등학교 근처로 이사했어. 그래서 기억 속에서 두 곳의 정보가 완전히 뒤죽박죽이지 뭐야? 지금 알았어."

그녀의 머릿속에서 벌어지는 일을 전부 이해할 순 없

었지만 내 여행을 통해 그녀가 감격하고 있다는 것만큼은 알 수 있었다.

"앗, 잠깐. 그 골목을 비춰줘."

나는 시오리가 지시한 골목에 들어섰다.

"흠, 건물이 다 무너져서 애매하네. 아까 그 골목인 것 같기도 하고."

시오리가 기억의 파편을 이어 붙일 수 있도록 나는 부지런히 골목을 오갔다. 한참을 오가다 바닥에 뒹구는 슈퍼마켓 간판을 발견했다.

"이 슈퍼마켓 기억나요?"

"아, 기억나."

나는 옛 슈퍼마켓 자리를 등지고 골목을 비췄다.

"거기서 조금만 걸어봐. 오, 그래! 그 길이야."

방금 여러 번 오간 길이었음에도 시오리는 감격했고 나역시 안도했다. 자기 기억을 확신하자 시오리가 그곳 위치 정보로 등록된 사진을 선택했다. 나는 시간순으로 정렬해 최근부터 과거로 사진을 역재생했다. 사진과 오버랩된 풍경이 점차 옛 순간으로 돌아갔다. 폐허가 된 자리가 시오리가 기억하는 옛 모습으로 복원되었다. 줄곧 수다스럽던 시오리가 조용해졌다.

"거기 살았을 때 나쁜 기억만 있었어. 평생 안 돌아가겠다고 생각했거든. 근데 이젠 가고 싶어도 못 가게 됐네."

시오리의 한숨 속에 그리움이 묻어 있는 것 같았다.

"고마워. 그 동네 배경으로 매번 악몽을 꿨는데 네 덕분에 새로운 기억으로 바뀌었다."

시오리는 내게 다시 만나자고 했고 기약 없이 접속을 끊었다. 그녀와 다시 만날 수 있을 것 같다. 내가 객사하지만 않는다면.

핀칼로의 로커 룸에서 오늘 여정을 편집 작업하며 하룻밤 머물기로 했다. 사람이 아무도 없었다. 그래도 우리를 통해 찾아오는 사람들이 있었다.

나는 로커 룸에 들어서며 혼잣말을 했다.

"난 어디든 갈 수 있으니까."

빈 로커 룸 안에 들어가 문을 닫았다. 눈을 뜨고 있었지만 아무것도 보이지 않았다.

얼마 전에 습득한 파손된 동료의 메모리를 펼쳤다. 전송이 미처 끝나지 않은 상태로 영상이 끊긴 걸 보니 내가 수거한 게 그의 마지막 여행 기록인 듯했다. 그는 이 기록을 잊고 새로운 일을 시작하고 있을지도 모른다. 기억에 공백이 생긴 것처럼 허전하진 않을까. 나 역시 서버에서 복제되어 분기해 있을지도 모른다. 여기 아닌 다른 곳에, 나도 모르는 내가 존재할지도 모른다. 그렇게 생각하니 그의 마지막 기록이 또 다른 나의 기록인 것만 같았다.

절뚝거리는 건지 화면이 리드미컬하게 흔들렸다. 조금 빠르게 재생하니 깡충거리며 뛰는 것처럼 보였다. 영상의 마지막 부분, 갑자기 쓰러지는 장면 직전에 블랙 포인트 플래그를 새겼다. 사고 장면을 감추자 그의 여행 로그가 세상에서 가장 경쾌하게만 보였다. 이 여행 로그를 볼 때마다 나는 앞으로 블랙 포인트가 떠오르겠지. 이것도 여행이 가르쳐준 역설이다. 나는 그의 기록을 백팩커스 라이브 채널에 공개했다. 인기 콘텐츠가 되면 좋겠다. 그의 마지막 여행이 사람들에게 영원히 기억되도록.

조용히 눈을 감고 누군가의 접속을 기다렸다. 어쩌면 조금 오래 기다려야 할지도 모른다. 아무에게도 연락이 오지 않는다면 오로라를 보러 가야겠다. 루트를 검색하고 여러 경로를 목록화하다 보니 좀처럼 지루하지 않았다.

일기를 쓰고 싶어졌다. 나는 로그 기록 시스템에 접속해 내부 플래그에 주석을 달았다.

카페에서 나를 보고 혀를 찬 종업원과 눈이 마주친 순간, 플래그를 추가하고 주석을 달았다.

startblackpoint."accident120958_."); //커피는 이미 식었지만 따듯했던 온도를 기억한다. 한때 따듯했던 기억을 그가 하수구에 쏟는다. 그는 자신의 일을 했을 뿐이다.

endblackpoint."accident120958_."); //카메라 앞에서 예쁘게 정지한 사람들이 나란히 서 있던 곳, 너의 카메라가 나를 향해 숫자를 세던 곳. 그때 나는 그냥 가자고 말했다. 한참 뒤에야 이곳에서 네가 세던 숫자를 떠올린다.

파손된 동료의 마지막 사고 지점에도 주석을 달았다.

startblackpoint."accident121058_."); //네가 왼쪽으로 삐딱하게 바라본 풍경이 마음에 든다. 오른쪽으로 삐딱한 나의 시선을 더하자 어쩐지 별다를 것 없는 풍경처럼 보이는 것까지.

endblackpoint."accident121058_."); //얼어붙은 발자국이 봄을 기다리고 있다. 왁자지껄함이 꽃가루처럼 소복이 다시 쌓일 날을.

누가 볼 일이 있을까 싶지만 어차피 일기다. 수많은 일기가 여행지에서 쌓이다가 발견되지 않는 것처럼. 나도 그저 누군가 여행 중에 품었던 마음을 반복해보는 것뿐이다. 그러자 여행이 완성된 것 같은 기분이 들었다.

시오리와 여행을 함께하며 오랜만에 편안했다. 그녀는 내가 학습했던 사람과 느낌이 비슷했다. 내가 처음 학습한 롤 모델 데이터는 수십 년간 백팩커로 길에서 살았던 한 나그네의 여행 기록이었다. 그는 여행지를 사전 답사해 자신이 짠 여정을 판매했고 가끔 직접 가이드 일도 담당했다. 그는 소속사도 없는 무명의 나그네였다. 비슷한 취향의 극히 일부 여행자들에게 사랑받았다.

그는 매일 밤 일기를 썼다. 길에서 느낀 감상을 인생의 깨우침으로 여겼다. 고독하고 외로운 길을 자기 발로 걸었다. 큰 보상이 없더라도 자신의 선택을 본인만큼은 가장 지지하고 사랑했다. 그는 자신의 여행과 삶을 그렇게 규정했고 나는 그의 인생을 고스란히 학습했다. 내가 일기 쓰는 걸 좋아하는 조용한 타입의 백팩커인 것은 그가 길을 걸었던 방식을 고스란히 따르고 있기 때문일 거다.

나는 백팩커®로 태어났고 아마도 평생 길에서 여행하다 길 위에서 소멸할 것이다.

길에서 엿보았던 모든 순간이 내 로그에 새겨진다. 스쳐 지나간 사람이 화면 구석에 자리 잡는다. 데이터가 손상되거나 혹은 무가치해질 때까지, 대리할 여행이 없어질 때까지, 사람들이 여행지로 돌아올 때까지. 그때까진 세상 모든 여행지가 나의 목적지다.

오로라 명소와 가까운 로커 룸으로 전송을 시작했다. 예쁜 사진을 많이 찍어야지. 나는 두 개의 본체에 의식을 선송했다. 곁에서 같은 걸음을 걸으며 우리는 각자의 시선으로 서로 다른 풍경을 볼 것이다.

동시에 전 세계 로커 룸 여분의 본체로 내 의식을 전송했다. 각지에서 접속이 끊어진 메모리를 회수해 오로라 부근의 내 본체로 전송하도록 지시했다.

나는 로커 룸을 빠져나와 천천히 오로라를 향해 걸었다. 아직 만나지 못한 당신을 대리하는 발걸음을 미리 내디뎠다.

언젠가 당신이 다시 여행을 떠나게 될 때까지. 당신이 새로운 곳에서 낯선 풍경과 사랑에 빠질 때까지. 당신의 자유로운 발걸음이 당신을 다시 찾아갈 때까지. 내가 걸었던, 그리고 누군가가 걸었던 모든 발걸음이 모여 우리의 여행이 될 때까지. 여행은 계속될 것이다.

오래된 포스터 귀퉁이가 로커 룸 입구에서 팔랑였다.

여행이 다시 당신을 찾아옵니다.

Detour, please.

이토록 다디달고 짜디짠
SF와 현실 가로지르기

황유지
(문학평론가)

1. 빚진 마음의 연원: 듣다

누군가의 행위를 이해할 때 우리는 흔히 실용적인 측면을 준거로 삼곤 한다. 그가 제 이익의 방향이 가리키는 합리적 선택을 했을 거라는 믿음에 근간해 우리는 한 인간을, 그 행위를 이해한다. 한 사람의 행위에 대한 합리성은 숱한 연결의 인과를 경유한 것이고 그런 까닭에 행위라는 결과는 그 이면에 사회적 태도, 정치적 목적, 개인의 이익 등 중첩된 관계의 가닥들을 엮어낸다. 그런 합리성을 중심에 놓을 때 타자에 대한 이해는 쉬워지지만, 문제는 인간이 그런 합리성만으로 움직이지 않는다는 점이다. 막스 베버 역시 오히려 비합리성의 선택들이야말로 역사의 진전에 관련한다고 하지 않았나.[1] 한 인간이 자신의 일면에 불이익이 될지도 모를 혹은 그럴 게 뻔한 선택을 하는 이유를 우리는 종종 알지 못한다. 부당하고 억압적인 상황이나 맥락의 잠복 또는 자신이 부당한 상황에 있다는 사실조차 인식하지 못하는 사례는 그리 드물지 않다. 해당 문제에 외압 같은 건 없었다고 오롯이 견디겠다는데야 공론화는 요원하다. 개인을 무지한 피해자로 여겨 '해방'시키려는 시도는 그러나 너무도 흔한데, 이 또한 폭력의 면이기도 할 터이다. 이런 밑그림 때문에 무언가를 은폐하고자 하는 사회는 그것이 '개인의 자발적 선택'이기를 밀어붙이곤 한다.

'개인'의 '비합리적'이지만 '자발적'인 선택이라는 문제에 대해 문학은 어떻게 물을 수 있을까? 또 그런 선택의 도출은 어떤 조건들을 함의하는 것일까? '자발적 선택'이라는 어휘가 은폐할지도 모르는 여러 갈래의 조건, 맥락적 다양성에 대해 우리는 의심할 수 있다. 그럴 때 문학은 세계의 실재와 부재를 누락 없이 노크하는 중이기 때문이다. 황모과의 세계는 이런 유의 질문, 매끈해 보이는 세계에 대한 의심으로부터 출발한다. 일례로 합리성과는 아무

<hr />

1 막스 베버, 『이해사회학의 카테고리』, 김진욱 옮김, 범우사, 2002.

상관도 없는 '백말띠 여성은 드세다'라는 문장의 음험함이 여아 불호와 존재의 삭제, 인구 불균형이라는 인식–행위–결과에 이르는 이야기는 그의 전작 『우리가 다시 만날 세계』에서 되살려진 지적의 과거였다. 세계의 당위 대신 조작 가능성을 헤집는 펜 끝은 SF로 짐작하는 가상 공간이 아닌, SF로 되묻는 진짜 세계를 가리킨다. 그리고 거기엔 반드시 행위자, 공모자들이 있다. 황모과의 이번 소설집에는 그간 작가가 질문하고 의심했던 그리고 목소리를 주었던 주제들이 여덟 개의 단편으로 모였다. 이 목록들은 황모과라는 세계의 조각이면서 그가 의심하는 세계, 우리의 진짜 세계, '리얼'이다. 그런 현실이 시간과 함께 지나간 자리에는 질문하는 자와 빚진 마음만이 오롯이 남는다. '진짜'는 황모과의 SF를 경유해 어떻게 드러나는가? SF는 어떻게 그 질문에 답할 것인가?

먹고살기 위해서 '헬조선'을 탈주하는 비자발적 이산의 도착지가 일본이라는 점으로 인해 자연스레 오랜 역사적 대립 구도를 환기하는 「오메라시로 돌아가는 사람들」에서 화자의 난민성에 포개지는 것은 뜻밖에 일본 내의 일본인 디아스포라다. 본토로 강제 편입 되어야 했던 오키나와의 운명은 전쟁, 국가, 군대에 개인의 운명을 강제로 귀속한다. 군대의 패배는 곧 국민의 죽음이라는 저 군국

주의의 명령 앞에 끝내 목숨을 부지한 자, 국가 운명과의 불일치를 택한 자는 '일본인' 무리에서 탈락된다. 죽음의 명령을 택하거나 죽임을 당한 자 그리고 어느 쪽에도 속하지 않고 살아남은 자. 작가는 오키나와를 끝내 타자로서만 호명했던 본토의 정책이 낳은 자명한 결과일 '영원한 이방인'의 생을 돌이킨다.

어학원과 실생활 사이에서 주춤거리는 언어, 한시적인 일자리와 잠자리, 비자가 허락하는 한정된 체류 기간과 같은 강퍅한 삶의 조건들이 이방인이라 지목하는 이의 주파수에 함께 잡히는 존재의 목록은 치매 노인, 길고양이와 같이 성기고 허약하기만 하다. 특히 치매라는 질병의 차용은 의미심장한데, 한 인간의 몸 안에서 일어나는 퇴행, 기억이라는 시간의 역행, 그 괴리를 증상으로 하는 치매를 작가는 하나의 SF 장치로 전유한다. 이때 치매를 앓는 몸은 시간 간극의 실재를 구현하는 새로운 존재론을 쓴다. 여기에 '피폭 3세'라는 이방인의 이력이 나란히 놓인다. 외할아버지의 징용과 피폭, 그로 인한 병력 같은 것들은 분명한 사실이지만 원폭 피해자 추도 위령제는 식민지인의 이름을 부르지 않고, 그런 존재의 무화 속에서 암 발병과 피폭의 상관관계는 한 가계의 불안으로만 전승될 뿐이다.

할머니의 가족은 할머니를 고향 땅 오메라시로 모시려 하지만 할머니에게 고향은 군대의 해산과 함께 집단 자살을 종용받은 학살의 터로, 살아남은 자의 죄책감과 공포를 일깨울 따름이다. 끌려가지 않으려는 할머니의 비명은 동명의 또 다른 오메라시에서 터널 공사 당시 시멘트와 함께 묻혀버렸다는 괴담 속 한 사람의 절규와 공명한다. 개인의 질병 속에서 그를 당기고 밀어대는 역사와, 공포가 낳은 믿거나 말거나인 괴담이 공유하는 분모는 죄책감이다. 다수의 판단과 명령의 근거로 곧잘 호출되곤 하는 합리성의 명분으로도 덮을 수 없는 죄책감이란 잔해는 개인을 수렁처로 삼아 전송된다. 살아남은 자의 죄책감은 자신을 그 시간 속에 영영 묶어두는 오랏줄로, 끝내 모른 척하려는 이들에게는 모호한 공포라는 괴담으로 돌아온다. 누락되거나 배제된 것이 존재하지 않았던 것은 아니다. 이 소설은 SF에 괄호 치고라도 해석에 누락을 남기지 않지만, SF로 읽을 때 현실의 억압은 한층 묵직하게 가시화되며 그럴 때 타인의 고통은 낯설지도 않게 내 안으로 끌어당겨진다. 「오멜라스를 떠나는 사람들」에서 르 귄이 그려낸 것이 지하 창고에 지적장애 아동을 가두어두고 '속죄양'으로 삼은 인간늘의 '양심의 딜레마'였듯, 황모과의 오마주는 '괴담'과 '치매'라는 장치를 통해 끝내 자신의 죄책감을 타자성으로만 밀쳐내면서 살아가는 인간의 이중성을 소묘한다.

역사가 완전히 왜곡된 것으로 기억될 때 이를 의심하는 자는 시대 지체자가 된다는 「시대 지체자와 시대 공백」은 역사의 사실성에 대해 의심한다. 소설 속 시대는 왜곡된 역사를 진짜로 기록하고 있다. 누군가는 왜 그토록 집요하게 거짓을 진실로 만들면서까지 무언가를 지워야만 하는 것일까? 광주의 진실을 이제 우리는 안다. 그러나 우리는 그 사실을 언제나 너무 늦게 알았고, 사실이 가해자를 지목하고도 그는 끝내 사과하지 않았다. 소설은 우리의 바람과는 정반대의 극으로 이야기를 밀어붙인다. 그리하여 역사의 왜곡이라는 서늘함에서 더 나아가 소설이 가닿는 곳은 약소한 개인의 무고한 죽음이다. 이 점이 황모과의 따뜻함인데, 그는 개중에도 더 외진 곳 그래서 소외와 타자라는 언어에조차 쥐여지지 않는 존재가 있지는 않은지 세밀화하려 애쓴다. 정치에 대해서라면 권력의 방향을 의심하는 이들이 기득권에 의해 삭제되는 것은 흔한 일이지만, 의심조차 하지 않는 자들이 치워지기란 더 간단한 일이라는 것이다. 그런 원자적 개인은 시대 지체자로 떨궈지는데, 이는 너무 빠른 문명 앞에서 주춤거리는 현재의 알레고리이기도 하다. 단순히 키오스크 앞에서 당황하는 이들을 말하는 게 아니다. 악성 코드로 개인 정보를 탈취하는 피싱이나 딥페이크 앞에서 우물쭈물하다 '낚이는' 사례, AI의 거짓 정보 생산과 창작 등은 이미 인간을 초월한 기계와 인공지능 메커니즘이 초과 달성하는 잉여의 생산물과 그 앞에서 주춤거리는 지금 우리의 모습이다.

시대 지체자들이 쥐고 있는 진실을 끝내 축출하는 시스템의 반복을 통해 역사의 정상성이 결국 어떤 힘에 의해 이룩된 것임을 지목하는 이 소설은, 의심을 삭제하는 시대 정신의 반복을 통해 '헐거워진' 역사와 함께 무고한 죽음에 방점을 찍는다.

역사와 타자에 대한 세심한 시선은 어쩌면 포스트메모리 세대의 유일한 증거일 '증언' 채집의 서사를 그려내는 「순애보 준코, 산업위안부 김순자」에서도 빛난다. 구술자 기억 교란이라는 역사 조작의 과정을 담아낸 이 이야기는 국가 성폭력을 개인의 차원으로 수렴하는, 이 세계에서 너무도 흔한 폭력의 황모과식 재현이다.

그 명칭마저도 1990년대 말에야 연구자들에 의해 사후적으로 붙여졌을 따름인 '산업위안부'는 식민지하 조선 노동자 징용 시기에 모집, 채용한 여성 성노예를 일컫는다. 일본은 유입된 조선인 노동자가 마을 부녀자들을 '손대지' 않게 하려는 치안 목적으로 조선인 작부를 고용한다. 조선인 여성들은 조선인 음식점에서 음식과 술을 나르며 허드렛일을 도맡는 동시에 성노예로 일해야 했다. 거짓 채용 공고에 속은 여성들이었지만 어느 쪽의 정부든 이들을 돈을 벌기 위해 '자발적'으로 '몸을 판' 여성이라 말한다. 작가는 이들의 이름을 가까이 당겨 부르며, 역사가 여태 누락한 존재의 리얼리즘적 재현에 기억 데이터의 해킹과 오염이라는 SF적 상상력을 교차시킨다. 전범 국가와 기업은 자신들의 범죄를 개인의 순애보라는 자발적 선택으로 치환하여 그 책임으로부터 달아나버린다. 이런 '교차성'이야말로 황모과의 뛰어난 지점인데, 충격적 메모리 조작은 역사 왜곡이라는 현실을 끌고 들어오며 인지적 낯섦cognitive estrange은커녕 되레 그 현실 가능성에서 섬뜩함을 안기는 것이다. 국가 폭력 앞에서 또 하나의 국가가 침묵할 때, 과거는 개인의 기억 속에서 머물며 꿈자리를 어지럽히는 방식으로만 재현된다. 그리고 누군가는 그들의 기억이 소진되기만을, 그 생명이 꺼지고 그럼으로써 어떤 사실들이 영구히 삭제되기를 기다린다. 어떤 역사는 타자라는 존재의 완벽한 손상을 통해 가해를 은폐하기도 한다는 사실을 우리는 목도하고 있지 않은가? 무력한 역사 앞에서 소설은 전범을 소환하고 시절을 호출한다. 그리고 이제 기술적으로도 그리 불가능하지만은 않은 기억 조작,

데이터의 오염을 왜곡된 현재에 이식한다.

개인의 심리는 예측할 수 없을지라도 집단의 심리는 예측이 가능하다는 심리역사학을 토대로 한 집단이 어떤 일을 벌일지 예측하는 이런 논리는 과학을 도입할 뿐 유사한 현실을 일깨우며 메타픽션으로 나아간다. 때로 현재의 윤리를 논평하기 위해 과학의 언어와 이미지는 SF로 얼마든지 불려 오기도 하는 것이다.[2] 그러면서 이 소설은 증언을 채집하는 연구자의 윤리를 건드린다. 양유희와 그의 딸이 시차를 두고 되살려내는 김순자의 기억은 그 자체가 교차하는 시대성으로 성립한다. 전혀 다른 시대 감각과 그에 따른 윤리는 같은 사건에 대한 해석의 기준점을 달리 제시하는 시대 교차성, 아나크로니즘anachronism으로 역사의 폐쇄성을 한껏 열어젖힌다. 그러나 양유희는 구술자의 기억을 자신의 것으로 수용해버리는 오류를 범한다. 때문인지 그는 너무 일찍 치매를 앓는데, 표면상 실패로 보이는 양유희의 오류는 어쩌면 온전한 타인의 이해라는 불가능을 이룩하고자 했던 연구자의 최선은 아니었을까? 타인에 대한 윤리, 그 빚진 마음에 한껏 귀를 기울여 온몸

2 셰릴 빈트, 『에스에프 에스프리─SF를 읽을 때 우리가 생각할 것들』, 전행선 옮김, 정소연 해제, 아르테, 2019, p. 141.

을 내준 감화라는 결과는 아닐까?

2. 가로지르는 이야기: 쓰다

'증언'이 역사에 대비해 개인의 이야기, 그 낱알의 증거라고 할 때 '이야기'는 이 소설집에서 한껏 중의적이다. 그것은 은유적이지 않은 방식으로 어떤 세계를 구출하기도한다.

디스토피아를 그리고 있는 「브라이덜 하이스쿨」에서여성 서사는 세계의 환기와 탈주의 계기로 작동한다. 이소설에서 '이야기'는 처음에는 환상성으로 부여된다. 수빈의 이야기가 불러일으키는 반작용은 경험 세계와 이야기속 세계라는 대타항의 비교로 가능해진다. 이른바 영점세계zero world란 그 기준점을 뜻하는데, 애초 소설 속 세계를 측량하기 위한 현실 세계라는 기준을 가리키는 이 말은 그 관계에 따라 리얼리즘과 SF를 구분하는 준거가 된다. 소설은 내부에 '이야기'를 한 겹 더 삽입함으로써 소설의 세계와 소설 내 이야기의 세계를 나란히 읽게 한다. 이'빙의물'은 SF 장치로써뿐만 아니라 영점 세계의 비교를통해 SF와 리얼리즘적 요소를 동시에 품는다. 세계의 비

정상성을 의심하는 계기로써 '이야기'는 자기 서사화 되며 차츰 영점 세계 자체를 변화시킬 가능성으로 변모해가는 것이다.

페미니스트 유토피아 소설이 결핍의 반작용이란 점을 연장하여 생각하면, 페미니스트 디스토피아 소설은 충만함의 반작용이라고 말할 수 있을까?[3] 그런 도식이 허락된다면 페미니스트 디스토피아 소설은 어쩌면 과잉된 한 사회 내의 무엇, 그 에너지에 대한 반작용이라 쓸 수 있게 된다. 이때 과잉된 에너지는 무엇일까? 어떤 힘이 세다 못해 넘쳐서 무언가의 목소리를 틀어막고 새어 나오지 못하게 하는가? 이제 그 자체로 존속된다기보다 법률, 제도와 규율, 각종 용어와 이를 정의하는 문장들, 도덕과 상냥함, 성애, 조현병 속에 그 얼굴을 감춘 채 전승되어 잡아채내기도 어려워진 가부장제가 대표적일 것이다. 브라이덜 하이스쿨 여학생들이 '천부적 남성권'과 일부다처제를 의심하지 않는 것은 다른 세계를 상상할 수 없었기 때문이다.

---

3 조애나 러스는 몇몇 페미니스트 유토피아 소설을 해석할 때 유토피아가 인간의 보편적 가치를 구현한다기보다 결핍의 반작용을 그린 것이라 본다. 유토피아는 작가가 지금 여기의 사회나 여성에게 결핍되었다고 믿는 가치를 소설로 제공한다는 것이다. 조애나 러스, 『SF는 어떻게 여자들의 놀이터가 되었나』, 나현영 옮김, 포도밭출판사, 2020, p. 331.

그런 세계에서 소녀들은 늙은 남성들의 여덟번째, 아홉번째 신부로 양성된다. 소녀들의 호르몬을 인위적으로 통제하여 '요조숙녀'로 길러내는 국가적 성 착취 시스템이라는 설정은 현실의 그림자인바, 이 소설은 여성의 삶을 손상시키는 젠더 이데올로기의 고발이나 마찬가지다.

결혼 강간과 온라인 성 착취물의 피해자 수빈이 가해자인 남편과 '구매자'라는 숱한 공범들보다 더 큰 벌인 40년간의 '수면형'을 치른 후 브라이덜 스쿨에 떨어지면서 청소 노동자의 몸을 빌린 것은 결코 우연이 아닐 것이다. 화장실에 머물면서 '없는' 사람으로 지내며 때에 맞춰 부여된 일을 하는 삶은 언제나 있어왔다. 이런 '노파의 가죽'은 여성 집단 내에서 자신의 여성성을 가리는 방식으로 생존하는 은폐의 기술을 일컫기도 하지만 말할 수 없는 존재, 삭제되는 존재 자체로서 그저 현실을 오마주하는 것이기도 하다.

수빈은 빙의의 틀을 깨고 탈출하기 위해 소녀들에게 이야기를 들려주기 시작한다. 소녀들을 이야기로 추동하려 한 것이다. 그 과정에서 이야기의 형태와 종류가 점점 다양하게 변화한다는 것. 이는 여성의 자기 말하기, 자기 서사의 진화나 다름없다. 억압된 욕망들은 이야기로 잉태되고 남성 규율이 정하지 않은 자신의 목소리에 귀 기울이게 한다. 소녀들의 사랑은 저마다의 젠더를 다시 쓰며 늙은 남성과의 사랑을 비껴나 달콤하게 채색된다. 그런 소녀들이 자기 이야기를 통해 종국에 도착하는 곳은 진짜 삶을 살아갈 '이야기의 밖'이어야 할 것이다. 가부장제라는 유산이 남성 권력에 의한 허구적 신화일 뿐이라는 사실은, SF는 우리가 여태 내려받은 문화적 신화 대신 실제 경험을 다루는 신화를 제공해야 한다는 조애나 러스의 말을 가져와 포개놓을 때 더욱 양각화 된다.

그런가 하면 인간의 이기심으로 멸종하는 많은 생명체의 목록을 되뇌게 하며 인간중심주의의 허상을 설파하는 「나의 새로운 바다로」에서 작가의 시각은 다분히 신유물론적이다. 벨루가 멸종에 대한 책임을 느끼며 아쿠아리움용 로봇 벨루가를 만들어내는 인간의 모습에서 한 번, 벨루가 무리가 낯선 존재인 로봇 벨루가 벨카를 수용하는 대목에서 또 한 번 인간을 돌아보게 하는 이 소설은 어쩐지 진정한 책임과 성장에 관한 서사로도 읽힌다. 벨카가 자신들과 다름을 알면서도 그대로 받아들이는 벨루가들의 모습은 혈연과 상관없는 개체도 무리의 일원으로 받아들인다는 생태계의 사실에 기반한 것으로, 벨루가 사회의 개방성이야말로 진정한 '우리'를 형성하는 방식임을 보여준다. 나아가 인간의 뇌와 AI를 결합한 '융합 뇌 AI' 벨카가 영원한 로봇의 삶 대신 자연계의 죽음을 택함으로써 이 SF 서사는 '시간의 덫'에 갇힐 위험으로부터 자신을 구제한다. 동시에 '엄마'라는 인간의 모성은 뇌사 상태의 딸의 의식과 연동된, 그래서 딸이나 마찬가지일 벨카의 선택을 받아들이는 과정에서 되레 진정한 독립을 배우는 것처럼 보인다. 그런 선택에 대한 믿음은 포스트아포칼립스를 그리는 「타고난 시절」에서 불확실한 모험일지 모를 선택만이 새로운 세계의 건립을 약속할 수 있는 유일한 희망일 수 있다는 무구함으로 드러난다. 새로운 세계에 대한 믿음은 결코 인간의 선택과 그 주체성에 대한 것이 아닌, 인류의 퇴화 가능성과 다른 존재가 세계의 주인일 가능성을 포함하는 광폭의 상상적 지형도에서 비롯한다.

팬데믹의 외삽extrapolation을 통해 경고성 디스토피아를 보여주는 「여행이 당신을 찾아옵니다」 역시 상상 불가의 영역이 아니다. 황모과의 사변speculation은 경험 너머에 대한 개연성을 확보하며 테크노필리아techno-philia와 테크노포비아techno-phobia가 혼재된 팬데믹의 극한을 담담하게 그려낸다. 바이러스로 인한 종種의 위기를 자연계의 일부로 읽어낼 때 「나의 새로운 바다로」와 함께 에코테러eco-terror 서사로 분류할 수 있을 이 소설에서, 팬데믹으로 인해 항체 없이는 움직이지도 못하는 인간 육체의 허약성과

290

비록 항체가 없더라도 바깥에서 일을 해야만 하는 계급성은 인간을 대리해 여행지를 돌아다니며 화면을 송출하다 버려지는 여행 로봇을 사용하면서도 그들을 함부로 폐기하고 혐오하는 인간의 이중성과 함께 노출된다. 이런 환경에서 인간의 우월함이라고 해봐야 그리 증명되는 것 같지도 않건만, 소설 속 인간들은 로봇과 대비해 음식을 먹을 수 있다는 것을 그 '인간성'의 지점으로 삼는 치졸을 보인다. 팬데믹이 끝난 것인지, 언제 또 어떤 종류의 팬데믹이 인간을 삼킬지도 알 수 없는 데다 전쟁의 포화와 기상이변까지 지속되는 현실에서 자유롭게 여행을 할 수 있는 날은 얼마나 지속될까? 디스토피아는 유토피아를 포함한다는 말을 따를 때,[4] 이 소설의 제목은 희망의 메시지이자 서늘한 경고처럼 읽힌다. "여행이 당신을 찾아옵니다"라는 문장은 당신이 여행을 떠나는 것이 아니라 여행이 당신을 찾아와야만 하는 상황, 현실 세계가 더 나빠질 가능

---

4 유토피아와 디스토피아는 각각 일부 반대 측면을 내포한다는 생각에서, 마거릿 애트우드는 유스토피아ustopia란 용어를 고안하기도 했다. 그는 상상의 밑그림 그리기를 지도 제작으로 설명하면서 SF에서 핵심이라고 할 수 있는 경계, 변두리에 대해서도 은유를 거치지 않고 설명한다. 그런 설명의 방식이야말로 SF다워 보인다. 마거릿 애트우드, 『나는 왜 SF를 쓰는가─디스토피아와 유토피아 사이에서』, 양미래 옮김, 민음사, 2021, pp. 112~13.

성 쪽에 무게를 더 싣고 있는지도 모른다.

인간에게 자신의 예속과 소외를 깨닫게 한 존재론적 범주가 노동이었듯,[5] 이 작가가 세계의 불합리를 폭로하는 관점이자 범주는 SF다. 인지적 현실만이 다가 아니라는 황모과의 SF는 전혀 새로운 세계의 창조가 아닌 우리의 세계, 정상성이란 이름의 세계에서 '이상한' 것을 발견할 수 있는 범주로 기능한다. 황모과의 SF가 현실에 틈입하며 던지는 질문은 그런 것이다. 무엇이 당연하냐고. 이 물음을 연장해나가면 시간과 공간, 쥐고 있는 권리까지 우리에게 주어진 것들은 그저 우연에 불과하다는 데에 가닿게 된다. 그럴 때 '우리'라는 구성 역시 우연적 결집일 따름이다. 다수. 그건 다분히 정치적이어서 폭력적이기 쉬운, 일정한 목적으로 뭉친 임의의 덩어리일 뿐이다. 이른바 통치의 편리를 위한 다수라는 집합체가 타자를 이해하는 가장 쉬운 방법이야말로 합리성과 이익이라는 산법이다. 그러나 다수에 포섭되지 않은 이들의 결정에도 이유가 있다. 그건 비합리적이고 모순적일지도 모른다. 그래서 더 이해받기 어렵다. 그런 선택을 한 자들, 기록되지도 기

5 도나 해러웨이, 「사이보그 선언—20세기 후반의 과학, 기술 그리고 사회주의 페미니즘」, 『해러웨이 선언문—인간과 동물과 사이보그에 관한 전복적 사유』, 황희선 옮김, 책세상, 2019, p. 37.

억되지도 않은 이들은 언제나 '우리'에 속하지 못하고 경계에 서성인다. '우리'라는 단어는 외부를 설정하는 또 하나의 높다란 벽, 그 삼엄한 경계일 수 있다. 그래서 누군가는 이 순간에도 아무도 모르게 상처 입는다. 그럴 때 황모과는 그 경계에 서서 톺아본다. 그리고 가만히 묻는다. 무엇이 이상한지. 아니, 무엇이 이상하지 않은지. 공동체라는 말, 우리라는 범주가 얼마나 임의적이고 허구적인지 생각해볼 때, 어쩌면 린다의 창고, 고양이, 너덜너덜한 조각보와 같은 것들이야말로 진짜 '우리'를 만들고 해체하는 장이자 그 방식일지도 모르겠다. 「스위트 솔티」가 말하듯, 이 모든 것이 우연이라면 우리 모두는 세계의 난민이기도 하다. 모두가 난민이라면, 예측하지 못한 것까지도 그저 우연으로 받아들일 수 있다면 우리는 공존할 수 있지 않을까? 누군가의 예상하지 않은 선택에 대해 합리성으로 재단하는 대신 귀를 열어줄 때 우리는 그를 이해하는 중이지 않을까? 누군가에게 의도치 않게 상처를 줄까봐 퍽 조심스러워하며 가장 작은 존재들이 있을 법한 자리, 어딘가의 경계를 살피는 황모과의 마음 위로 우리 모두 깊은 상처를 입었다는 해러웨이의 문장이 가만히 내려앉는다.[6] 우리 모두가 우연으로 이 세계에 떨구어졌다. 그리고 우리는 타자성으로 인해 저마다 깊은 상처를 입었다. 우리는 모든 경계에 책임이 있고 우리에게는 재생이 필요하다. 황모과는 지금 경계에 귀 기울이고 책임에 대하여 쓰는 중이다. 그것이 그가 경계를 책임지는 방식이다. 경계를 지워나가는 방식이다. 그는 지금 현실과 SF를 온몸으로 가로지르는 중이다.

6 "우리는 모두 깊은 상처를 입었다. 우리는 부활이 아닌 재생을 요구하며, 우리를 재구성하는 가능성에는 젠더 없는 괴물 같은 세계를 바라는 유토피아적 꿈이 포함된다." 도나 해러웨이, 같은 책, p. 85.

일기의 끝에서 나른 세계와의
중첩을 꿈꾸며

이십대 후반부터 일본에서 생활하고 있다. 괴롭고 우울한 날엔 늘 자책과 자학으로 가득한 일기를 썼다. 2017년 즈음부터 한국 SF소설을 읽으면서 일기를 소설로 확장해보기 시작했다. 자기반성이나 성찰이란 명목의 체념이 조금씩 내 안에서 이름을 바꾸게 된 것은 SF소설을 쓰면서부터였다. 그중에서도 이번 소설집 맨 앞에 실은 「오메라시로 돌아가는 사람들」은 소설 집필의 전환점이 된 작품이라 각별하다. 제목을 보고 알아챈 분들도 있겠지만 어슐러 K. 르 귄의 단편 「오멜라스를 떠나는 사람들」의 오마주다. 르 귄의 작품에 대한 소시민적 응답이기도 하다. 르 귄은 오멜라스를 떠나는 사람들이 자신이 가고자 하는 곳을 알고 들판의 어둠 속으로 들어간다고 했다. 하지만 나는 남은 사람들도 궁금했다. 떠나지 못하는 사람들은 어떤 식으로든 지하실과 터널을 마주할 수밖에 없으며 이를 반드시 마주해야만 한다.

「시대 지체자와 시대 공백」은 윤 정부 초기에 이러다 정말 큰일이 나겠다 싶은 마음에 쓴 작품이다. 112나 119를 불러도 아무도 오지 않는다는 표현은 어디까지나 은유였는데 현실이 소설의 은유를 허락하지 않아 슬프고 끔찍하다. 다시는 이런 세력에게 막대한 권력을 부여해선 안 된다.

「스위트 솔티」는 호주를 여행하며 썼다. 캄보디아 출신인 내 친구는 엄마 배 속에서 킬링필드를 경험한 보트피플로 지금은 호주에 살고 있다. 자신의 이름을 쓸 줄 알거나 안경을 쓰고 있기만 해도 죽임을 당했다는 이야기 역시 친구를 통해 알게 되었다.

친구를 만나러 간 여행 중에 L의 집에서 한 달 살기를 했다. 그의 집 창고에는 헝겊 조각과 옷가지 들이 가득 쌓여 있었는데 그 앞에 앉아 보트피플로 태어난 친구의 마음을 생각하며 「스위트 솔티」를 썼다. 이 작품을 시작으로 단편소설 「스페이스 캐러밴」과 장편소설 『그린 레터』

등 난민을 1인칭 화자로 한 소설을 본격적으로 쓰게 되었다. 이때부터 어떤 일을 직접 겪지 않았어도 나와의 접점을 찾아 글로 써야만 한다는 나름의 기준도 세우게 되었다.

이번 소설집의 제목이기도 한 "스위트 솔티"의 의미에 대해 덧붙이고 싶다. '솔티'라는 말은 짜고 매운 사람이라는 의미로 작중 '린다'가 '무티하라'에게 부여한 애칭이다. 두 사람이 함께 보내는 시간이 길어지면서 그 앞에 '스위트'가 붙어 달콤하고도 짭조름한 애칭이 된다. 린다는 난민의 삶에 관해 깊이 고민하는 인물은 아니었지만 무티하라는 그런 린다와 자신의 삶을 겹쳐 보았다. 무티하라는 린다에게 자신의 선호와 욕망을 표했고, 타인과 관계를 맺지 못하고 어지럼증을 견디는 그와 공감하려 했다. 린다 역시 자신은 잃어버렸을지라도 무티하라에게는 남아 있는 생의 욕망을 알아보았을 것이다. 그 정도 공명은 있어야 서로 이름을 부르는 관계가 되는 것인데 난민이라는 타자들을 가둬두고 배척하는 나라(현재의 한국, 일본 등)에선 호명할 이름조차 생기지 않는다. 한민족도 난민이었던 역사가 멀지 않으며 재일조선인은 난민의 지위 속에 놓여 있다. '우리'도 난민이다.

「순애보 준코, 산업위안부 김순자」는 도쿄 고려박물관 조선여성사 연구자 양유하 선생님의 이야기를 듣고 쓰기 시작했다. 일본에서 산업 위안부를 조사해온 연구자들의 저서 『조선 요리점 산업 위안소와 조선 여성들』이 출간되었는데 아무래도 한국어로 번역되기는 어려울 것 같단 말을 들었다. 민족주의적 관점을 벗어난 다른 방식으로의 담론화가 필요하겠다는 생각이 들어 소설을 써 내려가기 시작했다. 양유하 선생님을 통해 탄광 주변 조선 요리점 이야기를 들은 덕에 주인공이 엄마와의 대화를 통해 순자 씨 이야기를 듣는 소설의 구도가 자연스럽게 도출되었다.

소설집으로 묶고 보니 「타고난 시절」은 벗어나고 싶었던 곳을 자신의 현장으로 삼기로 마음먹는 사람들의 이야기라는 점에서 「오메라시로 돌아가는 사람들」과 비슷하다는 걸 자각했다. 나는 현실의 지하실과 터널을 찾아내는 사람들에게 마음이 동해 글을 쓰는 모양이다.

「나의 새로운 바다로」는 유튜브에서 로봇 고래를 보자마자 쓰기 시작했다. 로봇 고래가 매끄럽게 헤엄치는 영상을 보곤 곧장 사랑에 빠지고 말았다. 그 상상 끝에 벨카와 사랑에 빠진 앵지가 태어났다. SF를 통해 어디에도 속하지 않으면서 어느 곳에나 속할 수 있는 존재를 만날 때면 인간의 구획이란 얼마나 편협하고 임의적인지 깨닫는다. 수족관이 고래와 벨루가를 당장 방류하길 촉구한다.

「브라이덜 하이스쿨」을 쓰면서 다소 보수적인 연애물, 간혹 반여성적이기도 한 로맨스 서사에 대해 다시 생각하게 되었다. 여성이 자신의 솔직한, 때로 속물적인 욕망을 확인하는 것 자체에 해방적 가치가 있음을 조금 긍정하게 되었다.

「여행이 다시 당신을 찾아옵니다」는 일본 호시 신이치 문학상에 응모해 수상작 연락을 받았던 작품이다. 번역작임을 밝히자 전례가 없다는 이유로 최종심에 올라가는 데 그쳤다.

여행을 대리하는 인공지능 로봇 '나그네'는 한 여행자의 삶의 태도를 고스란히 품게 된다. 자신만의 여행을 경험해온 인간을 학습해 그를 복제했기 때문이다. 습작하던 시절, 전업 작가가 되면 여행을 다니며 글을 쓰겠다고 결심했다. 정작 전업 작가가 되고 보니 소설을 쓰면서 여행을 병행하는 일이 쉽지 않았다. 소설을 쓰는 일이 이미 누군가의 여행을 대리하는 일이라 그런지도 모르겠다.

한국과학문학상 수상 이래 만 5년을 채운 시점에 두번째 소설집을 출간하게 되었다. 발간을 후원해주신 서울문화재단, 그간 발표한 단편소설 스무 편을 모두 읽고 이번 소설집의 원고들을 묶어주신 문학과지성사 윤소진 편집자님께 감사드린다. 각 글의 분위기가 다소 상이한, 그래서 조금은 산만할 수 있는 작품들을 하나씩 풀어 한 편의 서사로 완성시켜주신 황유지 평론가님께도 감사드린다.

세상이 궁금한 사람들이 책을 펼치고 페이지를 넘긴다. 인생의 온갖 맵고 짜고 쓰리고 아린 순간 어디쯤에서 책을 넘기는 당신이 들큼하고 씁쌀한, 동시에 몹시 밍밍하고 삼삼한 삶의 맛과 향을 발견할 수 있다면 좋겠다. 그 순간을 이 소설집이 함께할 수 있다면 편협한 일기의 끄트머리에서 다른 세계와 만나길 꿈꾸며 사는 작가로서 그보다 기쁜 일이 없겠다.

2024년 11월
황모과

수록 작품 발표 지면

오메라시로 돌아가는 사람들 디아스포라 웹진 〈너머〉 2023년 12월호

시대 지체자와 시대 공백 『현대문학』 2022년 7월호

스위트 솔티 『오늘의 SF #2』, 아르테, 2020

순애보 준코, 산업위안부 김순자 『문학과사회』 2022년 겨울호

타고난 시절 『어션 테일즈 No. 2』, 2022

나의 새로운 바다로 『뉴 러브』, 안전가옥, 2021

브라이덜 하이스쿨 『악스트』 2024년 7/8월호

여행이 다시 당신을 찾아옵니다 〈비유〉 2020년 11월호